CW00572902

COLLECTION FOLIO

Zoé Valdés

Miracle
à Miami

Traduit de l'espagnol (Cuba)
par Albert Bensoussan

Gallimard

Le traducteur exprime ses plus vifs remerciements à Carmen Val Julián et à Anne-Marie Casès qui ont relu ce texte avec un œil de lynx et un regard de fée.

Titre original :

MILAGRO EN MIAMI

Née en 1959 à La Havane, Zoé Valdés a choisi de vivre à Paris depuis 1995, pour fuir le régime de Castro. Son œuvre est traduite dans une vingtaine de langues.

À mes amis de Miami,
tout spécialement Ivelín et Craig

... vers un monde où bonjour veut vraiment dire bonjour.

VITTORIO DE SICA ET CESARE ZAVATTINI
Miracle à Milan

Amis, si vous vouliez encore un peu attendre
un autre miracle je voudrais vous conter
qu'à la sainte Marie Dieu daigna démontrer
de quel lait il voulut de sa bouche téter.

Le sacristain forniqueur

Ce précieux miracle n'est pas tombé dans l'oubli
il fut ensuite recensé et couché par écrit ;
jusqu'à la fin du monde il sera rappelé ;
des méchants grâce à lui furent au bien convertis.

GONZALO DE BERCEO
« La statue épargnée par l'incendie »
Miracles de Notre-Dame (1246-1252)

PREMIER TOUR DE BATTE

Un détective sur mesure

Miami est la ville la plus décriée au monde. Aux yeux du détective Tendron Mesurat, c'est pourtant le lieu le plus stimulant qui soit, à Miami il y aura toujours de vraies enquêtes à mener. Miami est aussi l'endroit où il aimerait jeter l'ancre un jour. Ce n'est pas son architecture qui le séduit ; en dehors du littoral avec sa plage et ses édifices Art déco, Miami offre peu d'attraits. Non, pour parler d'or, ou disons dollar — et c'est le ton qui convient ici, le reste est vieilles lunes —, elle ne soutiendra jamais la comparaison avec Paris, mais comparaison n'est pas raison et Miami est tout simplement irrésistible. Miami, c'est l'exaltation débordante, la passion exclusive, c'est vraiment une ville formidable. Ce sont les immigrants qui l'ont faite ; après les Anglo-Saxons et les Africains, les Cubains ont rappliqué, mais sans être jamais tout à fait en exil, chacun se réclamant des deux rives, celle de l'île et celle de Miami. Les Cubains adorent se sentir à part, et

13

ils sont à part, un peu comme ces palmiers royaux qui attendent d'être transplantés dans un terreau plus humide. Oui, ils ont cette vanité, ces damnés de la terre ! Après eux, le fretin latino-américain qui, à l'inverse des Cubains, est venu chercher refuge dans la fuite perpétuelle de leurs origines ténébreuses rétives à l'oubli. Miami est la capitale du paradoxe et de la parodie. Sitôt qu'on s'aventure pour la première fois dans ses rues piétonnes, la ville transforme cette inquiétude en une euphorie railleuse. Miami prend parfois l'allure d'une copie qui l'emporterait sur l'original, dans l'allégresse comme dans l'absurde. Elle est à la fois la faute et l'intime rémission. Telles étaient les pensées de Tendron Mesurat : il aimait Miami par compréhension, et non par compassion. Il sourit et tira de sa poche un paquet de gauloises pour l'y remettre aussitôt sous le regard inquisiteur d'une dondon crasseuse de l'aéroport, à en juger par son uniforme et ses coups de sang propres à rabattre le caquet des passagers. Aux États-Unis, les fondamentalistes antinicotine sont prêts à trancher la gorge de tous ceux qui s'obstinent à noircir de fumée leurs poumons.

C'est à Miami qu'on mange la meilleure cuisine cubaine. Et Tendron Mesurat est un fou de bonne chère. Qu'il s'agisse d'un émincé de veau mitonné aux petits oignons, de *tamales*, de bananes farcies, de riz aux haricots rouges ou d'une salade à l'avocat, et il n'est plus là pour personne ! Le souvenir lointain d'une odeur de rillons de porc confits dans leur graisse lui mettait l'eau à la bouche.

C'est à Miami qu'on dort le mieux, avec cette brise qui monte de la Caraïbe et ces orages interminables. Tendron Mesurat était fasciné par ces cyclones de fin du monde, même s'ils apportaient le drame à ceux qui, loin de les vivre en touristes, les essuyaient de plein fouet. Rien ne valait un bon cyclone pour réfléchir en se prélassant sur la chaise longue Le Corbusier du Lynx, son ami, un type né pour l'amour — constat plutôt accablant chez un détective porté comme Tendron Mesurat à la spiritualité, à moins que ses humeurs rêveuses ou chimériques, non dénuées d'analyse, ne soient qu'un prétexte à vagabonder, la conscience légère.

C'est à Miami qu'on danse et qu'on danse jusqu'à plus soif. Vous ne le croyez pas ? Demandez à Iris Arcane, la plus belle fille du monde... et Tendron Mesurat se dissimulait à peine qu'il avait eu naguère le béguin pour celle qui serait l'objet de sa prochaine enquête. Il ne l'avait rencontrée pourtant que deux fois à Paris — loin d'imaginer alors qu'elle serait placée un jour sous sa protection. C'était aux mardis de la salsa à La Coupole où il lui avait tourné la tête jusqu'à ne plus reprendre son souffle et la laisser seule sur la piste, plus tourbillonnante qu'une toupie. Le temps d'une pause, la jeune fille s'était approchée de sa table pour lui demander du feu, et lui avait glissé au passage qu'elle rêvait de s'installer quelque part où elle pourrait s'éclater à longueur de journée, n'importe où sauf « là-bas », où elle ne voulait jamais remettre les pieds. « Là-bas », c'était Caillot Cruz. Et « n'importe où », c'était Miami, lui avait-il affirmé. Mais elle avait haussé les épaules et s'était envolée dans les bras tournoyants d'un mulâtre efféminé aux yeux bridés et à la mine ahurie.

L'humidité de la ville s'infiltrait à l'intérieur de l'aéroport climatisé. Le détective dut patienter dans une file d'attente interminable et turbulente, à son grand désespoir de Parisien prompt au stress et au découragement. « En France, on ne sait pas faire la queue, pensa-t-il. Sur ce plan les Cubains nous tiennent la dragée haute. » Après neuf heures de voyage, sa patience coutumière s'était muée en angoisse mortelle. L'avion ayant décollé de Roissy avec deux heures de retard, il doutait que son futur adjoint à Miami pût l'attendre à l'arrivée un bouquet à la main.

Le fonctionnaire de l'immigration examina son passeport français. Lui affronta son regard dubitatif.

— Ne me dites pas que vous êtes français avec un nom si bizarre ? — lui demanda l'autre à brûle-pourpoint. Et il sourit en donnant un coup de tampon sur le passeport.

— Je suis né à Paris, mais fils d'Espagnols exilés en France, expliqua l'intéressé.

L'autre fit un hum indifférent, il s'était déjà tourné vers la personne suivante.

« Si ces Cubains n'étaient pas si mauvaise langue, tout irait mieux pour eux », se dit Tendron Mesurat. Un somptueux manteau en poil de chameau plié sur l'avant-bras gauche, son ordinateur portable à la main droite, il récupéra ses bagages après une heure et demie de confusion où une vieille Américaine en fauteuil roulant manqua de peu d'embarquer une de ses valises, une mallette Vuitton (achetée d'occasion rue Charlemagne) bourrée de documents secrets que la grosse dondon avait posée sur les maigres cuisses de l'invalide, uniquement pour emmerder le monde, et pensant sans doute qu'elle seule devait en être la propriétaire.

Le détective ronchonna, mais il était soulagé. Il ne put dénicher de chariot à bagages, plusieurs personnes s'arrachaient le dernier en se crêpant le chignon. Il ne lui restait plus qu'à jouer au poulpe pour se coltiner tout son barda jusqu'à la sortie. Les porteurs se disputèrent ses faveurs, mais quelqu'un s'approcha aussitôt : c'était Ernesto, son adjoint — il ne savait pas encore qu'il devrait l'appeler Neno —, qui volait à son secours.

— Viens par ici, mon vieux, mais qu'est-ce que t'as lambiné ! fit l'autre en s'emparant de la valise la plus lourde, sans se présenter ni même lui serrer la main.

— C'est pas moi, c'est l'avion, répondit le détective.

« On croirait qu'il me connaît depuis toujours ! » pensa Tendron Mesurat, le corps parcouru par un étrange frisson. Pour se demander aussitôt ce qu'un détective français, fils d'exilés espagnols, divorcé d'une Marocaine, père de deux enfants nés à Genève, était venu foutre dans ce bourbier cubain ! Ses grands-parents maternels étaient morts à Miami dans un dénuement total, lors d'un deuxième exil, car, après avoir été dépouillés à Caillot Cruz, l'île d'en face, du digne pécule qu'ils avaient amassé à la sueur de leur front sur la côte américaine, ils avaient dû replier bagage. Sa mère en effet était cubaine, mais en épousant un Valencien, elle avait opté pour la nationalité espagnole.

— Le vol a été retardé, sans qu'on sache pourquoi. Je ne suis pas près de reprendre American Airlines.

— Tu n'avais qu'à descendre pour pousser ! se moqua son malabar d'adjoint.

Il avait de grands yeux noirs et vifs, les cheveux frisés et un faux air de Mastroianni mâtiné de Benicio del Toro. L'autre n'eut pas l'air de saisir ; ils se trouvaient maintenant sur le parking, à la recherche de leur bagnole, une Jaguar rose champagne pourtant facile à repérer.

— ... ou même tirer, si tu préfères... tirer un coup !

« Ça, pour ce qui est de tirer des coups, les Cubains nous dament aussi le pion, pensa Tendron. Même si nous, les Français, avons nos bottes secrètes... »

À bord de la Jaguar, l'adjoint, âgé d'une trentaine d'années, se décida enfin à tendre la main droite à ce quadragénaire au type méditerranéen, tout parisien qu'il fût.

— Ernesto, à ton service. Je préfère Ernest à cause de Hemingway, mais tu peux m'appeler Neno, comme tout le monde... — Le détective lui serra la main. — Comme tu ne nous as pas dit où tu voulais descendre, nous n'avons rien réservé. Le boss pense que tu iras chez lui. Je t'écoute, alors, où va-t-on ?

— À la plage, Indian Creek. Tu es de Juanabana ? — demanda le détective, et Neno acquiesça. — Trouve-moi ce qui ressemble le plus à l'hôtel Riviera, et tu t'y arrêtes.

— *Okey, bróder.*

Les paupières de Tendron Mesurat se collaient irrésistiblement sous l'effet de la fatigue, et son visage était poisseux de sueur et de poussière. C'était ça aussi, Miami, vapeur et humidité comme s'il en pleuvait. Une ville de tous les contraires, s'il en est. Une marmite chauffée à blanc, et pourtant, où qu'on entre, la pneumonie fond sur vous comme une plaque de glace ; putain d'air conditionné, on se croirait en hibernation sous un igloo. Dans la rue au contraire c'est l'embolie qui nous guette, les jambes gonflent, les veines du cou sont près d'éclater, le cuir chevelu coule à seaux ; en s'asseyant dans une voiture — à Miami pas question de s'en passer —, les mollets ruissellent comme du flan au caramel mou. Ah, Miami ! Une ville qui vous aime, vous secoue, vous blesse, vous déteste, vous séduit, vous répudie, vous berce et vous flanque aux ordures, pour vous ramasser, vous dorloter et vous rejeter à nouveau... Une ville chaleureuse et fatale. Tendron Mesurat tira de la poche avant de son pantalon un paquet de kleenex et s'épongea le visage et les mains. Miami, vivante ou mortelle quoi qu'il en coûte.

La Jaguar rose champagne enfila les voies express comme une flèche d'argent ou une machine à remonter le temps. Dans la demi-heure elle contournait à fond la caisse le canal d'Indian Creek. Neno stoppa devant une façade aiguemarine. Tendron Mesurat ouvrit la portière en même temps que son adjoint, et tous deux, ployant sous les valises, franchirent le seuil dès que le détective eut retrouvé le code d'accès.

— Bonjour, vous cherchez quelqu'un ? On peut vous aider ? — Le gardien à moitié assoupi pointait le nez derrière la réception, mais le visage inquisiteur se fendit d'un sourire en reconnaissant Tendron Mesurat. — Sacré nom, mais c'est mon collègue, bienvenue !

Il embrassa avec effusion celui qu'il appelait

« collègue » ; quoi de plus semblable en effet qu'un détective et un gardien d'immeuble : tous deux n'espionnaient-ils pas la vie des autres ? Tendron Mesurat sourit, bien obligé, ouvrit une valise et lui offrit un excellent bordeaux.

— Merci, mon prince, on peut dire que vous vous y connaissez, vous, pour flatter mes papilles ! Putride et mortel, le vin français, sacré nom !
— Et il l'embrassa à nouveau en lui rapportant les derniers potins politiques de Juanabana et Miami. « Putride et mortel », dans son langage, cela voulait dire excellent. — Rien de spécial, pareil que l'an dernier, le gouvernement d'ici n'en a rien à branler. C'est pas vrai que les Ricains c'est le Diable et compagnie, non ? Mais vous le savez mieux que moi !

Tendron Mesurat se rendit compte alors qu'il n'avait rien offert à Neno, et avant même qu'il ait eu le temps de tirer une seconde bouteille de son barda, le jeune le lui reprocha :

— Dis donc, *bróder* ? Et ma pomme alors ! Moi aussi, j'ai la dalle en pente !

Mais il changea de mine en voyant l'autre lui remettre à son tour sa pochette-surprise. Après quoi le détective et son adjoint quittèrent le hall et prirent l'ascenseur. La porte métallique s'ouvrit au onzième étage. Tendron Mesurat fouilla la poche de son pantalon et y trouva les deux clés. Ils entrèrent par la porte de service.

Il poussa un soupir de soulagement devant la

luminosité des lieux, baignés de rayons de soleil qui glissaient directement à travers l'immense baie vitrée séparant la terrasse du salon. Le détective laissa tomber son fourbi sur le canapé en velours bleu, rouge et violet, et contempla le ciel dégagé, et si ardent qu'il piquait les yeux.

Neno et le téléphone le tirèrent de sa rêverie. Il s'occupa du second en premier. Son ami le Lynx, propriétaire de l'appartement, l'appelait pour lui souhaiter la bienvenue et lui annoncer qu'il était débordé de travail et tarderait à regagner ses pénates. Ils parlaient en français et de toute évidence une longue et profonde amitié les unissait.

Tendron Mesurat raccrocha et jeta un regard interrogateur sur son nouvel adjoint, curieux de savoir d'où provenait la nervosité qu'il avait notée chez lui. Neno devina et retira des poches latérales de son gilet des cahiers d'écolier réunis par un élastique qu'il jeta sur la table.

— Tu dois lire ça, fit-il, en croisant ses bras musclés sur sa poitrine.

Tendron Mesurat y jeta un coup d'œil sans prendre le temps de les soulever.

— Ce sont les journaux intimes d'Iris Arcane, rien d'extraordinaire, des lubies de mannequin... Iris Arcane est une fille trop sensible et sans doute affectée de quelques bizarreries, sinon comment expliquer tous ces phénomènes ? Maintenant, tu ne trouveras pas grand-chose dans ses journaux ; seulement M. Dressler m'a demandé de te les donner, moi j'obéis à mon boss, et mon boss c'est lui, le mari.

— Écoute, Neno, ne perdons pas de temps. Je suis venu parce que je connais Saul depuis une paye, mais j'ai l'impression que vous tous vous exagérez. Qui peut avoir intérêt à nuire à Iris Arcane ? Je te demande un peu !

— On craint le pire, il y a trop d'envieux autour d'elle. Tu te rends compte, la femme la plus belle du monde mariée à un gars bien pourvu... en billets de banque, je veux dire. Et qui plus est il a bâti sa fortune à force de travail, de matière grise, et j'en passe, expliqua Neno. Non, il faut prendre très au sérieux les menaces qu'ils ont reçues.

— D'accord, je lirai ces cahiers cette nuit même, répondit sans conviction Tendron Mesurat en les montrant du doigt, et il alluma un cigare.

Neno lui tapota l'épaule, il devait s'en aller, il avait à faire.

— Je mets les voiles et demain je passe te prendre pour suivre les consignes de M. Dressler.

Neno exerçait plusieurs métiers ; outre détective adjoint, commis d'une boutique de meubles, serveur dans un troquet cubain, plongeur dans un resto argentin et clown pour un cirque ambulant, il avait aussi, dans une vie antérieure, tâté du trafic de cocaïne pour faire comme un cousin marimbero, gros dealer qui menait grand train, achetait maisons et bijoux aux maîtresses qu'il collectionnait en série, et laissait au restaurant jusqu'à cinq cents dollars de pourboire ; un vrai caïd ! Mais la drogue ne constituait plus la force vive de Miami, fini les bateaux, leur proue dressée au ciel, bourrés de poudre blanche jusqu'à la moelle des matelots, très peu de gens conduisaient des Jaguar ou des Ferrari dans la 8e Rue, et il n'y avait plus de coups de feu aux portes de la Botánica Nena — cette plaisanterie avait coûté au cousin la bagatelle de cinquante années de prison. Neno, en revanche, se repentait vraiment d'avoir fricoté avec les marimberos, son passé lui restait sur l'estomac, bien qu'il eût besoin de trimer dur pour tirer sa nombreuse famille de Caillot Cruz et la faire venir à Miami. Mais il ne voulait pas qu'on lui cherche des crosses à propos de la drogue, ça non ; qu'avait-il récolté dans l'affaire ? Il était tout au bas de l'échelle, il ne faisait qu'assister le chimiste qui menait à bien le processus chimique. En de rares occasions, une petite sniffée l'avait bien tiré du blues, mais la poudre lui coupait l'appétit et faisait fondre ses muscles, au point qu'il n'avait pas tardé à renoncer au sale négoce. Il n'avait rien dit de tout cela à Saul Dressler de peur de risquer sa place, mais surtout parce qu'il en avait honte. Il tendit au détective une carte de visite avec ses coordonnées, et après une embrassade et de solides poignées de mains, il disparut par la porte principale.

Tendron Mesurat profita de la solitude où l'avait plongé le départ de son adjoint pour baisser un peu la climatisation et, faisant coulisser la fenêtre qui donnait sur la terrasse, il sortit pour s'allonger sur la chaise Le Corbusier et contempler l'infini. Il lut les journaux, toujours la même rengaine : le président américain et le dictateur de l'île se moquaient des Cubains, et du monde entier. Ce prétexte pour garder les gouvernants en pleine gloire, et qu'on appelait politique, lui faisait mal à la poitrine. C'est dans cette humeur noire qu'il fut surpris par l'un des plus insolites couchers de soleil de sa vie.

La nuit tombée, il rentra prendre un bain. Non sans avoir défait ses bagages, disposé ses vêtements dans l'armoire et dîné en solitaire d'un bouillon de poulet et de légumes que son ami le Lynx lui avait préparé. Le décalage horaire menaçait de le terrasser, mais il eut encore la force d'entreprendre la lecture du journal intime d'Iris Arcane.

DEUXIÈME TOUR DE BATTE

Elle, et nulle autre

Ce sont les percées de lumière vive de l'ardent soleil filtré par le rideau de la fenêtre qui le réveillèrent. Dans la chambre, pourtant, l'air conditionné faisait régner une fraîcheur telle qu'il sentit un vrai glaçon logé dans sa moelle épinière, comme si l'Antarctique tout entier était concentré dans son hypothalamus. Il essaya d'allumer une cigarette, mais il avait la gorge sèche et sa bouche s'emplit d'une amertume piquante. Les cahiers reposaient sur la table de nuit. Oui, c'était elle, c'était bien elle. Forte comme un roc. Elle, et nulle autre, telle que son journal intime la révélait : une vie sans calcul, comme en marge de la vie même, loin de toute analyse, de la politique, coupée de la réalité ordinaire, une vie qui transcendait le quotidien pour devenir poésie. Iris Arcane, plus qu'une femme, était un poème perché sur deux jambes de rêve.

Tendron se résuma les pages lues la veille au soir.

Iris Arcane était née à Guanajaboa, un quartier très croyant de Juanabana, dont la population pratiquait, pour la plupart, la santería. Sa famille n'était pas en reste dans ce domaine, tributaire, mais sans fanatisme, des sorts et du mauvais œil que la convoitise et la rancœur jetaient à ce beau brin de plante ; une goyave pareille, on n'en avait pas vu au pays depuis des années. Iris Arcane et sa sœur Océanie avaient fait leurs études chez les Suicidés du Lendemain jusqu'à l'âge de onze ans. Précisément l'âge d'Iris quand, vêtue de son uniforme amidonné et de ses godasses de collégienne, avec ses lunettes en culs de bouteille et son petit fil de fer aux dents, elle avait été interpellée à la sortie de l'école par un médiocre photographe italien. Rachitique, presque tubard, le visage gras et des petits yeux de cochon d'Inde, l'individu répondait au nom d'Abomino Dégueu.

Le *signore* Dégueu réalisa d'emblée qu'il se trouvait en présence de la future miss Univers — malgré les accessoires correcteurs qu'elle portait — et sans même la consulter il usa un rouleau complet de pellicule à la mitrailler. La fille était timide et serrait ses livres contre ses tendres rondeurs comme si elle empoignait un bouclier. C'est tout juste si Abomino Dégueu prit la peine de convaincre sa famille qu'il ferait de cette gamine le plus célèbre des *top models* et qu'on parlerait d'elle aux quatre coins de la planète. Sans perdre une seconde, il ne ménagea pas ses efforts pour tirer de l'école cette fille formidable, et l'emmener à Milan, dans ce qui ressemblait plus à un rapt d'enfant qu'à un congé avec autorisation parentale.

Sa famille souffrit du départ d'Iris Arcane, à peine consolée par le célèbre tableau *L'enlèvement des mulâtresses* de Carlos Enríquez. Le voisin qui l'avait apporté expliqua que ces histoires d'enfants cubains volés par des étrangers étaient monnaie courante depuis cinq siècles. Devant leur refus de livrer leur enfant à un inconnu, Abomino Dégueu avait excipé de lettres officielles menaçantes, escorté même d'un militaire pour certifier que la présence « internationaliste » de l'adolescente sur le sol garibaldien allié s'avérait indispensable à l'avenir politique et économique du pays. Entraver la carrière d'Iris Arcane serait tenu non seulement pour haute trahison, mais briserait l'avenir prometteur d'Océanie, sa petite sœur, en tant que serveuse. Iris Arcane, qui avait tout intérêt à se sacrifier — euphémisme de rigueur —, n'avait opposé aucune résistance.

À Milan et à Rome, racontait-elle dans son premier cahier, Abomino Dégueu se fit une montagne de fric en tirant son portrait. Il vendait ces photos aux revues de mode, assorties d'un tissu de mensonges, fresque en trompe-l'œil digne de la chapelle Sixtine, sur l'enfance de l'adolescente, sans négliger d'exploiter la veine exotique du sujet ; et c'est ainsi qu'Iris Arcane était apparue sous les traits d'une belle ingénue, pionnière du communisme — alors même qu'elle ne l'avait jamais été, les catholiques n'en avaient pas le droit. Contrainte et forcée de retirer ses chaussures orthopédiques et son appareil dentaire, Iris Arcane s'était muée en fille désirable, mais il lui fallut survivre des jours et des jours hors du temps, dans une solitude absolue, en proie à une niaise extase, avant qu'elle ne s'en avisât.

Iris Arcane n'en avait jamais vu la couleur, ignorant même qu'Abomino Dégueu empochait de juteux bénéfices pour ses photos. Toujours aussi gracile, la peau sur les os, grelottant au moindre flocon entraperçu derrière les vitres encrassées, elle essuyait humiliations et brimades sans mot dire. Dans sa honte, elle n'osait même pas confier dans ses lettres à ses parents les mauvais traitements dont elle était victime. Elle passa plus de quatre années enfermée dans un taudis glacial et misérable qui puait la moquette humide, emmitouflée sous une couverture de laine qui datait de Mussolini. Pendant ce temps, Abomino Dégueu l'engraissait au pain sec et à l'eau pour tirer le meilleur profit de la splendide ligne Danone — un laitage dont elle ignorait encore le goût — qui s'annonçait déjà dans les longues extrémités et les pommettes saillantes au-dessus desquelles se plissaient, mi-tristes mi-rêveurs, deux yeux émeraude, semblables à ceux de Marilyn dans *Comment épouser un millionnaire.*

Iris Arcane avait seize ans quand elle découvrit par hasard que cet individu l'arnaquait sans pitié. Il lui avait toujours dit qu'il ne parvenait pas à vendre ses tirages, lui reprochant de ne pas savoir poser, d'être dénuée de grâce, de la moindre trace d'une intime spiritualité. Un soir, charmée par le vol d'un rossignol qui s'était glissé dans la chambre interdite du sinistre mentor, Iris Arcane profita d'un voyage de celui-ci à Venise pour y pénétrer. Pour avoir épié l'Italien elle savait qu'il enterrait la clé dans un pot de mandragore ; alors, lorsqu'elle comprit que le pauvre oiseau restait prisonnier dans la pièce ténébreuse, elle gratta la terre et déroba la clé. Quand elle entra, elle ne découvrit pas des corps putréfiés comme dans *Barbe-Bleue*, mais des couvertures de revues célèbres, agrandies et affichées sur tous les murs. Des centaines d'images en couleurs montraient sous tous les angles son visage et la somptueuse ossature habillée de peau de pêche.

La più bella ragazza del pianeta ! La une scandaleuse d'un magazine sur papier glacé l'exhibait à moitié nue, assoupie sur le grabat défoncé et suçant son pouce — geste auquel elle s'était habituée par fringale plus que par réflexe infantile. C'est presque à son insu qu'Abomino Dégueu avait pris ce cliché ; elle croyait se rappeler qu'il l'avait contrainte à boire un jus amer qui l'avait terrassée comme un moineau frappé en plein vol par une fronde. Les autres publications ne tarissaient pas de compliments ni d'éloges sur cette beauté surprenante, la coqueluche de l'année, qu'ils appelaient même « l'énigme » en cette fin du XXe siècle en raison de l'étrange halo qui couronnait sa tête sur les photos.

Iris Arcane se sentit triste à mourir, mais elle n'eut pas de larmes ; elle les réservait pour des moments graves. Elle fouilla la pièce de fond en comble et trouva de grandes quantités d'argent : des virements au nom d'Abomino Dégueu prouvaient clairement la provenance des paiements. Elle avait ratissé jusqu'aux moindres recoins quand, épuisée, elle referma la porte comme le faisait son maître et remit la clé dans le pot de mandragore.

Lorsque Abomino Dégueu revint de Venise, Iris Arcane était sortie de sa chrysalide ; une ligne sculpturale, une allure digne de la Victoire de Samothrace, la peau cannelle, les cheveux châtain clair, des cils noirs et épais sur deux émeraudes colombiennes, le regard langoureux, un petit nez parfait, une bouche humide et pulpeuse qui ne devait rien au silicone. Une bave écœurante aux commissures des lèvres, il l'observa et pointa sur elle son appareil. Les flashes sinistres la mitraillaient, mais Iris Arcane affichait désormais une désinvolture nouvelle.

Le lendemain, le *signore* Dégueu négocia un contrat qui l'autorisait à exhiber Iris Arcane dans les défilés de mode. En quatre semaines il lui apprit à se mouvoir avec la grâce d'une gazelle et la souplesse d'une panthère. Il ne fut guère difficile à la jeune fille de feindre et de charmer par sa docilité sophistiquée cet imbécile d'Italien.

En quelques mois, elle devint ainsi l'un des plus célèbres mannequins de France et d'Italie. Durant l'automne et l'hiver, elle fut le visage du Bon Marché à Paris, le temps d'attirer sur elle l'attention des stylistes anglais et américains. Elle passait ses journées à voyager d'une ville à l'autre. Elle prenait sa *prima colazione* à Milan, déjeunait à Vienne, dînait à Londres, enfourchait le Concorde et s'endormait à New York. Comme le compte bancaire d'Abomino Dégueu se gonflait chaque fois que les longues jambes avisées franchissaient avec une assurance gracieuse les passerelles de la renommée, l'insatiable photographe acheta une résidence en ruine qu'il restaura avec les cachets de sa poule aux œufs d'or.

Iris Arcane finit par haïr ce Romain frimeur et mal dégrossi qui ne se lassait pas de raconter à tous les vents comment il avait découvert l'oiseau rare, comment l'enfant sauvage s'était métamorphosée en cette jeune fille accomplie. Il en salivait de bonheur de répéter partout qu'il l'avait inventée et qu'elle lui devait tout.

— Admirez cette élégance ! C'est mon œuvre ! Si vous aviez vu ce boudin avant ! Personne n'aurait parié la moitié d'un pépin de citron sur ce cageot insignifiant ! Et voyez le résultat : royale,

sculpturale, impériale... et tout ça grâce à moi. Tu
dis si je me trompe, chérie...

Mais Iris Arcane acquiesçait en silence ; fuyant
le regard de ses interlocuteurs, elle courait dans
sa loge sécher ses larmes avec des *kioutips*, autrement dit deux cotons-tiges, histoire de ne pas
brouiller son maquillage, et tentait de se consoler :
« *Teïkitisy, teïkitisy*, se disait-elle dans cet anglais
mal digéré des séries américaines salement dou-
blées. Ne te fais pas de rides, t'auras personne
pour repasser les plis. »

Les gens écoutaient Abomino Dégueu, incrédules. Comment ce pauvre type pouvait-il raconter des conneries pareilles ? Et ils l'envoyaient se
faire foutre, qu'il aille se nettoyer la merde des
yeux pour mieux voir ! Oui, monsieur, du balai !
Et mettez donc un vêtement plus décent que ce
treillis en fripe de parachute — mais l'Europe est
si snob qu'elle avait fini par adopter le fameux
pantalon kaki avec ses poches sur les côtés des
genoux, et le béret noir d'un bourreau prétendu-
ment révolutionnaire.

Pour Iris Arcane, un beau jour, la coupe fut
pleine, et c'est sans le moindre regret qu'elle
laissa tomber le triste sire. Il l'accusa d'ingrati-
tude : tous ces sacrifices qu'il avait faits pour elle,
lui qui lui avait donné son âme ! Et dire qu'il
avait dépensé une fortune pour son éducation ! Il
pleurnicha, oubliant au passage tout le blé qu'il
s'était fait sur son dos, et grâce auquel, à l'insu

d'Iris Arcane, il avait monté un réseau international de jeunes putes de luxe. Mais il allait finir
comme tous ces crétins minables, en transportant
ses pénates à Caillot Cruz où il acheta une jeep
militaire déglinguée, une baraque à la campagne,
pour dire au tout-venant qu'il vivait comme
n'importe quel prolo. Il organisa des simulacres
de suicide en public, n'épargnant à personne la
fable de son pauvre amour trahi. Comme il dila-
pidait tout son fric, il s'avisa de trouver une solution à sa crise en recourant aux services d'une
script pour rédiger le scénario du film de sa chao-
tique histoire, qu'il mettrait en scène. Script dont
il rémunérerait généreusement le travail d'un
sandwich œuf-jambon-fromage partagé à la can-
tine du théâtre Mella.

Iris Arcane partit comme elle était venue, avec
pour seul bagage les vêtements qu'elle portait sur
elle. Entre-temps elle s'était éprise d'un Français,
également mannequin. Ils se marièrent, eurent
une fille, mais peu après le ménage capota. De
cette histoire, Iris Arcane ne livrait aucun détail
dans son journal, pour ne pas nuire sans doute à
la petite Asilef, dont le nom à l'envers, Felisa,
convoquait secrètement le bonheur. Le temps
que dura ce mariage, cinq ans environ, Tendron
en conclut seulement qu'Iris Arcane avait trimé
comme une bête ; son mari passait toute la sainte
journée à dormir, et la petite Asilef était gardée
par une nounou polonaise, ou sa grand-mère

paternelle, quand celle-ci ne retrouvait pas ses copines du café Florian sur la place Saint-Marc à Venise.

Pendant ce temps, Abomino Dégueu changeait ses tréteaux en théâtre international, atteignant des sommets dans la comédie bouffonne sans jamais omettre le sempiternel chantage au suicide, ni la scène de Guanajaboa, d'où était originaire Iris Arcane, et dans laquelle il interprétait l'amant dépité, le Pygmalion floué, voire le crétin fieffé, que la famille de cette traîtresse de *puttana* avait abusé, voire dépouillé.

Iris Arcane, quant à elle, perdait ses illusions sur le père de sa fille. Il n'était pas un mari, mais un ours polaire égaré dans une serre. Ils consultèrent leurs avocats et convinrent de divorcer à l'amiable ; Asilef et sa mère s'installeraient à New York pour un temps.

À cette époque, Iris Arcane en avait assez d'être *top model* ; par-dessus la tête des frivolités quotidiennes de sa profession, de faire toujours contre vilaine fortune joli cœur, de jouer les divines quand elle voulait péter à sa guise ou bien oublier dans un lit géant, les doigts de pied en éventail, sa putain d'existence. Elle en avait plein la moule des jus de betterave, carotte, orange, kiwi, mandarine, goyave, tous ces agrumes pour seule nourriture — une banane au petit déj', au déjeuner et au souper dans le meilleur des cas —, et tout ça pour préserver sa ligne de rêve de la moindre once de graisse, même imaginaire. Des cernes lui mangeaient le visage jusqu'au menton, ses traits lumineux avaient perdu leur teint de rose naturel pour prendre la pâleur de la cire. Seules quelques gouttes de citron redonnaient un peu d'éclat à son regard opaque. Ses jambes tremblaient lorsqu'elle descendait un escalier. Elle était à bout de forces, et consumée du désir de rencontrer enfin celui qu'elle aimerait et qui la respecterait.

Un soir, elle observait Asilef endormie, si fragile dans son sommeil, quand elle sentit monter en elle une pulsion de mort, un besoin irrépressible d'attenter à sa vie et à celle de son enfant, en même temps qu'un appel vibrant : oui, elle choisirait de vivre autrement, avec des élans nouveaux. Elle effleura du dos de la main la joue d'Asilef et, pour la première fois après tant d'années loin de sa famille, elle comprit qu'il était temps de donner libre cours à ses larmes, de libérer ses poumons de ce chagrin contenu depuis si longtemps.

Dans la glace du lavabo, le détective étudia sa barbe de deux jours, puis tendit la peau de son cou pour s'assurer qu'il n'avait pas de points noirs. Il prépara son Gillette et se mit à se raser avec le plus grand soin. En atteignant les ailes du nez il se fit une petite coupure et saigna ; contrarié, il rinça abondamment la minuscule entaille.

Tout en procédant par le menu à sa toilette du matin, il dressa mentalement la liste des personnes susceptibles de chercher des crosses à sa cliente.

Abomino Dégueu, bien sûr, constituait le principal suspect, mais il y avait aussi ce premier époux un peu flou, même si la seule existence de sa fille Asilef suffisait à infirmer cette hypothèse. Les deux hommes étaient au cœur de l'intrigue et pesaient en l'occurrence un poids certain, mais Tendron avait noté l'insistance inquiète d'Iris Arcane à consigner dans les pages de son journal la jalousie tenace, assassine de la plupart de ses collègues, les autres mannequins. Cette jalousie qui n'avait cessé de lui nuire depuis sa naissance dans la lointaine Guanajaboa.

Rage, calomnies, ressentiment, elle répondait à tout cela par un calme qui lui était naturel, sans qu'aucune malveillance n'interfère jamais avec ses sentiments. Elle avait appris à penser, à vivre d'illusions, et nourrissait de grands desseins, oui, vraiment. Il n'y avait pas un instant de sa vie où elle ne rêvait au jour où elle serait enfin libre de retourner dans l'île, de rentrer dans un pays prospère et pacifique. L'espoir engendrait même chez elle un phénomène insolite : elle flottait dans la réalité immédiate sans jamais toucher terre, la rêverie devint son état normal.

Tout cela Tendron Mesurat le devina ; il le lut dans le tracé de son sang qui s'était égoutté de la lame pour coaguler sur la faïence. Il rinça le rasoir sous l'eau du robinet et s'épongea le visage avec la serviette bleu de Prusse, puis il se frictionna d'une lotion rafraîchissante avant de se pommader avec une crème parfumée à la cannelle. « Il est possible après tout, se disait-il, perdu dans ses pensées, qu'Iris Arcane soit à demi paranoïaque. »

La porte de la seconde pièce s'ouvrit tout grand sur son ami le Lynx, vêtu d'un peignoir de bain dont le tissu imitait le rayon d'une ruche. Ils s'embrassèrent en toute simplicité et reprirent la conversation à l'endroit même où ils l'avaient laissée deux ans plus tôt. C'est là l'apanage des grandes amitiés, qu'il en soit, par-delà l'absence, comme si l'existence était restée suspendue à une sensation unique, difficile voire impossible à décrire, et où seul compte l'instant pour renouer tout naturellement avec la tendresse.

Le Lynx vivait comme les vampires, aspirant le suc des nuits mielleuses, il chantait, dansait et dispensait l'amour à ses semblables. Un donneur d'amour, dont le siège social était ce café insolite où la mémoire de l'âge d'or de la musique cubaine tendait comme un arc entre le passé et un futur rêvé. Il était exceptionnel qu'il se lève à une heure si matinale, il ne l'avait fait qu'en deux occasions : quand José Canseco, un des plus grands batteurs de l'histoire du base-ball, était venu lui rendre visite, et aujourd'hui, contraint par la courtoisie la plus élémentaire de saluer son vieil ami Tendron Mesurat. Celui-ci nota le malaise du Lynx et remarqua que ses pupilles irritées s'étaient rétrécies jusqu'à la transparence devant la décharge de lumière provenant de la brèche carrée de l'immense terrasse ; le Lynx s'était replié aussitôt dans la pénombre de la cuisine pour fuir l'intense luminosité.

— Que se passe-t-il, vieux, tu as l'air plus ratatiné qu'une chauve-souris ! lui lança Tendron, moqueur, feignant la nonchalance cubaine sous l'accent français.

— Je suis complètement à plat. J'ai vraiment déconné cette nuit. *Moutcho moutcho moutcho.* Ah ! s'il y a une chose que je déteste après la politique, c'est bien la chaleur !

— Alors qu'est-ce que tu glandes dans cette ville, merde !

Tendron lui donna une bourrade.

— J'adore les nuits de Miami, le parfum des lauriers-roses... Alors fais pas chier ! Et puis tu crois qu'on m'a laissé le choix ? Voyons, mais où est-ce que j'aurais pu atterrir ? À Capri, pour la célèbre chanson, *Capri, c'est fini* ? Non, non, pas question, une autre île jamais ! À Rome, à cause de *La dolce vita,* ou à Milan, pour *Miracle à Milan,* de sacrés films, *santa Madonna* ! Ou mieux encore à Paris, son charme, les nénuphars de Monet, la *nouvelle vague* ! À Venise, pour le pont des Soupirs, la place Saint-Marc, et le fantôme de Casanova ! Eh oui, c'est à Miami que j'ai échoué, mon frère, et sans regrets. D'abord c'était la terre la plus proche, tu sais bien ce que j'ai pu ramer et ce que j'en ai bavé avec les requins, mais on peut dire que le climat compense largement en espèces... sonnantes et trébuchantes ! C'est une ville ingrate qui ne donne rien en retour, elle en est presque infantile ! Mais tel que tu me vois, moi, le Lynx, je suis prêt à donner le meilleur de ma vie à Miami, alors, qu'est-ce que t'en dis ?

Tendron Mesurat réagit comme s'il avait déjà entendu un bon nombre de fois la même rengaine. Il ouvrit le frigo et fouilla à l'intérieur en faisant un rapide inventaire : bananes noires pourries, lait tourné et retourné, eau croupie, œufs moins frais que ceux des dinosaures exposés au musée de New York... des mouches de l'époque glaciaire en phase terminale pour cause de malnutrition.

— Je crois bien que tu n'as pas encore cuvé ta cuite, et que... je dois mettre un peu d'ordre dans ta vie diurne.

— Je n'en ai pas. Je ne lis pas les journaux, je ne regarde pas la télé, sauf certains soirs et seulement l'émission « Jeopardy », pour perfectionner mon anglais. Les affaires me bouffent tout mon temps et je me contente de courir. Mais moi, ce que j'aime, tu le sais bien, c'est passer la nuit à me trémousser de boîte en boîte, et donner de l'amour à la pelle. Ton ami peut perdre les pédales, mais jamais il n'ira dans le mur. T'inquiète pas ! J'ai mis toute la gomme pour faire la pige à Hemingway. Sérieusement, mec, mon cabaret me bouffe.

— À propos de café, tu as de quoi faire un jus ?

— Moi le jus j'en fais pas, j'en jette et du meilleur..., fit-il pour blaguer. Tiens, tu as ce qu'il te faut sous le nez.

— Ça ?

Le détective brandit une boîte de conserve vide en fixant son regard bleu moqueur sur les yeux couleur de miel du Lynx. Celui-ci acquiesça en mordant dans un biscuit à la noix de coco qui semblait aussi frais que la momie du Louvre.

— Tu es une calamité, mon vieux, une vraie calamité.

Et Tendron se mit à préparer le café sans cesser de le charrier. Ils sirotèrent la mousse fumante sur la terrasse, malgré les protestations véhémentes du Lynx qui préférait l'obscurité et le froid de sa chambre.

— Je sais que tu es très proche d'Iris Arcane et de Saul Dressler, son mari. Tu crois à cette histoire de persécutions et de menaces anonymes ? N'aurait-il pas été plus simple d'avertir la police et d'engager un détective d'ici, au lieu de requérir mes services et de me faire venir de Paris ?

Le Lynx releva les jambes, cala bien sa tête contre le dossier de la chaise, baissa ses paupières blessées par la brume rougie de l'aurore.

— Ils ont vraiment pesé le pour et le contre. Mais comment expliquer aux fédéraux ou à un détective américain que pressentiments, jalousie ou je ne sais quoi encore sont peut-être à l'origine de tout ce cirque ! Les seuls à savoir que la convoitise peut tuer, c'est bien nous, les Cubains, et on ne s'en prive vraiment pas. Bon, mais tu connais : les Français se défendent plutôt bien dans ce domaine, non ? Nous avons ça en commun ! Mais il n'y a personne comme les Cubains, ça non, on est champions toutes catégories ! Quant à la prémonition, c'est une maladie chronique chez nous.

— Au fond, tu veux dire que les autorités d'ici sont au courant, et que tout le monde s'en fout ?

— Tu l'as dit, *amigo* !

— Mais d'après Neno il n'y a pas de preuves.

— Juge un peu, Tendron. Un jour, en sortant de ta maison, tu tombes sur sept poules noires égorgées, les pattes ligotées avec des rubans rouges, une platée de bananes pourries, et le tout à l'avenant ; eh bien ! je te laisse imaginer ce qu'un cerveau américain peut en penser... On ne peut franchement pas parler de pièces à conviction !

— Bon, c'est de la sorcellerie, et alors ? Tu ne vas pas me dire que Saul croit à ces loufoqueries !

Je donne raison aux enquêteurs, il n'y a rien là qui puisse inquiéter.

— Non, Saul n'y croirait pas, si tous ces phénomènes n'étaient accompagnés d'un sinistre message... Iris Arcane est certaine aussi d'être suivie par une colombe blanche, au point d'en avoir des visions. Mais le pire, c'est sa température, elle devient parfois si brûlante que sa peau est bouillante, elle te grille au moindre contact, elle a déjà fait fondre des fauteuils, des murs... C'est incroyable, mais vrai.

— Mais ça c'est du boulot de psychiatre, d'astrologue ou de sorcier, pas de détective. Et le fameux message, c'est pas une preuve ?

— On ne peut vraiment pas dire qu'il fasse honneur à Gutenberg ! Il ne s'agit pas d'une lettre qu'on aurait expédiée, non, mais à côté des poules, en pleine rue ou sur le mur du salon, près d'un feu qui vient tout juste de s'éteindre, on a trouvé à chaque fois cette inscription : MORTE ! Iris Arcane a cru voir aussi des fantômes, des corps humains la corde au cou, et des cigares incandescents brillent dans les coins les plus inattendus de la maison. Iris Arcane vit dans la compagnie des anges. Un après-midi, alors qu'ils rendaient visite à des amis, au quatorzième étage, Saul Dressler a surpris un homme rôdant autour de sa femme, mais quand l'individu s'est retourné vers lui, il n'avait qu'un trou noir à la place du visage, et il a fait le geste de pousser Iris Arcane du haut de la terrasse où il se trouvait. Et puis il l'a fait en vrai ! Saul l'a vue tomber dans le vide, au ralenti, les bras en croix comme un oiseau, puis s'écraser contre l'asphalte, il jure que ça s'est passé comme ça. Il a couru pour rattraper le mec, mais celui-ci avait disparu dans un escalier de service. Saul n'a rien vu d'autre, sinon une intense lumière rouge électrique. Il est redescendu par l'ascenseur, désespéré à l'idée du spectacle horrible qui l'attendait en bas. Mais sur le sol il n'a vu se refléter que l'ombre d'une femme, entourée de jasmins comme en peint Ana Mendieta. Paniqué, il cherchait du secours de tous les côtés quand il a aperçu Iris Arcane au coin de la rue : tranquille comme Baptiste, elle suçotait un cornet de glace à la crème. Vivante. Heureuse. Elle ne se souvenait de rien, sinon de cette douce sensation que sa tête pénétrait par son nombril et qu'elle plongeait à l'intérieur d'elle-même... Ce sont là des phénomènes étranges, mais on te racontera tout ça mieux que moi. S'ils ont fait appel à toi, ce n'est pas seulement parce que tu es le meilleur, c'est aussi pour tes dons de voyant.

— Il ne faut pas parler de ça. Oublie. Je ne vois plus rien, je ne sens plus rien, c'est tout juste si je peux jouer aux devinettes ; bref, les pouvoirs m'ont lâché. Je fais mon travail, mais je ne compte plus que sur mon bon sens et mon esprit d'analyse. Je ne reçois plus de coup de main de l'au-delà, voilà tout !

— Déconne pas. Je suis prêt à parier qu'elle reviendra un jour, cette petite crampe mystérieuse qui te vrille le cerveau...

— J'en doute, je ne suis pas de ceux qui méprisent Miami, mais on ne peut pas dire que l'au-delà y soit en odeur de sainteté ! Ici, mon vieux, on serait plutôt dans l'ici-bas le plus crasseux.

— Mais c'est justement là qu'on a besoin de toi, mon pote ! Je t'assure qu'en ce moment même tu viens d'y mettre les pieds. L'au-delà, le pur infini. Les quatre éléments, terre, mer, air et feu, et l'énergie positive qu'ils diffusent... Tu nous es revenu d'Europe trop réaliste, *bróder*.

Le détective eut un sourire incrédule, en même temps qu'il se redressait sur son fauteuil. Puis il s'étira et se dirigea vers sa chambre, tandis que le Lynx allumait la télé pour écouter les prédictions astrales de Walter Mercado. Celui-ci arborait une cape mauve à strass et paillettes dont les quinze mille perles de verre devaient valoir leur pesant de cacahouètes.

— Poiissson. Veille à tes intérêts, assure-toi d'être bien informé au moment de t'engager dans une transaction importante. Aujourd'hui est jour de trêêêvvve. Le facteur surprise sonnera trois fois et ce ne sera pas toujours une partie de plaisir ! Ne t'écarte pas un iota de ce que tu as négocié !

Poiissson. Contrôle ton imagination pour ne pas en venir aux pires extrémités. Pas de folies, poiissson ! Numéros de la chance : 10, 5 et 7.

Dans sa chambre, Tendron Mesurat ôta son pyjama en soie à rayures blanches et bleues, passa une chemise ivoire, en popeline légère, enfila un pantalon de lin bleu sombre et chaussa des mocassins blancs. Il prit ses documents et salua le Lynx. Avant de franchir le seuil il attrapa au vol les clés de la jeep Wrangler Sahara que lui prêtait son ami. Ils avaient convenu de se retrouver vers deux heures, à la cafétéria française de Lincoln Road, pour un déjeuner frugal : salade de poulet, tomates et laitue, et comme dessert, *une religieuse*, son préféré, mais il serait difficile de résister aux petits choux à la goyave de La Perezosa, maison qui avait inventé cette chatterie, ou à son délice fourré de *mousse* au chocolat. Comme il appelait l'ascenseur, Tendron Mesurat pensa qu'ici au moins les légumes conservaient encore leur véritable saveur. Proximité bénéfique de la mer.

TROISIÈME TOUR DE BATTE

La porte de sable

Il entra dans l'ascenseur et devina qu'une femme parfumée au jasmin mâtiné de violette et de pervenche venait de descendre. C'était une femme, il en était sûr, il voyait encore sur la moquette grise la trace de ses talons aiguilles. Tandis que les étages défilaient, il se rendit compte qu'il n'avait pas mis à jour son agenda, ni porté ses rendez-vous. Il se sentait désorienté, comme chaque fois qu'il replongeait dans l'atmosphère étouffante de Miami. Il hésita entre la voiture du Lynx, ou la promenade sur la passerelle de bois qui longeait la plage, et il fit ce qu'il faisait invariablement : il aimait marcher pieds nus sur le sable, tremper ses chevilles dans l'eau tiède du rivage, jouir de la brise matinale avant de se laisser happer par un soleil implacable.

Il fit quelques pas ; il pensait au journal d'Iris Arcane, et aux paroles de son ami le Lynx. « Me voilà repris au piège cubain. » Un sourire se dessina sur son visage, il était content d'avoir accepté. Cela le changerait de la routine de ses enquêtes habituelles : filatures, adultères, drames passionnels... Il respira et sentit la profondeur de ses poumons, ravivés par les embruns ; il se rappelait l'époque où, dans un bel élan optimiste, avec l'aide de sa mère, il avait consacré son énergie et ses moyens à son grand œuvre, à caresser le rêve de la pierre philosophale. Après des années de travail intense, de retraite spirituelle absolue, après une vingtaine de livres publiés sur l'alchimie et ses expériences surnaturelles, il avait décidé de jeter l'éponge et d'embrasser la dure profession de détective privé, non sans avoir fait un détour passionné par la peinture et la sculpture.

Ses mocassins de cuir blanc à semelle caoutchouc noir à la main, il avança en direction de la houle légère. Il ne put retenir un frémissement au moment où la peau fine de ses chevilles entrait en contact avec les nacres froides. La chair de poule des pieds à la tête, il se mordit les lèvres de plaisir. Il plaça ses chaussures en coussin pour y poser ses fesses. Et il enfonçait un doigt dans le sable, quand quelque chose d'extraordinaire se produisit. Sa tempe battit avec une intensité rare — il y avait bien cinq ans que son crâne n'avait ressenti cette fulgurance magnétique qui annonçait un vertige étranger au commun des mortels. Devant lui, une porte gothique du XIIe siècle, une porte en forme de *m*, semblable à celui qui figurait dans le paraphe de Marguerite Yourcenar, s'entrouvrit et une gerbe de sable jaillit vers le ciel, incrustant dans son visage des rognures vives de coquillages. Elles allaient l'étouffer, il eut à peine le temps de tousser, de souffler par le nez, de secouer la tête, qu'une vapeur chaude comme un immense vagin en gésine l'aspira à l'intérieur de la caverne qui venait de s'ouvrir.

Il dévala un escalier de sable interminable vers un infini brumeux, roula jusqu'à l'épuisement dans une mare fangeuse en ébullition. Il exhala une plainte douloureuse provoquée par les brûlures, puis ne sentit plus rien. Mais il se rendit compte qu'il ne s'agissait que d'une impression, fulgurante mais éphémère, à laquelle il devait s'habituer pour recouvrer son calme. Il observa autour de lui le lent écoulement d'une boue transparente, rougeâtre, comme de la lave coagulée, ou du plasma juteux. Il courut vers une lueur aveuglante, où il crut distinguer des formes humaines. Il sut qu'il devait se déplacer à une vitesse hors du commun. À un croisement il tomba sur un cortège de créatures inassouvies ; presque calcinées par la chaleur des fournaises, elles imploraient de l'eau en lamentations plaintives. Fouillant les moindres recoins, errant sans but, les yeux voilés d'une couche visqueuse provoquée par la fumée, les lèvres couvertes de cloques, toutes étaient à la recherche d'un être ou de quelque chose qu'elles avaient perdu, un

51

parent, un ami, un amant, un désir... Dans un éclair de conscience, le détective comprit qu'il s'agissait là des victimes d'une catastrophe, d'un accident, peut-être un incendie, retenues dans les entrailles de la terre, dans la nappe phréatique de cette ville dont les rives brillaient en équilibre au-dessus du marécage.

Il vit alors une femme d'une grande maigreur, un rictus d'épouvante en travers du visage. Elle cherchait son fils, un enfant de cinq ans. *Arion !* Elle l'appelait d'une voix affligée : *Arion !* L'écho se prolongeait en hurlement de bête blessée et Tendron Mesurat dut porter ses mains aux oreilles pour ne plus s'étourdir sous les gémissements incessants. La femme s'approcha de lui, planta ses yeux gris désespérés dans les siens.

— Où est mon enfant ? Où est mon Arion ? implora-t-elle avant de retourner se fondre dans la foule.

Il emprunta un passage ombreux, humide et plus calciné encore — rares étaient ceux qui venaient s'y réfugier. Il s'y jeta à corps perdu, brisé de fatigue, dans l'espoir de regagner la surface et reprendre des forces. Un nouveau souffle imprégné de particules solaires le recouvrit et l'emporta vers une porte de mercure. Le mercure absorba son corps et il se retrouva comme incrusté sur une chaise en damas vénitien, dans un bureau rafraîchi à l'extrême par un ventilateur discret. Ses vêtements étaient sales, poisseux de sable et d'huile, tandis que le mercure argenté s'égouttait par ses pores. Quelques instants plus tard, ses mocassins retombèrent d'un abîme intangible. Tendron Mesurat les chaussa sur-le-champ.

C'est à cet instant précis que Saul Dressler franchit le seuil et vit ce spectacle. Tout semblait séparer l'homme d'affaires à l'allure impeccable et le détective à la mine pathétique, mais, embarrassés par le ridicule de la situation, ils s'étudièrent et se comprirent d'emblée. Ils se serrèrent la main, puis s'embrassèrent affectueusement. Cette rencontre prodigieuse se déroulait dans le bureau de Saul Dressler. Un parcours aussi accidenté et excitant, Tendron Mesurat n'en avait connu que très rarement jusque-là, mais il se contenta de commenter ce qui venait d'arriver avec un air qui se voulait naturel. L'autre ne fut pas en reste et l'écouta comme si de rien n'était, cachant même sa satisfaction de ne pas s'être trompé : Tendron était bien l'homme idéal pour élucider cette affaire. Les yeux de velours de Saul Dressler trahissaient sa bonté, il avait une bouche aussi sensuelle que Paul Newman à son zénith — bien que l'acteur eût magnifiquement vieilli —, un corps athlétique, soigné mais sans excès.

Il invita son hôte exceptionnel à passer dans une salle de bains pour faire un brin de toilette et se changer. Tendron obéit, il éprouvait un besoin impérieux de sentir couler sur sa peau un liquide glacé, de boire de l'eau frappée. Il regagna le bureau avec des forces nouvelles. Là, Saul Dressler l'attendait, mais il n'était plus seul. Derrière lui une forme dessinée à la poudre d'argent, avec deux petites ailes aux plumes de nacre qui en battant rafraîchissaient plus encore l'air ambiant. L'ange avait la peau cannelle.

— Je devine ce que tu vois, elle aussi le perçoit. — Il parlait sans doute d'Iris Arcane. — Je ne possède malheureusement pas votre don, mais je sais que tu vois l'ange. Son nom est Cyril.

L'ami acquiesça, perplexe. L'ange prit son élan et fit une révérence majestueuse en signe de bienvenue.

— Nous pouvons bavarder sans crainte, par chance il est très discret et ne rapporte pas ce qu'il entend, sauf à ma femme à laquelle il est dévoué corps et âme. Oui, Iris Arcane et Cyril ne font plus qu'un. « Douce compagnie, ne me laisse jamais, ni de jour ni de nuit », se moqua-t-il en faisant un signe du coin de l'œil, mais dans la direction opposée de l'endroit où se tenait le petit ange gardien — trahissant ainsi son incapacité à visualiser l'esprit androgyne.

L'ange métis aiguisa son regard sensuel et cristallin, ses boucles irradiaient d'un halo nacré, sa peau hérissée exhalait les essences orientales. Il sourit, espiègle, et voltigea à la manière de Peter Pan, laissant nonchalamment une poudre stellaire dans son sillage. De toute évidence il voulait faire la roue devant le détective. Tendron Mesurat se rappela l'époque où il travaillait jour et nuit dans la quête de la pierre philosophale. Ses yeux se plissèrent comme s'il était très myope, jusqu'à perdre la vision, et sa perception de la réalité devint plus immatérielle. Il écoutait, voyait, vivait dans une dimension indicible. Il résidait alors dans un monastère en compagnie de moines bouddhistes et alchimistes dont il n'avait jamais livré les noms pour les préserver de l'indiscrétion du monde. Il avait fini par se prendre pour un moine, il portait leurs habits humbles, réprimait ses désirs, lisait, menait à bien ses activités dans un silence immuable. Les moines, qui l'avaient adopté avec sympathie, l'admirent comme membre de la confrérie.

Par un froid matin de février, sous une neige intense, Tendron Mesurat avait reçu la visite d'une étrange colonie d'anges, annoncés par de blanches colombes. Très émoustillés, ils dansaient la conga et avaient l'air de prendre un pied d'enfer. Depuis, Tendron n'avait jamais vraiment cessé de baigner dans le surnaturel, passant à sa guise de l'au-delà à l'ici-bas. Il se lia avec des figures historiques ou de grands personnages, tels Néfertiti, Sapho, Séléné, Jules César, Catulle, Néron, Jésus-Christ, Marie-Antoinette, Napoléon, le Mahatma Gandhi, le père Félix Varela, José Martí, Martin Luther King... On raconte même que le détective cachait à dessein, dans la zone la plus reculée de son cerveau, des secrets bien convoités sur des assassinats, des guerres, des disparitions soudaines. Il possédait la combinaison qui ouvrirait un jour à la compréhension du monde. D'ici peu il la déchiffrerait, quand le Grand Mystère déciderait de faire passer ces données dans une zone mentale où le détective réussirait à les traiter et à les révéler. On apprendrait enfin la vérité sur la mort de Kennedy, ou celle de Marilyn, sur les secrets de la guerre du Golfe ; les crimes de la mafia castriste seraient répertoriés, recensés, classés, et tant d'autres monstruosités.

Tandis que Cyril, l'ange amazonien éperdu d'amour, massait le dos et les épaules du détective, Saul Dressler s'absenta pour réapparaître peu après avec un thermos de café cubain et trois somptueuses tasses de porcelaine filetées de bleu et d'or. Une pour Tendron, une autre pour lui et la troisième pour Cyril, au cas où. Et l'ange y goûta et se lécha les babines. Carré dans son canapé Chesterfield en cuir marron, Saul Dressler rompit la glace :

— Tu as lu les cahiers que j'avais confiés à Neno ?

— Seulement un, le premier ; je ne suis arrivé qu'hier après-midi, avec du retard. Je n'ai pas encore récupéré, mais je te promets...

— J'aimerais te dire qu'il n'y a pas le feu ; mais... excuse-moi, tu sais que je ne suis pas du genre à mettre le nez dans ce qui ne me concerne pas. Je suppose que tu t'es demandé pourquoi nous avons fait appel à toi. J'ai épuisé toutes les possibilités, depuis un an il se passe des choses vraiment bizarres. Des signes prémonitoires et, disons-le, des phénomènes plus insolites. On en est arrivés à...

— J'ai compris. Je viens de traverser la Porte de Sable et j'ai croisé nombre d'esprits aspirant à la paix. Je crois savoir ce qui se trame. Il existe une force du mal, bien réelle et très puissante. Ça, nous le savons, ce n'est pas nouveau. Mais je ne saisis pas le rapport entre les forces du bien, Iris Arcane et les forces du mal. Je sens que quelqu'un ou quelque chose tente de se servir d'elle. Mais ce phénomène émane-t-il de la vie même ou bien de l'au-delà ? Ou s'agit-il d'un autre pouvoir, plus complexe encore et qui me laisserait désarmé ?

Saul Dressler avala d'un coup son café, se racla la gorge, sa pomme d'Adam descendit et remonta en absorbant l'air. Tandis que Tendron expliquait son point de vue, l'ange feignait de dormir pelotonné sur le bureau en bois poli.

— Iris Arcane est enceinte. J'ai besoin de régler cette affaire avant qu'elle n'accouche. Elle arrive presque à terme.

— Tu as eu raison de ne pas m'informer par courrier, et moins encore par téléphone ou par e-mail. Je ne suis pas sûr d'être à la hauteur de ce que tu attends de moi, il y a une paye que je n'ai pas travaillé en usant de mes pouvoirs. Je préfère recourir aux ressources humaines normales, mais puisqu'il s'agit d'amis, je mettrai tous les atouts de mon côté.

— Elle n'était pas convaincue que ses notes puissent aider à éclaircir la chose, mais j'ai insisté pour qu'elle te les confie.

— Au point où on en est, n'importe quel indice est fondamental.

— Quand la verras-tu ? Elle est très impatiente.

— Je vous préviendrai. Permets-moi d'abord d'explorer la zone, de flairer la ville, de mesurer les vibrations. Je vous tiendrai au courant. Il me faut une liste détaillée des personnes susceptibles de lui en vouloir et... pourquoi pas, de ses amis.

— Les cahiers citent les principaux, mais si nous pensons à quelqu'un d'autre, je te contacterai chez le Lynx, d'accord ? À propos, pourquoi ne pas avoir pris une chambre d'hôtel, ou loué un appartement ? Et à la maison tu es aussi chez toi, tu le sais bien.

— Ne le prends pas mal, mais l'ambiance, pour ne pas dire l'aura de l'endroit où je suis, c'est très important pour moi. Et l'appartement du Lynx me convient parfaitement, je le vois comme un temple en miniature, ou un atelier d'alchimiste. — Il eut un rire moqueur. — Il ne soupçonne même pas le plaisir inouï que me procure sa tanière. Au fait, à propos des noms, est-ce que tu as des nouvelles d'Abomino Dégueu, ou du Français ?

— Rien de particulier. Le père d'Asilef est occupé, il appelle une ou deux fois par mois pour prendre des nouvelles de la petite. Abomino Dégueu n'en finit pas de traîner dans les rues de Juanabana sa mesquinerie et son amertume, son putain de caractère en somme, recyclé en guérillero mondialisé.

Ils se dirent au revoir comme au début, en se serrant la main pour s'embrasser ensuite. Tendron Mesurat répéta les mêmes gestes, mais avec Cyril qui, sans la moindre gêne, profita de l'accolade pour réchauffer et hérisser la peau du détective. Il se surprit à penser qu'il était tombé sur un ange affectueux, voire amusant, mais que ses prochaines rencontres ne seraient probablement pas aussi angéliques.

Dans la Jaguar rose champagne stationnée le long du trottoir, Neno fumait, en attendant de le conduire où il voulait. Tendron consulta sa montre, il devait retrouver le Lynx pour le déjeuner. Il montait dans la voiture, quand il sentit une atmosphère étrange. Neno lui tapota la cuisse de façon amicale, mit le moteur en marche et se lança dans des palabres que le détective, les tympans déjà assourdis comme par le bruit compact d'une avalanche, parvenait à peine à saisir.

La ville s'estompa devant ses yeux, des murs

de mercure liquide s'interposaient l'un après l'autre, que la voiture traversait sans encombre. Des figures en relief surgissaient, découpées comme sur les frises égyptiennes ou des gravures antiques. Tendron Mesurat tourna la tête vers son adjoint et il lui sembla que ce simple geste avait duré une éternité. Neno continuait à bavasser, cognant son volant au rythme des chansons émises par la radio ; il ne s'était aperçu de rien, bien incapable de se douter des étranges sensations qui nimbaient son compagnon.

S'il n'était pas désagréable de traverser ces rideaux de mercure, ne pas savoir ce qui l'attendait mettait le détective hors de lui. Il se sentit comme le robot programmé d'un jeu électronique, pris au piège d'une réalité virtuelle, tout désir aboli. Il essaya de parler, mais rencontra l'impact d'une langue en acier inoxydable. Tandis qu'il traçait en pensée des parties de son anatomie, sa bouche, ses dents, la gorge, le larynx, elles devinrent toutes d'acier et de bronze. Il fut pris d'horreur et l'horreur à son tour se transforma en métal, puis son cerveau... sa matière grise bouillant dans sa matrice, lui-même devenu matrice. Et l'île elle-même, où se concentrait le mal, n'était-elle pas justement comme cette matrice ? Pour Tendron, c'était là une découverte essentielle.

— Burundanga, *bróder*, le type venait de s'envoyer une pizza Jo pas comme les autres, on y avait mis de la burundanga. Bon, à Caillot Cruz, la burundanga c'est de la sorcellerie, en Colombie c'est une drogue, une poudre qui te rend vraiment con. Ah, *bróder*, ce gars-là était franchement déjanté ! La nénette l'a conduit au Sébenilébène et lui a donné quelque chose contre sa cuite, mais rien à faire, il était plus raide qu'une pipe en ivoire... Et là-dessus voilà qu'on se met à tirailler de partout !

Tendron captait les paroles de Neno comme si des mains déchiraient une toile et que le son glissait par les interstices ; malgré la pétrification provisoire de son cerveau, il n'avait pas entièrement perdu l'usage de ses sens, il percevait donc cette jacasserie et les coups de klaxon d'une façon très particulière, comme des griffures crissantes sur une ardoise.

Les rues retrouvèrent leur aspect, et le paysage autour de lui redevint normal. Il se contracta dans un frisson.

— Qu'est-ce qui t'est arrivé, un mort t'est passé dessus ? *Bróder*, tu es plus pâle qu'un lézard anémié. Connard ! cria Neno à un motard qui venait de le doubler.

Tendron lui évita d'entrer dans les détails et détourna la conversation :

— Tu restes avec nous ?

— Au brunch ? Non, tu parles, je te remercie, mais je vais casser la graine vite fait, ensuite je dois régler un problème avec un petit merdeux qui me doit mille balles d'une collecte qu'on avait faite pour tirer de la merde un copain qui a bu la tasse. Chacun a donné mille, et moi le double pour aider le type qui était pété au shit, mais ce gars *is a postcard*, mon vieux, il fait le mort, je vais le titiller un peu pour voir s'il me paye. Je dois aussi donner une pellicule à développer et te la rapporter... Si tu as besoin de moi avant, voilà le numéro de mon portable. — Il lui tendit une carte de visite. — Ah ! j'oubliais, prends le tien, le numéro est à l'intérieur de la housse.

Tendron soupesa le minuscule téléphone dans sa main et remercia Neno. Il restait à peine quelques centaines de mètres avant d'atteindre le parking.

— Je serai de ce côté-ci de *Mayamibitch*, je dois aller photocopier des documents dans le coin.

Neno lisait à haute voix son agenda. Tendron fut sur le point de le mettre en boîte pour son usage du « spanglish » qui mêlait l'espagnol et l'anglais, mais il se retint. « Non, gardons les effusions pour les coups durs », se dit-il. Ils se garèrent au parking situé derrière le restaurant Ñame. Neno l'accompagna jusqu'à la cafétéria française et poursuivit sa route en tournant à l'angle ; il reviendrait le chercher dans deux heures.

— *Babaye*, beau brun.

Le Lynx s'avançait vers son ami. Ce dernier le

voyait à travers la vitre, vêtu de *guayabera* déboutonnée, tricot de peau, pantalon noir et chaussures bicolores, ôtant et remettant ses lunettes d'un geste nerveux.

— Comment peux-tu mettre tous ces vêtements et ce pantalon noir avec une chaleur pareille ? fit Tendron.

L'autre haussa les épaules :

— Excuse-moi, mais pour déjeuner j'ai « juste le temps humain », comme disait le grand poète Heberto Padilla. Je dois superviser une répétition avec les musiciens.

Le Lynx possédait sur la plage un des cabarets les plus en vue de Miami. L'endroit où ils se tenaient avait l'air plus ricain que frenchie, avec une vitrine sous laquelle étaient exposées les gourmandises américaines et françaises les plus alléchantes. Les consommateurs, des jeunes pour la plupart, la peau huileuse et bronzée par un éternel été, certains aux cheveux d'un blond phosphorescent, ne cessaient de se tortiller, même assis, tout en bavardant, comme s'ils avaient une radio-cassette à la place du cerveau. Tendron les regardait dévorer de copieuses salades. Tous deux en demandèrent une au poulet grillé accompagné de laitue, tomate, fromage et olives. Pour finir, deux bières et un dessert — une *religieuse* pour Tendron —, et deux cafés arrosés.

Dehors la fournaise accablait les passants d'une clarté aveuglante.

— J'ai parlé avec Saul et je sais maintenant de quoi il retourne, glissa le détective.

Son ami acquiesça d'un air satisfait, la bouche pleine, en mastiquant avec un bruit de claquettes. Mais quand il voulut donner son avis, un orage soudain lui cloua le bec, une rafale de vent phénoménale contraignant les serveurs à barricader les lieux à chaux et à sable.

— Je sais que l'odeur de la pluie caribéenne et l'exotisme des ouragans te fascinent, soupira le Lynx non sans ironie, mais prions pour qu'il n'y ait pas de cyclone !

Une patine vert pompéien obscurcit la ville, la violence de l'averse rappela au détective une ou deux chansons tristes. Face à de telles giclées, quoi de plus jouissif que d'être au plumard et de baiser au son de la pluie qui tambourine sur un toit de zinc, pour se câliner ensuite au parfum des herbes humides ? Les deux amis en convenaient volontiers. Une demi-heure après, le beau temps était revenu et le soleil cognait à nouveau avec une incandescence inouïe.

La mer de saphir

Tandis qu'Iris Arcane montrait au petit David, deux ans à peine et fruit de son union avec Saul Dressler, comment arroser les roses du jardin sous le regard espiègle d'Asilef, dans un appartement de Coral Gables, Fausse Univers, Pisse Vinaigre et Gousse Puante mettaient la dernière main aux préparatifs d'une cérémonie maléfique. Iris Arcane s'agenouillait pour reprendre le tuyau d'arrosage qui avait glissé de ses mains, quand un coup d'aiguillon transperça son ventre énorme et la paralysa. Elle respira profondément, et le gémissement qu'elle fit entendre assombrit le regard innocent du petit David. La colombe blanche volait à son secours, mais Iris la rassura d'un signe, rien de grave, une crampe après un geste maladroit. Dans le doute, la colombe se glissa en cône nacré dans la chevelure abondante d'Iris Arcane, où elle se nicha. Celle-ci savoura le sentiment de sécurité qui émanait alors de son âme, aussi frais que les fougères du jardin, puis, aidée de ses enfants, se mit à arroser les lis blancs.

Dans l'appartement de Coral Gables, une épaisse fumée noire s'élevait du bûcher où brûlaient d'innombrables effets personnels d'Iris Arcane — fournis par une bonne nicaraguayenne qui avait travaillé pour la famille. Le rite fatidique était en marche. Fausse Univers était une de ces mystificatrices aux mille visages, dont la personnalité changeait au gré des destins exceptionnels qui la fascinaient. Rêvant aux millions de la reine d'Angleterre, elle s'inventait des fortunes, des châteaux en Espagne. Elle enviait l'intelligence de Marie Curie et se voyait attribuer le prix Nobel par l'académie suédoise. Elle aspirait à peindre comme Dora Carrington, à danser comme Isadora Duncan, à écrire comme Virginia Woolf, à vamper à la Marlène Dietrich, à posséder le talent et la séduction d'Ava Gardner, le mystère de Greta Garbo, et *tutti quanti* à condition d'emmerder le monde... Tant qu'elle se fixait sur des personnalités de ce gabarit, on ne parlait pas de trouble mental. Certes c'était bizarre de vouloir être quelqu'un d'autre et non soi-même, mais de telles divagations ne nuisaient à personne, de sorte qu'on se contentait de la qualifier d'incorrigible rêveuse. Le drame, c'est quand elle s'identifiait à quelqu'un d'insignifiant mais de prometteur. La jalousie alors la rendait dangereuse. Fausse Univers, qui savait très bien entendre les trompettes de la renommée, repérait à cent lieues celle qui était promise à un brillant avenir. Dans sa petite tête, elle sacrifiait tout à la célébrité, à la médiatisation. C'était ça, être quelqu'un. N'être rien, c'était être l'une de ces femmes sans charme, sans classe, qu'on ne remarquait jamais. Mais Fausse Univers, Fufu pour ses intimes, s'en prenait aussi au commun des mortels. Dès qu'une inconnue attirait un tant soit peu l'attention de ses affidés, elle entrait dans une rage folle et faisait tout pour contrarier cette relation naissante. Ses façons d'agir n'étaient jamais brutales, au contraire elle y mettait tout son cœur et atteignait à des niveaux de raffinement extrême.

L'air qu'elle respirait était saturé de mensonge et de haine. Elle avait plaisir à s'introduire dans la peau des autres et à voler leur prana, l'énergie positive. Ce qui aurait pu s'épanouir en une belle ambition avait évolué en cauchemar compulsif, en schizophrénie, le délire de persécution d'une victime incomprise : le monde, pour ne pas dire la planète entière, conspirait contre son entreprise. Jamais elle n'aurait admis que ses insuffisances, son égoïsme, son indifférence au projet naturel d'assumer sa propre vie étaient ses pires adversaires ; en un mot, elle était sa propre ennemie. Au fond de son âme vibrait, assoiffée de sang, sa plus grande rivale.

Son principal associé répondait au nom de

Pisse Vinaigre. Un garçon pauvre qui méprisait les pauvres. Un paysan qui détestait la campagne. Un ver de terre qui rêvait aux étoiles. C'est Pisse Vinaigre qui, quelques mois plus tôt, avait remarqué dans un journal la photo d'Iris Arcane, quand Fausse Univers n'avait pas encore la moindre idée de la présence du *top model* à Miami. Fous de rage devant la chance d'Iris Arcane, tous deux avaient nourri un plan satanique : à elle de ravir à la jeune femme le secret de sa beauté, à lui d'escroquer le futur mari pour lui soutirer assez d'argent et cesser de travailler, jamais plus il ne serait le mignon d'un vieux pédéraste. Pourtant ils passèrent les mois suivants à distiller leur fiel sur des personnes de moindre importance ; entre-temps Iris Arcane s'était mariée, elle avait eu avec Saul Dressler un deuxième enfant et pour fêter sa troisième grossesse, elle donnait à présent une réception à laquelle, évidemment, Fausse Univers et ses petits camarades n'étaient pas invités. Ce n'était pas un oubli, Iris Arcane ignorait simplement jusqu'à leur nom. Ce qui fit enrager Fausse Univers, qui joua les ingénues pour se plaindre de cette omission. La fureur bouillonnait comme du venin dans ses entrailles. Comment pouvait-on la dédaigner ? Les amphitryons finissaient leur petit déjeuner quand ils apprirent son existence de la bouche d'une amie. Celle-ci leur fit valoir l'intérêt d'être en bons termes avec une femme aussi perverse et imprévisible. Cette diablesse ne reculerait devant rien pour se venger ou leur jeter un mauvais sort.

Fausse Univers, sachant la belle enceinte, la jalousa davantage encore. Loin d'elle le projet d'avoir des gosses, de les élever et de se coltiner toutes ces mômeries maternelles, mais elle ne pouvait supporter que ses ovaires et son esprit renoncent à une fonction aussi féminine que la procréation. Car elle éprouvait le besoin irrépressible d'être féminine. Elle fut saisie alors de pensées criminelles à l'encontre d'Iris Arcane qui, non contente d'être belle, riche et célèbre, serait bientôt mère pour la troisième fois ! Selon elle, il faudrait d'ailleurs exterminer toutes ces mères qui semblaient dénier sa propre décision de ne pas avoir d'enfants.

L'autre complice de ces projets macabres était Gousse Puante. Fille d'une hippie parisienne et d'un technicien bolchevique, elle était née à Caillot Cruz dans les années soixante-dix, mais sa mère avait plaqué son géniteur alcoolique pour rejoindre une communauté qui campait près d'une tribu amérindienne. Elle emmena la fillette, qu'elle gava d'un excès de séborrhée en lui apprenant — c'est un comble — à être fière de son acné. Révulsée par les appétits d'une mère qui couchait avec tous les mecs progressistes et bien montés qui croisaient son chemin, la fille devint lesbienne, et, le jour où elle rencontra Fufu, en tomba amoureuse comme une bécasse mielleuse et indécise. Lesbienne presque repentie — Fausse Univers n'avait que mépris pour une subordonnée qui préférait lécher les papayes que tailler les cigares —, l'existence de Gousse Puante était devenue un vrai calvaire. Et c'est avec la plus grande confusion qu'elle versa alors dans le fanatisme religieux, particulièrement sensible à la foi et au châtiment ; pas un seul matin sans qu'elle se flagelle avec un fouet à trois queues en cuir garni de pointes, dans le but de purifier son corps et son esprit, qu'elle trouvait trop inverti. Gousse Puante était si folle de Fausse Univers qu'elle renonça à ses penchants sexuels, pourvu que l'autre la prenne, sinon comme amante, du moins comme acolyte. Gousse Puante ne jurait plus que par l'envieuse Fufu, elle aurait tué si celle-ci le lui avait demandé. La gougnasse avait tellement perdu la tête pour les effluves pelviens de la sorcière qu'elle s'était rendue à sa demande dans une tribu africaine, non pour aider les fillettes victimes de l'excision, mais pour subir elle-même l'ablation au rasoir rouillé de son épais clitoris. Car elle était excessive en tout, tributaire en cela des origines qui mêlaient la passion gauloise à l'extrémisme bolchevique.

Tous trois interrompirent la cérémonie maléfique et décidèrent d'en finir une bonne fois pour toutes avec Iris Arcane. Fausse Univers prit son téléphone et puisa dans son ample registre de sainte nitouche le timbre le plus sophistiqué. De l'autre côté du satellite, le Lynx ouvrit son portable.

— Allô, le Lynx ? Comment ça va ? Papucho nous a présentés il y a quelque temps, je suis Fausse Univers : la plus futée..., ça c'est pour rire, et une de tes admiratrices..., et ça c'est sérieux. J'aimerais beaucoup rencontrer l'une de tes connaissances, une femme très belle et qui n'a rien à m'envier ; on m'a recommandé ton efficacité pour jouer les entremetteurs, toi seul peux nous mettre en contact...

Le Lynx ne savait pas grand-chose de Fufu, qu'il avait croisée un soir dans son café-cabaret. Elle était accompagnée d'un ancien ami à lui, Papucho le Muscle, qui lui avait présenté Fausse Univers comme l'une des grandes dames de Miami. Mais comme le Lynx ne l'avait pas revu depuis, il ignorait qu'à l'instant même où il parlait à Fausse Univers, ce dernier avait révisé son jugement du tout au tout. En faisant l'amour avec la démone, il avait perdu son muscle le plus précieux, celui auquel son surnom rendait un discret hommage : en mordant à pleines dents elle lui avait arraché la quéquette à la racine.

Le Lynx n'avait guère apprécié l'allure de Fausse Univers. Quarante ans et des poussières, lèvres, pommettes et seins siliconés à outrance. Ses glandes mammaires l'avaient souvent conduite au billard pour des implants en meilleur état, et c'est au cours d'une intervention qu'on l'avait gonflée de valvules d'eau de mer pour limiter l'érection des mamelons et la rigidité des tétons. Mais les valvules avaient implosé et les seins de Fufu exhalaient depuis comme une odeur de chou pourri. En moins de temps qu'il n'en faut à un zizi pour se mettre au garde-à-vous, ce fut la débandade absolue : le matin c'était encore supportable, mais dès midi elle empestait la mouffette et la couille de bouc. D'où une cinquième opération dont elle était très fière : cet implant d'un cocktail de jus de bagasse et d'huile de foie de morue était une belle innovation.

Ce soir-là, elle avait juché ses pectoraux boursouflés sur le rebord du bar en acajou. Ses sourcils parfaitement courbes et ses paupières d'un noir intense laissaient deviner un secret ravalement. Après les conventions d'usage, elle-même avait glissé à l'oreille du patron du bar que le meilleur chirurgien esthétique de Miami s'était livré à une liposuccion du ventre, des fesses, des culottes de zouave, du creux poplité, sans oublier les lèvres vulvaires qui, tombantes comme morves de dinde, amorçaient un certain déclin. S'il restait quelque chose chez elle d'un tant soit peu naturel, c'était sa chevelure teinte en noir et soyeuse qu'elle soignait avec des produits de Mirta De Perales.

Il en fut ainsi du jour où elle fut présentée au Lynx. Mais pour le moment qui nous intéresse, c'est en feignant l'enthousiasme que celui-ci la salua au téléphone :

— Quel bonheur de t'entendre, Fufu ! ça fait une paye, hein ? Une femme belle... non, je ne vois pas de qui tu veux parler...

Le Lynx se racla la gorge tandis que sa rétine lui renvoyait l'image de Fausse Univers.

— Eh bien ! mon petit Lynx, je vais t'éclairer, moi ! C'est d'Iris Arcane qu'il est question. Voilà, j'ai des projets passionnants sur la mode, et quelques idées dont j'aimerais parler avec une fille qui s'est taillé une solide expérience à Pâriss, Milane et Niou Yolk. Je voudrais transformer Mayami en capitale de la mode, une nouvelle rivale pour la Ville Lumière, Milane et Niou Yolk. Mais au lieu d'anorexiques faméliques, la grande idée c'est de convoquer toutes les grosses dondons du pays ! C'est pas *rocanrol*, ça ?... — *rock'n roll* pour Fufu c'était magnifique.

— Eh bien, on peut dire que ton idée est franchement... spectaculaire ! Mais ce n'est vraiment pas le bon moment, elle est sur le point d'accoucher...

— Je sais bien qu'elle attend un bébé, susurra la sorcière en grinçant des dents. Mais justement, comme ça elle resterait pas à s'emmerder chez elle. Et puis elle se sentirait utile, elle se ferait même du blé.

Le Lynx réfléchit quelques secondes : Iris Arcane ne s'ennuyait jamais, de l'argent elle en avait à revendre, et puis il n'aimait pas communiquer des coordonnées sans l'avis de l'intéressé.

— Bien sûr que je possède son numéro, mais je préférerais que tu m'introduises ! ajouta-t-elle en lisant dans ses pensées.

— Laisse-moi tes coordonnées et je te localise ou bien je te rappelle en arrière — traduction littérale de l'anglais « *I'll call you back* » —, disons... dans une demi-heure.

Elle accepta sans réserve.

Avant de partir, Tendron Mesurat s'était changé plusieurs fois, il avait longuement hésité entre une tenue sportive ou une chemise en coton blanc sur un blue-jean. Il tenta d'imaginer quels atours plairaient le mieux à la femme la plus belle du monde. Mais elle préférerait sans doute un costume beige, son teint mat ressortait davantage.

Le Lynx irait directement de La Forge, après son interview par des journalistes du *New Timbaguayabaimes*, magazine des agriculteurs de l'Arkansas et de la chanteuse de variétés guatémaltèque Richeberta Monchou, dont l'objectif était de développer la connaissance de la musique andine auprès de politiciens revenus du pouvoir. Neno retrouva le détective au sous-sol de l'immeuble, et lui remit un paquet de photos ; pas de quoi sauter au plafond, des reproductions de cartes postales représentant Iris Arcane quand elle était *top model*, et de plusieurs personnalités ayant approché la jeune fille dans ses heures de gloire, ou, plus tard encore, avec ses nouveaux amis dans divers lieux publics de New York ou Miami.

Cette fois ce fut Tendron Mesurat qui arriva en avance au rendez-vous. Il était invité par les Dressler, ainsi que le Lynx, à dîner au Big Fish, situé sur le port et d'où l'on admirait le pont-levis lorsqu'il écartait ses grands bras métalliques jusqu'aux étoiles pour laisser passer les bateaux.

Le Lynx se pointa cinq minutes plus tard. Le détective remarqua que son ami semblait plus décontracté qu'au déjeuner ; pourtant l'interview au *New Timbaguayabaimes* avait dû l'épuiser. Pour le distraire, Tendron Mesurat entama la discussion après l'avoir embrassé à la française, quatre fois sur les joues.

— Je n'en suis pas encore très sûr, mais je crois qu'à son insu Iris Arcane agit entre des pôles d'intérêt très forts. Elle a été choisie pour sa bonté, c'est indéniable, sa candeur, son altruisme et sa beauté. Nous ne savons pas encore qui ni pourquoi, mais elle est l'élue.

Son interlocuteur hésita dans la pénombre ; ils s'apprêtaient à traverser la rue et à entrer dans le restaurant quand deux voitures leur firent des appels de phares. Elles se garèrent, ils virent alors Saul Dressler, Iris Arcane avec son ventre proéminent sous une robe vaporeuse aux ramages vert et or ; ensuite ses parents, ses deux enfants et sa sœur qui poussait la grand-mère dans un fauteuil roulant. Le Lynx s'avança le premier pour les saluer, d'une extrême courtoisie comme à son habitude.

Une fois à table, ils commandèrent de la langouste et du vin rouge — le vin blanc risquait de gonfler les jambes d'Iris Arcane. Avant que le dîner ne fût servi, ils parlèrent de choses et d'autres. Tendron Mesurat ne la quittait pas des yeux. La peau fraîche de ce cou délicat, ses bras graciles, ses épaules rondes. Iris Arcane aussi l'avait reconnu ; tous deux, ils évoquèrent ce fameux soir à La Coupole où il lui avait recommandé Miami parce qu'on pouvait y vivre en dansant, et son sourire s'était voilé de tristesse. Elle était devenue superbe, pensa le détective, avec ce *charme* que donne l'argent aux filles pauvres et malines.

Soudain le Lynx se frappa le front d'un geste théâtral.

— Bon sang, mais où ai-je la tête ! Iris Arcane, il y a quelqu'un qui désire te rencontrer. Elle a de l'esprit à ce qu'on dit, elle produit des œuvres intéressantes... — Il hésita en fouillant sa mémoire. — Enfin, disons qu'elle s'est consacrée un temps à la peinture avec un certain talent, qu'elle a publié des livres. Chant, théâtre, danse... bref, elle a fait un peu de tout. Elle n'a pas cessé de m'appeler aujourd'hui pour obtenir un rendez-vous avec toi. Elle désire se tourner vers la mode et, selon elle, un défilé de grosses dondons serait spectaculaire à Miami. Elle rêve de travailler avec des peintres, des musiciens, des écrivains, et de grands stylistes pour dessiner des modèles s'inspirant des femmes de la rue... Je ne lui ai pas donné ton numéro, d'ailleurs elle dit qu'elle l'a, mais je ne savais pas si tu étais disposée à la rencontrer...

Les époux échangèrent un regard, puis Saul interrogea des yeux Tendron, qui hésita.

— Difficile de donner un avis, je ne la connais pas...

— Il n'y a pas de danger. Si elle est telle que tu la décris, il n'y aura pas de problèmes, dis-lui de m'appeler. — Comme toujours c'était Iris Arcane qui décidait, tandis qu'elle installait David endormi dans la voiture et laissait reposer la tête d'Asilef sur ses cuisses. — Nous avons amené les enfants pour que vous connaissiez toute la famille, s'excusa-t-elle auprès du détective. Mais nous pensions aussi vous inviter à la maison... On peut se tutoyer ?

Il se souvint qu'ils le faisaient déjà à Paris, mais il préféra acquiescer en silence. Et il se contenta d'un signe pour montrer qu'il comprenait, qu'il n'avait pas besoin d'explication. Le portable du Lynx vibra dans la poche de sa chemise.

— Quel bonheur, Fufu, c'est encore toi ! Non, je ne t'ai pas oubliée, ma petite, on parlait justement de toi à l'instant. — Il jeta aux autres un regard entendu. — Oui, c'est arrangé, tu peux l'appeler... — il tourna la tête vers son amie pour avoir son accord —, la semaine prochaine, lundi même. Iris Arcane te fixera un rendez-vous.

Fausse Univers n'apprécia vraiment pas d'avoir à se plier à l'agenda d'Iris Arcane, mais elle comprit qu'elle devait feindre l'humilité, aussi répondit-elle, d'une voix qui se voulait émue et reconnaissante, qu'elle n'y voyait aucun inconvénient. Ce ton rusé inquiéta le Lynx. À la sécheresse soudaine du visage de son ami, Tendron Mesurat devina même que quelque chose d'étrange s'était passé.

— J'espère ne pas m'être trompé en te recommandant Fausse Univers, risqua le Lynx.

Mais Iris Arcane n'y pensait déjà plus et s'amusait maintenant avec sa sœur ; elles se moquaient d'une femme collet monté et à la chevelure meringuée qui arborait, en pleine chaleur, une vraie fourrure bordée de queues de renard. De leur côté, Saul et le Lynx comparaient la fabuleuse Barcelone où l'Américain avait fait ses études, Venise la sublime avec ses petits ponts et ses gondoliers criant « ohé » à tous les angles, et le café Florian avec son aimable garçon, Lucas... Paris cela va sans dire, sans oublier Vienne. Ils convinrent ensemble qu'il était impossible de n'en choisir qu'une, elles avaient toutes des charmes incomparables. Tendron Mesurat tendit complaisamment l'oreille pour écouter les propos comiques de la mère d'Iris Arcane, tandis que la petite sœur de celle-ci posait son pied nu sur la braguette de son pantalon. Elle était attirante, et célibataire, mais il préféra écouter les parents : ceux-ci racontaient comment de pauvres citoyens de Guanajaboa ils s'étaient transformés en fuyards, les « dos mouillés » comme on appelle ceux qui franchissent le Matamoros, et comment une dame de quatre-vingt-dix ans avait pu devenir du jour au lendemain un musicien mariachi !

À la table voisine venait de s'installer un groupe plutôt voyant : Madonna, son *nouveau* mari anglais, une actrice oscarisée, un célèbre metteur en scène, et une sorte de Marguerite D. fumant la pipe. Ils saluèrent Saul Dressler et Iris Arcane. Océanie profita de la confusion pour glisser le gros orteil de son pied délicat entre les boutons de la braguette du détective, et réveiller le chat qui dormait. Tendron Mesurat lui donna une petite tape discrète et souleva de deux doigts le talon tiède pour écarter de ses parties la belle entreprenante.

Ils restèrent là le temps de lever un dernier verre de champagne à la santé de la chanteuse et de toute la compagnie.

— Au prochain chapitre ! lança l'écrivaine en guise d'adieu, en soufflant l'énigmatique fumée de sa pipe.

Le repas terminé, le Lynx téléphona à Neno

pour qu'il annule son voyage de retour de La Sagüesera à une heure aussi matinale, au seul motif de venir chercher le détective. Et c'est au terme d'un épuisant chassé-croisé que celui-ci échoua dans la voiture où s'était installée Martyre Espérance, la mère ; il prétexta de vouloir entendre la fin de son récit — il était vaguement question du traumatisme d'un chien qu'on avait conduit aux urgences d'une clinique de Cancún. Il y avait aussi Iris Arcane avec ses enfants, et son mari au volant. Tendron Mesurat avait échappé ainsi à l'agressivité de la sœur. Elle avait été la première à lui offrir une place dans sa Mercedes flambant neuve, mais, en le voyant fuir vers la Jaguar prêtée au Lynx par Saul, elle avait passé le volant à son père pour aller s'y engouffrer à son tour, et en ressortir aussi sec par l'autre porte, sur les traces du détective qui, pour finir, prit place, ouf ! au côté de Martyre Espérance. La seconde voiture était donc occupée par le père, la grand-mère et la sœur, ulcérée du rejet de ses avances.

Tout en écoutant d'une oreille distraite les palabres de la mère, Tendron Mesurat contempla l'éclat de la mer bleu sombre, gigantesque saphir ornant le buste d'une Vierge à la peau mate. Un cantique de lamentations monta à l'unisson des profondeurs de la splendeur marine, et son corps frémit malgré lui : il était conscient que lui seul pouvait capter ce chœur antique. Des dauphins, se dit-il. Saisi de mélancolie, il s'enivra de la lenteur singulière de la mélopée. Dans un immense lit rond, il faisait l'amour avec une diablesse chevaline qui ressemblait assez à l'image qu'il s'était faite de Fausse Univers, pendant que le Lynx parlait avec elle au téléphone. Excentrique, égoïste et sadique. À ses tempes brillait un diadème couvert de diamants et de saphirs, d'une valeur inestimable. Les diamants provenaient des larmes d'Iris Arcane ; les saphirs s'étaient attendris du sang coagulé des victimes déchiquetées par les requins dans les fonds marins.

Tendron eut un orgasme en plein trajet.

Ils regagnèrent rapidement l'appartement. Le Lynx prépara une tisane de menthe poivrée pour eux deux, pendant que Tendron Mesurat changeait son pantalon maculé. Assis sur la terrasse, aspirant les vapeurs fumantes de l'infusion, ils s'abandonnèrent, fervents et silencieux, à la fraîcheur de l'aube.

— C'est terrible... Combien de nuits suis-je resté assis sur cette terrasse à entendre les hurlements des *balseros*, naufragés sur leurs radeaux, essayant de toucher la rive et de tromper la vigilance des garde-côtes, tout ça dans l'espoir de vivre ici..., murmura le Lynx. Personne ne nous écoute, ou ne veut nous écouter, comme si on se fichait éperdument de tout ce qui se rattache à Caillot Cruz.

— Cette souffrance prendra fin quand vous-mêmes finirez par vous convaincre que l'île n'intéresse personne en tant que pays, mais pour ce qu'elle est, pour ce qu'en a fait son despote absolu : un Lunapark... — Tendron Mesurat se rendit compte que ces paroles étaient blessantes pour son ami. — Je suis désolé, mais c'est vrai. La plupart des gens en profitent, même ces faux exilés qui, la tête basse et le « tyranneau » chevillé au corps, reviennent pour le prestige qu'ils n'ont pas su trouver en exil. Peu de gens connaissent la vérité, mais tout le monde y va de son couplet en faisant porter le chapeau aux Cubains. Pour dire les choses comme elles sont, c'est un pays ravagé par le pire extrémisme du siècle, « le totalitarisme du bien », selon d'éminents philosophes, celui qui compte le plus grand nombre de prophètes, le plus répandu, le plus écouté, le plus sinistre aussi, car il s'exprime toujours en s'abritant derrière le bien-être du peuple, alors qu'il n'est qu'une macabre litanie. La gauche devrait bien rectifier le tir un jour et, au lieu de pronostics stupides, se faire plus critique, moins complaisante, moins collabo. Moins conne, en un mot. Nazisme et communisme pour moi c'est bonnet blanc et blanc bonnet, question crimes ; devant la torture et la mort, les disparitions et l'extermination, qu'on appelle ça comme on voudra, je ne fais plus dans la nuance. Et tu sais bien que je suis un homme de gauche... tendance alchimiste !

— C'est encore plus compliqué que tu ne

crois, Tendron. Je répugne à de telles comparaisons. Par ailleurs, nous, les Cubains, on est intolérants, c'est sûr ; d'où cet exil incompréhensible à la plus grande partie du monde. N'oublie pas qu'on nous a accusés de tout, il n'est pas simple d'être cubain, non, pas simple du tout, conclut le Lynx, dont la « tendance » était davantage ludo-philosophique !

Tendron Mesurat alluma une cigarette et tendit le paquet à son ami. Le Lynx en tira une et la première bouffée lui rappela ses premiers ronds de fumée à sa sortie de prison à Ariza. Son amie Yocandra * lui avait offert un paquet de Populares, un vrai trésor dans une telle pénurie, au même titre que ces cigarettes fabriquées avec du papier bible au Kilomètre 18. Il avait reçu une lettre d'elle deux semaines auparavant, son plus cher désir était de foutre le camp, comme tout le monde. Cependant elle insistait auprès de son ami pour qu'il ne fasse rien avant qu'elle ne le lui dise. Yocandra, toujours égale à elle-même, avec son fameux goût du secret ! Elle ne dépendait plus du Traître ni du Nihiliste. Le premier était parti en Égypte au bras d'une danseuse de flamenco — mais qu'allaient faire un pseudo-philosophe et une prétendue gitane à l'ombre des

---

* Yocandra, le Traître et le Nihiliste, ainsi que la Vermine et le Lynx, sont les principaux personnages du deuxième roman de l'auteur, *Le néant quotidien*. (N.d.T.)

pyramides ? Le second vendait des rêves dans les rues de Paris pour gagner sa croûte ; il avait tué le temps, des cafards et des souris dans les mansardes du Marais, puis tourné des documentaires artistiques et des films érotiques, pour retourner à ses rêves et les vendre, mais à un autre niveau, comme il disait, sur Internet. Yocandra était restée en arrière, seule dans son âme — elle réservait son corps aux touristes —, elle soutenait de son mieux la cité des colonnes et des gravats, croisant parfois le reflet de son image sur les éclats de vitrines comme éparpillés dans l'oubli.

Quant à la Vermine, il la voyait de temps à autre, elle résidait à Miami, après avoir expédié *ad patres* son gros porc d'Espagnol grâce à une overdose d'amphétamines moulinées au chili con carne ; elle bossait à Homestead, au sud de Dade, dans les champs de fraisiers ; et s'était mis en tête de ressembler à l'une de ces vieilles Américaines joufflues, coiffées d'un petit chapeau de paille sur leurs grosses tresses blanches, qui faisaient cuire leur pain à l'ancienne.

— Ah, le souffle du passé ! — soupira-t-il, abattu, puis il se redressa sur son fauteuil et s'étira en cherchant à toucher le plafond. Il bâilla enfin bruyamment.

— C'est un sort enviable de vivre à quelques pas de la mer, de s'endormir bercé par le clapotis des vagues.

Le détective, le regard perdu au loin, s'était rapproché.

— La mer, c'est ce que j'aime, et redoute le plus au monde. La traverser sur un radeau n'est pas chose facile, tu peux me croire, je suis passé par là —, répondit le Lynx, et il dessina avec son mégot un arc dans le vide tout en se grattant les oreilles, avant de pousser un vagissement de sirène d'ambulance.

Le fleuve d'émeraude

Son corps émergea du bain bouillant parfumé à la myrrhe comme s'il venait d'être béni par les eaux prophétiques du Nil. Tendron consacra une bonne part de la matinée à feuilleter des journaux et à suivre à la loupe les détails les plus infimes sur les photos remises par Neno la veille au soir. Il scruta des traits qu'il crut intéressant d'intégrer dans ses archives ; des ombres extravagantes, quelques figures ailées, d'autres embrasées. La petite calligraphie ronde d'Iris Arcane parvint à l'émouvoir : cette femme s'est enlisée dans une adolescence malheureuse, pensa-t-il. Si elle tenait un journal, c'est qu'elle avait éprouvé le besoin de se confier et qu'elle n'avait trouvé personne à qui raconter ses nuits blanches. Le journal intime était son seul allié, le seul pont suspendu entre ses deux existences. Ce n'est pas son ego qui dictait, elle ne se prenait pas pour la divine enfant dans son berceau, ou le dernier Coca-Cola du désert, comme dirait le Lynx, mais même entourée elle se sentait très seule. La vie semblait lui sourire, et pourtant on remarquait l'absence de gaieté : le journal était un mur des lamentations, une boîte à idées, un divan pour ses tourments. Iris Arcane, la femme la plus belle du monde, était aussi la plus triste. Aimer Saul Dressler, sa bonne étoile, l'avait comblée d'un grand bonheur qui l'attristait : le malheur des autres ne pouvait qu'attiser chez elle un sentiment de culpabilité, de désolation et de révolte. Elle ne trouvait le sommeil que sous l'effet de somnifères très puissants ; dès qu'elle posait la tête sur l'oreiller, son esprit empruntait des voies qui ne lui appartenaient pas, elle avait des fourmillements dans le cou, et un poids insupportable sur la poitrine.

Être *top model* ne l'avait jamais comblée ; elle se rongeait les sangs quand ses meilleures amies lui tournaient le dos pour dire des horreurs sur elle, ou même lui voler des bijoux. Sa rencontre providentielle avec un milliardaire américain — aussi beau qu'elle était belle — était un simple coup de chance. Ils faisaient chier, tous ces gens qui parlaient sans savoir ! Elle déplorait ces trahisons continuelles, et la colère lui coupait la parole et l'appétit. Elle aurait pu devenir actrice, mais quand elle était arrivée à New York, sa fille était encore trop petite. Elle avait dû gagner sa vie dans les défilés de mode, sans pouvoir suivre les cours d'art dramatique à Broadway que lui avait recommandés une camarade chez Berlitz, à Paris, où elle avait perfectionné sa connaissance de l'anglais. Elle n'avait de cesse de gagner de l'argent pour faire sortir sa famille de l'île. Désespérée, aux abois et sans un sou, elle tentait de fourguer des boîtes de cigares et une perruche de l'île de Pinos qui chantait *L'Internationale* et lançait *fils de pute !* à tous les hommes importants qui passaient, quand elle rencontra Saul Dressler, par hasard, dans un bar chic — il en existe ! — tandis que le compositeur Omar Cagayam entonnait plein d'ardeur :

Un mot doux n'est jamais perdu,
un beau jour il saura lui tourner la tête ;
si tu lui fais l'amour fais-le comme une bête
elle ne te lâchera plus car elle est mordue...

Elle ne s'attendait pas à tomber amoureuse à cette époque de sa vie où retrouver les siens était pour elle une priorité absolue ; quant à Saul, jusque-là il avait eu tendance à fuir le mariage. Mais c'était un vrai coup de foudre.

— Miracle, miracle, regardez, elle est escortée par des dauphins, c'est une sainte, une grande sainte ! s'écriaient mère, tantes et aïeules du docile Saul Dressler.

Elle avait été accueillie avec chaleur et tendresse dans une vaste famille qui l'adoptait d'emblée. Elle assuma à merveille ce nouveau rôle ; promise à un garçon sérieux et travailleur, c'est avec soulagement qu'elle avait renoncé aux défilés de mode. Pressés de les unir, les parents de Saul s'étaient enquis alors de la religion de leur future belle-fille, mais nul ne s'étonna qu'elle n'en ait pas une idée claire, elle croyait en tout ce qui était humain et divin, ce qu'elle avait connu dans son Guanajaboa natal. C'est donc par abnégation et respect qu'elle avait accepté cet après-midi-là de s'immerger nue dans la mer, à défaut du *mikvé* liturgique, suivant le rite hébraïque de la purification exigé avant le mariage. On vit aussitôt d'insolites ailerons tourner autour d'elle.

Iris Arcane ouvrit des yeux exorbités :

— Des dauphins, mon œil ! Ce sont bel et bien des requins assoiffés de sang !

Elle bondit hors de l'eau sur ses deux pieds et courut sans s'arrêter jusqu'à la 8ᵉ Rue ! Là, elle eut affaire à d'autres requins, sans ailerons et moins de dents, mais des pénis plus dressés que l'âne de Bethléem ! Des joueurs de dominos qui, en voyant passer la jeune naïade, furent à deux doigts de se choper un double six au myocarde.

Pour Iris Arcane, il ne s'agissait pas vraiment d'une conversion, elle continua à pratiquer sa religion en secret, ce méli-mélo syncrétique qui avait aidé les Cubains à avaler le pavé de Karl Marx et son dénouement si tragique. Tordre le cou aux poules noires, se baigner dans le miel et les fleurs blanches, se passer un œuf sur le corps le vendredi, arroser les morts avec du rhum, et autant de naïvetés, sans cesser pour autant d'aller à la messe quand l'occasion se présentait.

Iris Arcane aspirait tant à retrouver sa famille, à vivre avec les siens ; qu'ils la voient heureuse, vêtue de blanc, rayonnante comme une orchidée. Mais quand ils sollicitèrent un visa de sortie de Caillot Cruz, l'Office d'Hibernation le leur refusa. Il ne resta plus à Iris Arcane qu'à acheter le lieutenant-colonel qui faisait obstacle en graissant la patte de toute sa parentèle. « Cinq mille dollars par tête de pipe et ils peuvent prendre le large quand bon leur semble, mais via le Mexique. » Telle fut la proposition indécente du militaire.

La smala au grand complet prit l'avion la semaine du troc. Le chat de la maison s'était enfui avec un stewart, en direction des Philippines, mais après un tour du monde en quatre-vingts jours, Iris Arcane finit par le récupérer ; il miaulait en plusieurs langues et dialectes, guarani et quechua inclus.

Le chien prit lui aussi son envol pour Mexico, puis Cancún, escortant les parents d'Iris Arcane, sa sœur et sa grand-mère, Ma' Passiflore. Celle-ci trempa de larmes abondantes son éternel châle de laine jaune brodé d'or et de fausses perles quand elle quitta sa commère favorite et sa rue, où on l'appelait la Reine de Guanajaboa. Elle avait l'œil sur tous les habitants du quartier et, quand son départ s'avéra définitif, les bonnes âmes du voisinage réunirent une petite somme pour ériger un monument à l'Attente Éternelle de la vénérable mamie : une commère et une vieille femme couronnée de laurier près d'un goyavier immortalisées dans un marbre rose dérobé au cimetière.

Entre-temps, Iris Arcane mettait la dernière main aux préparatifs du mariage, qui serait célébré un mois après l'arrivée de sa parentèle à Cancún. Ses proches auraient ainsi le temps d'atteindre Miami et de s'y installer avant la cérémonie nuptiale. Mais il se produisit alors un événement d'une violence inouïe : un tremblement de terre suivi d'un cyclone dévastèrent la moitié du Mexique. Qu'est-ce qui lui était donc passé par la tête au président mexicain pour qu'il ouvre sa grande gueule et dénonce www.homobarbaro. com ? se demandèrent Martyre Espérance, la mère d'Iris Arcane, le père Aimé Transit, la sœur Océanie, la grand-mère Ma' Passiflore et le chien Divo, lorsqu'ils se retrouvèrent prisonniers sous les décombres d'un hôtel de luxe. Chaque fois en effet qu'un homme d'État affrontait le Grand Fatidique, le ver rongeur se mettait dans le fruit et le bonhomme en question en prenait plein la poire. Il avait fallu tous les efforts et l'habileté d'une équipe de secours pour parvenir à les extraire sains et saufs et les évacuer d'urgence vers une clinique sobre et bien meublée : « C'est drôlement bourgeois ici, ça doit coûter la peau des fesses ! » remarqua Martyre Espérance.

Sur des tablettes suspendues aux murs de la

chambre des patients était inscrit le traitement avec le prix en regard, cinq cents dollars environ la nuit. Et plus elle lisait, plus Martyre Espérance sentait grimper son taux d'hémoglobine.

Ils furent pourtant traités avec de grands égards après que l'hôpital eut reçu un chèque éloquent de la part de M. Dressler, mais s'ils avaient été déclarés indigents, les soins médicaux auraient été gratuits. Ils présentaient des égratignures sans gravité à côté des bobos du chien Divo, de loin le plus affecté ; les nerfs en bouillie, il avait dû être transféré dans un centre psychiatrique canin.

Pendant ce temps, les autres membres de la famille avaient reçu des instructions précises pour sortir du territoire aztèque. Martyre Espérance, Océanie, Aimé Transit franchiraient l'obstacle — façon de parler — comme des « dos mouillés », ils passeraient la frontière en traversant le fleuve Matamoros. Mais pour la grand-mère, pareil trajet était impensable, c'est donc travestie en mariachi qu'elle effectuerait le voyage par la route, accompagnée d'une Mexicaine couverte de colliers d'argent auxquels pendaient diverses amulettes en turquoise ou lapis-lazuli, sans oublier la patte de lapin chère à Descartes.

Avec tous ces contretemps occasionnés par les catastrophes naturelles et la fuite à organiser, il s'était écoulé un mois, il ne restait donc plus que trois jours avant que Saul Dressler et sa fiancée

— déjà mari et femme par-dessous la Torah —, convolent en justes noces.

Iris Arcane consigna ces événements dans son journal tels que sa mère les lui avait rapportés : c'était uniquement pour ne pas subir la répression qu'ils avaient eu le courage d'affronter pareilles épreuves, qu'ils avaient risqué la mort pour survivre.

Par chance, la nuit était plus sombre qu'un pâté à l'encre de Chine. Pas une étoile à l'horizon, l'obscurité serait une excellente alliée. Le passeur avait donné pour instructions de courir toujours droit devant, sans jamais regarder sur les côtés, et moins encore en arrière, à travers champs, bois et collines. Quand ils apercevraient les eaux du Matamoros, ils ôteraient leurs vêtements, et traverseraient le fleuve en portant sur la tête leurs effets enveloppés dans un sac ; ce n'est qu'en restant secs qu'ils seraient crédibles si la police les surprenait sur l'autre rive. Ils ne pouvaient en aucune façon se déclarer cubains ou mexicains. Ils devaient tenir leur langue, ouvrir la bouche le moins possible et feindre de ne rien comprendre.

Martyre Espérance était désespérée d'avoir abandonné à leur sort Ma' Passiflore, sa mère, et le chien Divo. Et si elle n'allait jamais plus les revoir ? Elle ne pouvait retenir ses larmes. Et dire qu'ils avaient casqué une coquette somme pour que sa mère parte le matin même vers le sol américain via la frontière terrestre ! Le chien bien sûr était resté en rade, et ne cessait de hurler vingt-quatre heures sur vingt-quatre ; une fois guéri, un ami de Saul l'embarquerait en avion, le clebs étant bien le seul à n'avoir aucun problème de passeport ni de visa.

Martyre Espérance n'avait surtout jamais imaginé qu'elle devrait un jour se dénuder devant sa petite Océanie ; à cette idée, ses joues devinrent rouges comme des pivoines. Aimé Transit, le père, fut encore plus gêné qu'elle. Océanie pensa donner le ton en se libérant de son tee-shirt, de ses jeans et de ses baskets, mais pour Aimé Transit, se mettre à poil devant la plus jeune de ses filles, c'était littéralement perdre la face ! Qu'on ne compte pas sur lui ! Et il tourna les talons. Martyre Espérance le tira par sa chemise si violemment qu'elle lui déchira une manche. Une douleur vive le frappa alors à la poitrine ; la main gauche engourdie, le cœur ratatiné comme un pruneau, il était à deux doigts de l'infarctus. Martyre Espérance finit par lui arracher ce qui restait de sa chemise en le tirant à nouveau pour l'allonger sur la berge pierreuse. Elle le dévêtit complètement, puis elle le traîna par les cheveux comme au temps des cavernes.

Ils entrèrent dans le fleuve comme ils étaient venus au monde. Le courant était glacé. Les algues leur collaient au corps, les poissons leur mordillaient la peau. Ils eurent une telle frousse devant l'assaut des piranhas qu'ils tentèrent de fuir, mais le père, brisé de fatigue, se laissa emporter vers le fond. Océanie eut le réflexe de saisir le sac de vêtements, de le tendre à sa mère avant de plonger pour remonter le pauvre inconscient à la surface, sans savoir comment elle était parvenue à tirer un tel poids. Les poissons, à supposer qu'il s'agisse bien de poissons — et par chance ils ne voyaient pas la taille des écrevisses, des crabes ou des anguilles —, continuaient à mordre dans le vif, mais leurs proies étaient si affamées et anémiées que les vampires passèrent leur chemin.

Jusqu'au milieu du fleuve agité, le courant resta tranquille, mais au moment où ils allaient atteindre l'autre rive, les eaux se mirent à monter de façon inquiétante. Pourtant Aimé Transit semblait avoir récupéré, conseillant à chacune d'attacher ses vêtements à son cou et de nager à toute vitesse. Martyre Espérance crut bon cependant de lui rappeler qu'elle n'était pas une grenouille et qu'elle ne savait pas nager.

— Accroche-toi au cou d'Océanie, je suis trop faible pour te porter, répondit alors son mari.

Ils nagèrent, ou du moins battirent désespérément des pieds et des mains. Ce n'était pas la meilleure façon de flotter ; quant à Aimé Transit, dont le bras gauche se paralysait par à-coups, il nageait seulement du droit. Sans se départir de sa bonne humeur, Océanie, envahie de crampes aux doigts et aux mollets, buvait la tasse sous le poids de sa mère, mais celle-ci, par chance, avançait un peu en battant des jambes. Les eaux du fleuve enflaient encore quand Océanie parvint enfin à saisir un tronc qui flottait à leur portée ; elle y agrippa sa mère, pendant que son père et elle le poussaient ensemble vers l'autre rive. Le trajet leur parut interminable.

— À cause de nous la cérémonie deviendra une veillée funèbre, balbutia Martyre Espérance, qui commençait à délirer.

— Tais-toi ou je te coule ! lui ordonna sa fille.

Le silence pesait de plus en plus lourd, brisé seulement par la rumeur impétueuse de la houle. Aimé Transit débita un Notre-Père dont il avait gardé un vague souvenir, auquel Martyre Espérance répondit avec un Je vous salue Marie, tandis qu'Océanie se mettait à fredonner un *son* cubain :

Si tu vas à Cobre, n'oublie pas de me rapporter
une statuette de la Vierge de la Charité...

Quand ils réalisèrent qu'ils beuglaient comme des dingues, ils se regardèrent et se turent d'un coup. Et contre toute attente ce fut au tour d'Océanie de perdre ses forces et de rester en arrière. Ses parents ne virent bientôt plus que sa tête emportée par le courant.

— Fais quelque chose, toi ! lança la mère au père.

Une deuxième crampe s'enfonça alors comme une aiguille dans le flanc gauche d'Aimé Transit, mais il l'ignora pour voler au secours d'Océanie, tandis que le courant entraînait le tronc à l'extrémité duquel Martyre Espérance, tout engourdie, s'agrippait. Pendant quelques instants qui lui semblèrent une éternité, elle perdit de vue mari et fille et se retrouva seule.

— Aïe aïe aïe, à quoi bon vivre ? Tout est fini ! Aimé et ma petite chérie ont péri. Aïe, Iris Arcane, pardonne-nous. Ah, mon Dieu, pourquoi m'infliger une épreuve aussi amère... ? se lamenta-t-elle, citant une scène de *Frissonnante vengeance*, un feuillecon-télé péruvien.

Puis elle s'abandonna en implorant le ciel pour que le fleuve l'engloutisse à son tour... À son réveil, elle était étendue sur la berge, son linge noué autour du cou. L'aube s'annonçait à l'horizon.

— Oh, mon Dieu, c'est impossible, laissez-moi mourir avec eux, murmura-t-elle faiblement en refermant les paupières.

Des mains viriles frappèrent ses joues. Une bonne volée avant qu'elle réagisse enfin, en colère, pour se calmer aussi sec en reconnaissant son mari. Leur fille, épuisée, respirait à peine avec des râles alarmants. À bout de forces, Aimé Transit demanda à Martyre de l'aider à expulser l'eau qu'Océanie avait avalée. Tandis que la mère faisait du bouche-à-bouche à la fille, le père pompait des deux mains au-dessus des seins. Et des lèvres d'Océanie jaillit enfin dans un dernier spasme écumeux une eau putride qui avait la couleur de l'émeraude.

En la voyant hors de danger, ils se laissèrent gagner par l'allégresse, avant de suivre enfin les consignes du passeur : s'habiller, courir vers la clôture, franchir les barbelés, et reprendre leur course sans se retourner ni s'arrêter une seule seconde, pas même pour souffler. Le problème, c'était qu'ils avaient deux bons kilomètres à tracer jusqu'aux barbelés et, qui plus est, avant le lever du jour. Or ils étaient à bout de forces, en outre, Océanie avait perdu ses vêtements. Sa mère déchira sa blouse en deux et son père lui passa son caleçon, puis ils respirèrent un grand coup encore quelques instants, avant de prendre leur élan. Martyre Espérance buta sur un caillou, la faute à pas de chance, pour s'étaler à plat ventre sur une pierre effilée qui lui taillada le front et lui fit une bosse de la taille d'un œuf à repriser. Ils s'arrêtèrent et se remirent à courir. Aveuglée par le sang, la mère souffrait aussi d'un point de côté, en plein sur la rate, et crachait ses poumons. Le père, les doigts enflés, le visage pétrifié, sentit à nouveau le fourmillement du côté gauche. Océanie courait doucement pour ne pas trop distancer ses parents et les laisser en arrière.

Sauter par-dessus les barbelés, lacérer bras et

jambes au passage, fut pourtant un moindre obstacle à côté des aboiements hargneux qu'ils
entendirent derrière eux. Martyre Espérance
faillit s'arrêter net : les chiens l'attendrissaient
toujours, et ceux-là lui rappelèrent Divo, retenu
dans une clinique mexicaine pour traumatisme
canin. Puis elle lut sur le visage d'Océanie la terreur de voir la horde fondre sur eux. Ils furent
rattrapés par les fauves aux crocs gigantesques,
aux hurlements baveux, mais dressés contre les
entrées illégales, de toute évidence ils obéissaient
aussi à l'ordre de ne pas attaquer. Derrière eux
surgirent deux policiers vigoureux dont l'uniforme enserrait des fesses hautes et bien fermes ;
jolie paire de flics ! pensa Océanie. Le garde-
frontière blond et l'autre châtain clair, armés
jusqu'aux dents, s'adressèrent à eux en anglais
après les avoir examinés de pied en cap d'un œil
plus rodé que méfiant. Ils demandèrent ce qu'ils
faisaient ici, à cette heure et en pareil accoutre-
ment. Mais ils voyaient bien qu'ils avaient affaire
à des « dos mouillés », et se montrèrent courtois.
Aucune vexation, aucun mauvais traitement, la
meute était là pour ça, prête à bondir au moindre
signal. Ils ne répondirent pas, même quand le
brun demanda dans un espagnol à l'accent
rude :

— Vous venez du Mexique ou vous y allez ?

Devant le silence prolongé, les deux agents
tournèrent autour du trio, en chuchotant.

— Alors, vous allez vous décider à expliquer votre présence ici, oui ou non ? Ce serait préférable pour tout le monde...

La peur les faisait claquer des dents, mais Martyre Espérance fit un pas en avant et elle-même eut peine à se reconnaître quand elle lâcha dans un soupir :

— Écoutez-moi, camarades... Oh, mon Dieu, pardon, une mauvaise habitude... Écoutez, messieurs, on vient de Caillot Cruz... Notre fille aînée se marie demain après-midi là-bas — elle désignait l'horizon américain — à cinq heures pile, mais si vous nous barrez la route, nous n'arriverons pas à temps pour le mariage...

Les gardes n'en croyaient pas leurs oreilles. Ils se regardèrent, médusés, puis ils calmèrent les molosses. Ils conduisirent le trio en voiture jusqu'à une guérite et là demandèrent le numéro de téléphone de leur fille à Miami. Les pauvres diables étaient transis de soif, de froid et de peur ; leur squelette semblait jouer aux claquettes, mais quand on leur offrit de l'eau, ils sentirent leur estomac noué se retourner comme un gant : la flotte, ils en avaient vraiment soupé ! Un garde leur proposa alors de se réchauffer à la tequila, qu'ils acceptèrent sans hésiter. L'alcool délie les langues et c'est en toute innocence que Martyre Espérance cracha le morceau :

— Vous comprenez, notre petite Iris se marie demain, on ne veut pas lui gâcher la fête. Elle a tellement bataillé, la pauvre. Vous qui êtes des représentants de l'autorité, vous n'allez pas jouer les peaux de vache en flanquant par terre le plus beau jour de sa vie.

Aimé Transit lui donna un coup de coude pour qu'elle tienne sa langue, mais les nerfs de son épouse lâchaient et elle ne tarderait pas à gaffer. Le père accepta le stylo bille que lui tendait le policier blond et nota lentement le numéro de téléphone.

— Allô ? fit Iris Arcane à l'autre bout du fil.

Son dos découvrait une ligne idéale sous les agrafes ouvertes d'une robe blanche immaculée, et un long voile de tulle illusion retombait de sa couronne de fleurs d'oranger.

Ses yeux déjà humides rougirent davantage quand elle comprit — l'anglais du jeune brun était plutôt médiocre — que des agents, quelque part à la frontière du Texas, avaient arrêté sa famille, dont elle était sans nouvelles depuis plusieurs jours.

— Vous confirmez que vous êtes bien une parente de ces énergumènes ? Votre adresse ? demanda le blondinet après qu'elle eut parlé, non sans émotion, à sa mère, à son père et à sa sœur.

— Et ma petite mémé, monsieur, et mon chien ? répondit-elle, après avoir fourni ses coordonnées au garde.

— Ah, parce qu'il y a aussi une grand-mère et un chien ? Un moment, *pliz*... Je ne les vois pas, mais s'ils se pointent un jour par ici, je vous les expédie de la même façon.

Iris Arcane poussa un soupir de soulagement : une bonne part de son tourment s'était dissipée, mais le policier ne lui laissa pas le temps de parler de Divo et Ma' Passiflore et raccrocha aussi sec. Il fit savoir aux parents d'Iris Arcane qu'un dossier était ouvert au cas où — et les cas-où devaient pulluler dans cette espèce de commissariat perdu dans ce désert de pierres —, quand la sonnerie du téléphone se fit entendre. Le cerveau d'Aimé Transit, ramolli par la canicule, enregistra péniblement l'information selon laquelle un personnage important intervenait en leur faveur, sans doute un associé de Saul Dressler, puisque, après avoir répondu affirmativement à tous les ordres reçus, l'agent effaça toute trace du nouveau dossier en déchirant les feuillets qu'il avait commencé à noircir.

La tête d'Aimé Transit tournoyait, et c'est appuyé contre l'épaule de sa femme qu'il obéit au garde latino en montant dans la voiture :

— Pour ne plus avoir froid, mon vieux, faut se dégourdir les jambes... tant qu'on peut.

Martyre Espérance regarda derrière elle avant de partir. Le fleuve scintillait au soleil, tel un collier d'émeraudes. Elle rendit grâces à la Vierge de la Charité qu'ils soient sains et saufs, prêts pour de nouvelles aventures. Car pour elle la vie nouvelle s'appellerait désormais l'audace inouïe.

Elle eut une pensée pour sa mère, où était-elle ?
Et la chanson *Les simples choses,* interprétée par
cette artiste homonyme, Martirio, lui revint en
mémoire :

> *On dit adieu*
> *insensiblement*
> *aux petites choses,*
> *tout comme un arbre*
> *au temps d'automne*
> *se défait de ses feuilles…*

Elle fredonna et caressa la tête de son mari,
puis celle d'Océanie. Ils dormirent durant tout le
trajet avant d'être confiés, dans une gargote crasseuse au bord de la route poussiéreuse, à l'associé
de Saul Dressler. Ils avaient encore du chemin à
parcourir et il restait deux heures à peine avant la
cérémonie.

La voie dorée

Ma' Passiflore contempla dans le miroir cette femme un brin vulgaire et éméchée roulant fièrement des hanches qui appelaient de chaque côté une cartouchière et un gros pistolet ; cette image de sale voleuse de bestiaux la renvoyait enfin à sa vraie vocation : être un mariachi. Elle chanterait des *rancheras* mexicaines. Calamity Lévy, Mexicaine et braqueuse de banques de son état, qui l'escorterait jusqu'au seuil de la maison de sa petite-fille, lui donna deux tapes sur les fesses pour la secouer et l'informer qu'elles devaient partir avant la tombée de la nuit.

« *Le soir est en pleurs, il pleure pour moi* », pensa la grand-mère, évoquant cet air du temps jadis qu'interprétait Sonia Silvestre.

Ma' Passiflore ne se rappelait aucun fait antérieur au voyage, qui pour elle serait d'ailleurs le dernier, car elle avait encore toute sa tête en quittant Cancún, mais débarqua à la noce avec un début d'Alzheimer. Son cerveau payait cher la folie de ses aventures, dont il lui resterait seulement de temps à autre une vague envie de reprendre sa guitare et de retrouver son allure de musicienne itinérante.

À l'arrivée, Calamity Lévy rapporterait à Iris Arcane quelques-unes des frasques de la mémé dans les grandes largeurs ; impossible aussi d'énumérer toutes les villes américaines qu'elles avaient traversées après la frontière. Mais ce qu'elle avait le plus aimé, c'était ce village de poupée, Rhode Island, un État dans l'État. Comme elle lisait très mal l'anglais, elle n'avait pas pu utiliser la carte que lui avait envoyée Saul Dressler, mais peu lui importait le temps qu'il leur faudrait pour arriver. L'important au bout du compte n'était-il pas de toucher au but ? « Il ne faut pas arriver le premier, mais il faut savoir arriver... », lui avait dit un muletier.

Et pour finir, elles parviendraient bien saines et sauves à la résidence : question de flair et de chance, dirait Calamity Lévy, soulignant d'un geste sa désinvolture, alors que son immense tresse se balançait, droite comme un manche à balai et plus brune qu'un étron au milieu du crâne. Mais Iris Arcane et son mari s'estimèrent heureux que Calamity Lévy et la mariachi, qui en trois jours avaient déjà crapahuté à travers toute l'Amérique, n'aient pas fait le tour de la planète !

À la frontière, Calamity Lévy avait montré les faux passeports achetés à un fonctionnaire du bureau d'immigration, mais une heure après, elles rencontraient un premier contretemps. Elles s'étaient arrêtées à un garage pour prendre de l'essence, un endroit sinistre, une baraque en bois prête à s'effondrer, semblable à celles du Far West, de laquelle avait surgi un vieillard de cent quinze ans environ. Un pied dans la tombe, une bouche ridée, édentée mais fendue d'un large sourire, il s'était approché de la voiture pour faire le plein. Au bout d'un moment, une femme à la fenêtre criait après lui. Il lui avait répondu par un bras d'honneur.

— Va te faire cuire un œuf ! traduisit Calamity Lévy à Ma' Passiflore.

La réponse n'avait pas satisfait la femme, car on la vit émerger en colère de son gourbi, avec la ferme intention d'insulter et d'étriper celui qui n'était autre que son père : il devait déjà frôler le gâtisme à la naissance de sa fille, car celle-ci avait au moins dans les soixante ans ! Avant de lui sauter dessus, la mégère avait jeté un œil sur la bagnole. Elle était habillée à l'ancienne mode des filles de contremaîtres, jupe verte ample et longue, chemisier blanc et gilet ajusté de velours bordeaux, avec sur la tête une coiffe brodée. En la voyant, Ma' Passiflore, que démangeait une envie irrésistible de cancaner, avait eu la curieuse impression de remonter le temps et de contempler le daguerréotype d'une aïeule. La femme, quant à elle, était tombée bouche bée, comme

pétrifiée devant Ma' Passiflore travestie en mariachi.

— Oh, mon Dieu, Pedro, c'est toi ! L'amour
de ma vie ! Vie de mon âme, l'âme de mon
amour ! s'écria-t-elle d'une voix de petite fille, les
bras tendus vers Passiflore Mariachi.

Calamity Lévy et Passiflore se regardèrent une
seconde, comprenant que leur petite mascarade
pouvait amener quelques quiproquos. Car la
mégère ouvrit la portière aussi sec, extirpa la
grand-mère de la voiture, puis l'entraîna vers sa
cabane. Ma' Passiflore avait coiffé en arrière ses
cheveux gominés et teints aile de corbeau, et
s'était collé une moustache à la Pedro Infante.
Avec lequel précisément l'avait confondue Ama-
zonie, la fille du garagiste. Ce dernier acheva de
faire le plein, puis se mit à frotter le pare-brise.
Le temps pour la mémé d'être violée par la nymphomane, qui dans son extase amoureuse ne
remarqua même pas que son Pedro n'avait rien
au-dessous de la ceinture.

Calamity Lévy n'en croyait pas ses yeux. Une
vioque violée par une autre, qui prenait la première pour un célèbre acteur mexicain, chanteur
de *rancheras* ! Si on lui avait raconté ça dans un
film ou dans un roman, elle aurait crié à l'invrai-
semblance.

— Chante, Pedro, chante, sois mignon, *please*,
pousse une *ranchera* de ton répertoire ! suppliait

la zinzin qui continuait à s'acharner sur Ma'
Passiflore.

En béton sera mon lit
et en béton le chevet
quelle femme pour m'aimer...

— Oh non, pas celle-là. Oune de tes films, je
t'en priiie ! *Pleeeaaasse !*
Elle montait encore la mémé en amazone
quand Calamity Lévy fonça sur elle pour la
désarçonner et lui filer au passage un grand coup
de tatane dans les trompes de Fallope. Calamity
saisit alors la grand-mère par la main et elles cou-
rurent ensemble jusqu'à la voiture. En un clin
d'œil elle tira le vieux croulant de sous les roues,
lui jeta quelques pièces sur le sol, installa Ma'
Passiflore sur la banquette et s'accrocha au volant
pour démarrer. Le temps que les pneus crissent
dans une volée d'étincelles, Calamity Lévy reposa
ses fesses flasques sur la moleskine. Les yeux
fixés sur le désert d'Arizona, elle s'essuya le front
du revers de la main, et reconnut sans peine
qu'elle avait eu une belle frousse. Elle s'excusait
pour tout le dérangement, quand l'autre lui
répondit, le visage rouge de plaisir :
— Ce n'est rien, ou plutôt... si ! Il m'aura fallu
vivre cette expérience pour comprendre que je
suis lesbienne.
Bien sûr, ce ne fut pas le seul écart durant son

voyage. Dans ses rares moments de lucidité, Ma'
Passiflore se rappelait aussi avoir été opérée de la
cataracte avec un rayon lunaire dans une clinique
de Boston. La Vierge des coupeurs de canne
sainte Rita Tête-Bêche du Caramel lui était apparue à la surface d'un lac, puis les rayons diffusés
par les mains ouvertes de la Vierge des Miracles
avaient éclairé la voie dorée sur laquelle s'était
engagée la voiture de Calamity Lévy. L'asphalte
étincelait avec toute l'intensité du métal précieux.
Calamity avait tiré un pic de sa boîte à outils,
avec lequel elle avait cassé un bout de bitume
pour s'assurer que la caillasse cachait bien de l'or
massif.

— Je vous en prie, vous exagérez : des routes
en or, ça n'existe pas, protesta Saul Dressler au
récit fantastique des deux femmes.

Mais elles jurèrent que si, répétant le signe de
croix à l'infini ; il en existait au moins une.

On ne pouvait croire non plus à ce champ de
fraisiers. Elles racontèrent en effet qu'elles
avaient rencontré un enfant abandonné, de six
ans environ. Il cherchait une rose, disait-il, et
se présentait comme le Petit Prince. Il ne pleu-
rait pas. Le calme immense et la belle assurance
de l'enfant errant, tel un juste que la recherche
d'une simple fleur inonde de tendresse, avaient
même impressionné les deux femmes. Non, impossible, avaient-ils pensé à l'unisson.

Le paysage qu'elles décrivaient n'était pas

moins insolite. Elles décrivaient cette voie dorée, le soleil rouge immense pour les orienter. Dans la journée elles jouissaient d'une température agréable ; la brise portait à la rêverie et à la bonne humeur. Mais un jour, elles avaient découvert que Ma' Passiflore perdait la vue de façon inquiétante, elle accommodait difficilement les images, les dunes se brouillaient à l'horizon, perdant en longueur et en hauteur. Le jour peu à peu s'estompa, et tout reflet disparut autour d'elle. Elles se rendirent à la clinique où un médecin, Stéphanie Méduset, diagnostiqua une cataracte. Cependant, sans sa carte de sécu, Ma' Passiflore se retrouva aussi sec sur le pavé. À quelques pas, un homme étrange, composé d'eau et comme sur le point de déborder, la conduisit en un lieu écarté jouxtant la clinique, et ignoré des chirurgiens attitrés. Là, celui qu'on appelait Languide Lunule fit couler quelques gouttes de son doigt dans la bouche de la vioque ; celle-ci battit alors des cils avant de sombrer dans une profonde léthargie, ou un coma bénéfique. C'est avec un rayon de lune que le médecin d'eau douce élimina sa cataracte, mais au réveil de sa patiente il s'était évaporé. Calamity Lévy s'efforça de le suivre pour le remercier, mais il avait disparu dans une muraille humide du jardin de l'hôpital, couverte de chèvrefeuilles.

Ma' Passiflore sentit des mains tièdes saisir les siennes, et ses yeux guéris reconnurent dans sa magnificence la Vierge des coupeurs de canne sainte Rita Tête-Bêche du Caramel.

— Je cherche les toilettes... Je ne peux plus me retenir, je vais faire pipi dans ma culotte, susurra la Vierge, les mains sur son pubis.

— Oh, la la, Mère vénérée, mais je suis nouvelle ici ! Je viens d'atterrir, moi, s'excusa Ma' Passiflore.

— Tu arriveras à temps, tu verras, ne t'inquiète surtout pas. Mais un conseil, ne t'empiffre pas la nuit. Surveille ton cholestérol, ta tension, tous ces excès ne sont plus de ton âge. Prends chaque jour de l'aspirine et de la vitamine E.

— Ah, ma petite, Ave sainte Rita Tête-Bêche du Caramel purissima, quelle Vierge pharmacienne tu fais, la belle ordonnance que voilivoilà... Fais pas ci, fais pas ça... non mais écoutez-la ! Tu n'as rien de plus spirituel à me donner ?

— Ah, mais si, ça allait me sortir de la tête ! C'est que je suis en pleine ménopause, ma belle ! Ta petite-fille, Iris Arcane, sera porteuse d'un message divin, mais il dépend d'elle que ces signes surnaturels soient bien interprétés pour atteindre à la paix.

— Sois plus explicative, je te prie, j'entrave pas une goutte de tes alluvions...

— Que la paix soit en toi, mais je vais être en retard à la gym...

— Quelle gym ?

— Mon club de fitness, je veux garder la

forme, à mon âge il n'est pas bon de baisser les bras, et j'ai encore une chance de m'envoyer en l'air avec ce charpentier de mon cœur...

Et l'apparition s'effaça dans une armoire bourrée d'antibiotiques, de seringues, de bandages et d'instruments chirurgicaux.

Personne ne crut non plus à cette histoire. La première à en douter fut Iris Arcane. Mais quand les signes immatériels commencèrent à s'amonceler, elle se dit qu'il fallait peut-être y croire. Le Petit Prince dans son champ de fraisiers, les Vierges dans le vent, le médecin d'eau douce, le garagiste et sa nymphomane de fille amourachée de Pedro Infante, sans oublier le fin du fin, le bitume en or : oui, tout cela était peut-être vrai.

Le jour de la noce, il était cinq heures moins vingt-cinq quand la famille se présenta à la porte de la résidence. À l'est, décemment habillés avec les vêtements que l'associé de Saul Dressler leur avait procurés, Océanie, son père et sa mère, qui dissimulait mal sa bosse sur la tempe sous un foulard blanc bordé de dentelle. À l'ouest, Calamity Lévy gara sa voiture ; en descendit la grand-mère qui, en perte de cellules cérébrales, prit son mari pour le chien malade.

— Divo, couché ! Divo, qu'est-ce que tu fous sur deux pattes, coucouche panier !

— Maman, ce n'est pas le chien, c'est ton gendre. — Martyre Espérance attira sa mère contre sa poitrine. — Ah, mon Dieu ! Moi qui pensais ne jamais te revoir un jour.

— Hou là, arrêtons les violons !... L'ulcère me ronge le pancréas, je traîne cette faim depuis la nuit des temps ! protesta la vioque en écartant sa fille.

En apprenant que sa famille venait d'arriver, Iris Arcane se mit à évoluer dans un ralenti gracieux entre les lis du jardin, envoûtante dans sa robe de mariée, dont elle risquait de déchirer le tulle. Elle les fit entrer par un labyrinthe secret, pour les dérober aux regards curieux. Près de cinq cents personnes, dans la pure tradition hébraïque, assistaient à la cérémonie.

Martyre Espérance échappa de peu à une autre bosse, tant elle se cognait partout, éblouie par la décoration, les tableaux, les meubles, l'élégance. « Quel luxe ! » disait-elle en effleurant les porcelaines. Aimé Transit, lui, siffla une bouteille de whisky, comme il s'était promis de le faire sitôt foulé le sol américain. En l'enserrant dans une nouvelle étreinte, sa fille lui piqua le sein gauche avec sa broche en brillants.

— Aïe, purée ! Mais enlève donc cette agrafe !

— C'est pas du toc, papa, ce sont de vrais diamants !

— Hummm... tu m'en diras tant !

Avant qu'ils gagnent leurs chambres respectives, Iris Arcane leur distribua des cadeaux coûteux, boîtes à chapeaux, vêtements, chaussures, portefeuilles, bijoux. Elle attacha trois rangs de perles au cou de Ma' Passiflore, qui aurait sans doute préféré un chapelet de dum-dum. Un diadème en brillants et rubis de Jarro Güiston — comme elle prononçait Harry Winston — recouvrit la bosse de Martyre Espérance. Océanie fut couverte d'émeraudes et de diamants. Aimé Transit se rengorgea avec une montre Cartier. Calamity Lévy reçut aussi sa part du butin avec un collier de perles grises indonésiennes. On s'embrassa, on s'étreignit et on pleura jusqu'aux premiers accords de la marche nuptiale.

Et c'est à cinq heures pile que la fiancée, radieuse, se dirigea vers la tribune installée pour l'occasion dans le jardin du Fontainebleau Hilton, au bras de son père, qui feignait la sérénité en dépit d'une dyspnée aggravée et de son point de côté tenace sous l'aisselle droite. Sept salons avaient été apprêtés pour les invités : le salon des apéritifs, le salon du rituel, le salon du dîner, le salon du bal, le salon des desserts, le salon des digestifs et le salon des baisers. Les fiancés furent portés sur deux chaises jusqu'à la *houpah* et son dais d'orchidées. Le promis prit la coupe en cristal de Bohême, enveloppée de fine hollande, qu'il déposa à ses pieds, pour l'écraser sous son talon. Ce rite signifiait qu'on devait préserver les temps heureux, rester vigilant devant la destruction qui peut interrompre toute félicité, et éloigner les démons et les mauvais sortilèges. La brisure serait réparée par le mariage. Ils signèrent la *ketouba,* ou contrat de mariage, sous le regard prévenant et ému du rabbin, qui souligna les droits de la femme.

Martyre Espérance y alla de sa petite larme, sa bosse lui donnait des élancements, mais, assise bien sagement près de la mère du jeune marié, elle ne perdit pas contenance. Océanie était fière de sa sœur, qu'elle comparait à une princesse de contes de fées, mais elle était belle elle aussi et sa présence faisait de l'ombre aux autres invitées. Ma' Passiflore profita de l'extase ambiante pour faire main basse sur le buffet, et elle était sur le point de satisfaire une faim qu'elle croyait pourtant insatiable, lorsqu'elle aperçut un coquet jambon casher apprêté au miel et cuit avec des pruneaux. Elle s'approcha en salivant du cuissot recouvert de croûtes dorées et de rillons croustillants. Un fil baveux tachait son plastron de guipure tout neuf, quand une tunique bleue surgit au beau milieu de la cuisse de porc. Elle reconnut la Vierge sainte Rita Tête-Bêche du Caramel, mais elle l'écarta d'une bourrade.

— Petite, ôte-toi de mon soleil, y'a pas long-temps qu'on s'est vues, mais pareil morceau de jambon, je sais plus depuis quand j'ai pas versé dans cette sacro-sainte divinité.

Mordre ou vénérer, telle était la question.

Et c'est au moment de confier Iris Arcane à son fiancé, ce que devait faire Aimé Transit au deuxième acte, que le cœur paternel déjà tant éprouvé battit la chamade. Dire qu'à peine quelques heures plus tôt ils avaient survécu à ce qui aurait pu être l'ultime épreuve et que nul n'aurait parié un clou sur leur vie !

Pour finir, la cérémonie, avec l'échange des anneaux et un baiser discret, avait été semblable à toute autre.

Dans le journal d'Iris Arcane, le temps s'écoulait dans une belle harmonie. L'opération à cœur ouvert de son père avait été un succès ; comme l'ouverture d'un jardin d'enfants pour Ma' Passiflore qui, dans sa régression infantile due à l'Alzheimer, aimait jouer à la balançoire, calmant du même coup ses élans virils. Après tant d'avatars, tous aspiraient à retrouver une vie normale le plus rapidement possible. Telles étaient les réflexions d'une Iris Arcane touchée à vif par la haine perpétuelle du changement et l'instabilité d'un exil dont la douleur était si souvent déniée.

« Ce que nous désirons tous, c'est recouvrer notre calme, pourtant nous sommes tenaillés par l'attente, sans savoir exactement ce à quoi nous aspirons. Ne jamais cesser d'y croire fut notre plus grand malheur. Nous avons vécu dans cette attente, en ignorant quand viendrait la lumière. Nous pressentons que le miracle va se produire, que le sortilège sera brisé, mais qui pourra nous comprendre ? »

C'est sur ces mots que se terminait le troisième cahier d'Iris Arcane. Mais le détective le referma d'un coup sur ce passage où la famille racontait dans un fameux *talkchaud* télévisuel leur traversée du Matamoros. Cela n'avait pas été facile : ils n'oublieraient jamais ces nuits hantées par le fleuve d'émeraude, ce flux éternel où leur vie n'avait tenu qu'à un fil si fragile. Ils avaient préféré pourtant ne pas effacer une seule seconde de la traversée ; la mémoire était leur seul trésor, leur patrimoine. Ils s'étaient tus longtemps, mais ils avaient recouvré par ce silence une certaine dignité.

Tendron Mesurat resta pensif, de grosses larmes roulaient sur ses joues brunes. Il se jura de les aider, dût-il en perdre la raison. Si sa mère vivait encore, elle aurait été fière d'une telle décision.

Aux quatre coins du diamant

Une vapeur intense estompait les angles de la ville. Les murs de verre exsudaient une encre de calmar. Les miroirs fumés comme du hareng étaient devenus insensibles aux fulgurations solaires. Le ciel gonflé de nuages masquait les rayons ardents. Les têtes grinçaient, enfiévrées. *Downtown* les tours craquaient et les employés priaient pour qu'il pleuve enfin, au risque de tremper les draps étendus sur les terrasses. À Hialeah cependant, les gens perdaient leurs couleurs, la canicule maudite qui leur collait à la peau où qu'ils soient en ce monde béni les rendait obstinés. À Hialeah, on se regroupait pour prier : la grêle serait la seule façon de rafraîchir l'atmosphère. Une bonne tempête de grêlons ! La chaleur de l'île bouillonnait dans leurs tripes, d'où cette perpétuelle sensation de brûlure, comme si une arête de poisson coincée les étouffait à petit feu. Les joueurs de dominos jetaient leurs plaques de nacre contre la table, la chaleur les faisait renoncer, mais ils reviendraient plus tard moins en rogne.

Debout sur le pas de la porte l'épicier Fiero Bataille attendait son meilleur client, le Bavasse, qui lui achetait généralement toute la boutique. Puis il descendit la marche de l'entrée dans le gracieux va-et-vient de ses mocassins cirés au lait de magnésie et se dirigea vers le salon de coiffure de Suzano le Vénézuélien.

Le coiffeur discutait avec un chauve qui lui laissait chaque semaine vingt pesos de pourboire pour ramener la mèche de sa nuque en poils frou-froutants sur sa tête d'œuf. Fiero Bataille l'enten-dit raconter comment sa nièce de cinq ans avait traversé d'un coup de tête une de ces cloisons en *sheetrock*, si minces, de Miami Beach :

— Avec ces immeubles tu plantes un couteau dans le mur, et hop ! tu blesses ton voisin !

Fiero Bataille salua en retirant un hamburger de son sachet en papier.

— Alors, vieux, on vient se les faire couper ?

Suzano secoua sa serviette en l'air.

— J'essaie seulement de changer d'air, mar-monna-t-il la bouche pleine.

— Toi, t'as quelque chose, mon pote, affirma Suzano.

Fiero Bataille avala sa bouchée.

— Le sang bout dans mes veines, c'est comme un pressentiment terrible...

— Tu vas peut-être gagner à la loterie. Il y a

une cagnotte de deux cents millions mardi. Et le bonneteau, tu vas y risquer tes sous ?

Suzano, qui maniait les ciseaux à une vitesse dangereuse et sans y regarder, expédia la coupe en moins de deux. Le chauve lui prit des mains la boîte de talc et s'en flanqua une grosse houppe dans le cou, puis il quitta la boutique à la hâte pour aller retrouver sa maîtresse.

— Dieu t'entende ! Mais non, c'est plutôt comme un cric-crac au milieu de la poitrine... Je n'ai pas joué un centime, se lamenta Fiero Bataille.

— Toujours vos salades, vous et vos prémonitions !

Suzano tapota en blaguant l'épaule de l'épicier. Fiero Bataille profita d'une pause pour avaler son hamburger au persil frais. « On n'a jamais fait mieux que ce sandwich », pensa-t-il. Mais il n'avait pas traversé l'océan à la nage sur un pneu de camion pour savourer un hamburger, même s'il en valait la peine. Après douze ans de prison pour avoir tenté de sortir illégalement du pays, il avait remis ça avec succès. La première tentative s'était pourtant soldée par une tragédie : sa femme et son fils de onze ans avaient été tirés comme des lapins. Au seul souvenir du baiser sur les lèvres coagulées de Nora, et du crâne de Daniel ouvert comme un coquelicot, il ne put finir son hamburger et le flanqua dans la poubelle pleine de cheveux et de serviettes grasses de mousse à raser.

Là-bas, c'est pour des problèmes politiques qu'il avait été inquiété, les dossiers du G2 l'attestaient. Il était chirurgien, mais il en avait eu assez d'abuser les adolescentes en leur piquant le ventre pour tuer leurs bébés, avant d'envoyer les fœtus au ténébreux Institut du Cerveau pour des expériences macabres. C'est pour cette raison qu'ils avaient décidé de quitter leur pays sur un radeau. Nora était pédiatre, c'est elle qui avait organisé leur départ avec des pêcheurs ; par la suite, ils avaient dû s'en mordre les doigts. L'affaire était parfaitement montée, s'il n'y avait eu ce terrible coup du sort. Nora était tombée comme un oiseau blessé, après s'être interposée dans la fusillade pour protéger son mari et son fils. « Prends le petit, sauve-le ! » criait-elle, mais l'enfant s'était écroulé à son tour sur le corps de sa mère. Fiero avait supplié, imploré, écarté ses bras en croix pour servir de cible, en vain ; lui laisser la vie sauve fut son plus grand châtiment. Les sbires savaient parfaitement comment faire d'un homme un mort vivant. Et jamais il n'oublierait le visage tordu par la haine de celui qui donnait l'ordre de faire feu. Il avait un grain de beauté, une mèche blanche à la racine des cheveux et une verrue de la taille d'un pois chiche sur le front.

Non, jamais il n'oublierait. À Miami, il en avait

franchement bavé. Au début, des amis l'avaient aidé, mais il voulait s'en sortir seul. Il avait eu l'idée de monter une épicerie cubaine ; ce genre de commerce foisonnait ici, mais faute de faire entrer dans son crâne les rudiments d'anglais, il avait été impossible de valider ses diplômes de médecin. Ses collègues, en revanche, s'étaient échinés comme de beaux diables sur leurs études pour devenir en quelques années d'excellents docteurs. Il voyait bien qu'il n'avait plus de temps à perdre et que sa carrière était brisée. Il travailla donc quelques mois au service d'un Cubain de Manzanillo qui vendait des terrains pour des caveaux funéraires, ce qui lui rapporta une somme rondelette, suffisante pour acheter le local de l'épicerie et se louer un modeste appartement à Hialeah.

La chose recommençant à le titiller, il tomba à nouveau amoureux, moitié pour oublier, moitié pour se sentir revivre, et rencontra celle qui allait devenir sa seconde femme, dans les années quatre-vingt, au cinéma Miracle, au carrefour de la Milla del Milagro, où l'on projetait *Miracle à Milan*. Elle s'appelait Milagro Rubiconde et, heureuse coïncidence, elle était veuve. Son mari avait été fusillé à La Cabaña, au tout début, dans l'indifférence des intellectuels européens ; c'étaient les jeux du cirque du moment. Elle croupit quinze années dans les geôles. Quand elle fut libérée, ce fut pour apprendre que son fils était mort de tuberculose dans une école militaire, et que sa fille, qui était née dans un cachot et lui avait été arrachée quelques heures avant l'exécution de son mari, s'était suicidée en pleine adolescence. Bien qu'elle ne sût rien de la souffrance de la petite, sa mère devina qu'elle n'avait pas survécu au calvaire de ses parents. Envoyée à l'école aux champs, elle s'était pendue à une poutre dans les toilettes, tandis que les autres étudiants gagnaient le réfectoire, pressés d'aller dîner.

Fiero Bataille et Milagro Rubiconde, fiancés quelques semaines, n'attendirent pas longtemps pour se marier et ils eurent une enfant de vieux, Classica Bataille Rubiconde : quand elle naquit, neuf mois après la séance de *Miracle à Milan*, Milagro avait déjà quarante-six ans et Fiero cinquante-cinq.

À présent, il manquait trois mois à peine pour que Classica fête son vingtième anniversaire. Une jeune fille d'une apparence tranquille, avec un physique d'échassier : svelte, une grâce discrète, une poitrine abondante et de longues jambes minces. Plus astucieuse qu'intelligente, elle fréquentait l'université et suivait des études de lettres. Elle éprouvait un intérêt malsain pour le pays d'où venaient ses parents. Née à Hialeah, elle avait de quoi afficher sa cubanité. Elle préférait l'anglais, qu'elle avait appris toute petite à l'école, à l'espagnol infesté d'expressions anglophones et de l'argot de Caillot Cruz mais qu'elle

124

devait parler à la maison. C'était elle qui servait d'interprète à son père pour ses factures.

Bataille pensait justement à sa fille. Dans quelle galère Classica s'était-elle fourrée depuis le temps où on ne l'avait pas revue ! Récemment elle s'était disputée avec son premier fiancé ; un autre Cubain avec une tête de branleur et comme qui dirait à peine descendu du radeau. Capitaine d'une équipe de base-ball qui semait la panique, son ambition était de devenir *pitcher* ou lanceur aux championnats ; il portait des espèces d'écrase-merdes où il cachait d'immenses pieds plats. Encore un de ces borgnes qui régnaient sur des aveugles en visant la Statue de la Liberté ! Fiero Bataille le vit tourner autour de sa fille, lui faire les yeux doux avec un baratin où il pigeait que dalle, et rouler des mécaniques comme s'il avait inventé le fil à couper le beurre. « Si ce manchot se figure qu'il m'impressionne... », pensa-t-il.

— Alors, comme ça, on veut être joueur de base-ball... Mais dis-moi, avec tes pieds palmés je doute que tu puisses passer le premier coup de batte, ni même t'aligner dans une équipe ! Au fait, ça te fait quel âge ? Dans les vingt berges, non ?

— Vingt et un. Là-bas, je jouais dans l'équipe nationale. Je n'étais pas une star, mais quand je m'y mettais, je faisais des étincelles, j'ai un bon coup de main... Actuellement j'essaie de passer par le trou d'une aiguille, j'ai monté une petite équipe. Je vous le dis, beau-père, j'ai un bras en or.

— Un coup de main peut-être, mais quel foutu coup de pieds !

— Beau-père, ces pieds-là m'ont pourtant sauvé la vie en mer : chaque fois que je fouettais l'eau, mine de rien j'abattais mon kilomètre.

— Je ne dis pas... C'est la haine qui t'a donné des ailes aux pieds, mon garçon ! Mais arrête de m'appeler beau-père !

Bataille n'était pas très emballé par les fréquentations de sa fille, mais dès qu'il apprit que le garçon avait perdu un frère durant la traversée, qu'il voulait réussir pour faire venir ses parents et leur offrir une vie digne, son cœur se serra et il accueillit le dénommé Fernán comme un fils.

Avec le temps, Classica se lassa pourtant des longues soirées d'entraînement au base-ball, et proposa à Fernán de rester bons amis — à la mode américaine, disait Milagro Rubiconde. Mais le jeune homme n'était pas tombé de la dernière pluie, et ne plus voir en elle qu'une amie alors qu'il l'avait tenue dans ses bras et qu'il avait goûté à la nudité de sa chair ne cadrait pas vraiment avec son machisme ordinaire.

— Tu vois, j'ai besoin d'une nourriture spirituelle, Fernán, lui dit Classica. Je ne peux pas rester toute la sainte journée à entendre parler de coups de circuit, de battes et de gants. Moi, il me faut de la poésie de temps en temps...

— De la... poésie ? Écoute, ma poule, te monte pas le bourrichon avec les études que j'ai pas faites, et fourre-toi dans le crâne que je ne suis qu'un simple zozo de quartier. Tout ce que je peux faire pour ta pomme, c'est te chanter Ramona, te roucouler un guaguancó en duo avec notre milieu de terrain, qui a une voix de crécelle, mais c'est mieux que si c'était pire.

— Merci bien ! Mais les histoires de bonnes femmes qui cocufient leur mari, *you know ?* de coups de poignard qui se terminent dans le sang, j'en ai vraiment soupé, tu vois !

En repensant à cette discussion banale avec Fernán, l'une des dernières depuis un mois, Classica secoua doucement la tête d'un côté puis de l'autre pour laisser sa chevelure se répandre sur son dos. Elle se rendait à la plage en voiture, mais se proposait de passer à la boutique de son père avant. Elle se livra à un petit calcul mental : trois jours ou presque qu'elle ne l'avait pas vu. Le magasin ne fermait jamais et quand il laissait à son employé la charge du bazar, c'était toujours aux premières heures du jour, alors qu'elle dormait encore à poings fermés. C'est à peine s'il se reposait ; dès six heures du matin il se tirait du lit pour se remettre à la tâche, comme il s'en flattait lui-même. Sa mère et elle prenaient le petit déjeuner ensemble ; ensuite, Milagro Rubiconde allait comme chaque matin s'occuper de ses petits vieux décrépits dans un *home* ou un asile, et de là, l'après-midi, elle se rendait à son agence commerciale, tandis que Classica était à la fac.

— Classiquita, ma chérie, à quoi ça peut te servir toute cette littérature ? demandait souvent sa mère, inquiète pour sa rêveuse de fille et son avenir nébuleux.

— À me cultiver, *mum* ; mais ce que j'aimerais vraiment, c'est faire du cinéma. Les études, c'est juste un tremplin...

— Les rêves, ça coûte cher.

Et sa mère repliait la nappe en affectant un calme olympien. Aucun des deux parents n'irait jamais contre les aspirations de leur fille unique. Après tout, si la chance lui sourit, susurrait Fiero à sa femme, en lui chatouillant de sa moustache teinte le creux de l'oreille. Jamais ils ne freineraient les ambitions de Classiquita. Ils avaient trop souffert de la perte de leurs enfants respectifs. Ils avaient donné à leur fille une bonne éducation, à elle désormais de choisir sa propre voie.

— C'est toi qui décideras, ta vie t'appartient, nous t'appuyons, disait sa mère pour clore le chapitre.

Elle était si généreuse — Classica tourna en direction de la boutique. Pour son dernier anniversaire elle lui avait offert une gourmette en or dix-huit carats avec un diamant qu'elle avait héritée de sa propre mère, qui l'avait elle-même reçue de sa mère le jour de ses noces. Elle savait ce que ça représentait pour Milagro, mais elle s'était rendue à ses raisons, la dernière surtout : ce type de bijou irait mieux à une jeune femme qu'à une vieille qui jouait les coquettes.

Son père quitta le salon de coiffure de Suzano le Vénézuélien, car son employé le réclamait à la boutique. Mais avant d'aller voir ce qu'il voulait, il aperçut la voiture orange vif de Classica et lui fit signe de s'arrêter.

— Où va ma belle enfant ?

Fiero Bataille se pencha sur sa portière et lui colla un baiser sur la joue.

— À la plage, retrouver une amie. Mon boulot dans la boutique de lingerie se termine, et elle me propose un job.

— Et qui c'est, si ce n'est pas indiscret ?

Il n'y avait rien d'insistant dans sa question, car il avait confiance en elle.

— C'est une Cubaine. On s'est connues à l'université. Elle est un peu plus âgée que moi, mais nous suivons les mêmes cours. Elle est sérieuse, papounet, tout ce qu'il y a de plus sérieuse.

— *Okey*, *okey*. Mais allume ton portable, il est toujours éteint, merde ! Je ne sais pas pourquoi tu en as un.

— Le portable, on ne l'allume pas, papounet, on l'ouvre, rétorqua la petite en se moquant de lui, et après lui avoir rendu son baiser elle redémarra.

— Hé là ! mets la pédale douce ! Tu vas t'écrabouiller ! cria Bataille, visiblement fâché.

Classica secoua ses cheveux châtains, mouilla ses lèvres avec la langue, se regarda dans le rétroviseur. Ses yeux brillaient de malice, son père avait-il remarqué ce petit air futé ? Elle alluma la radio, changea Radio Miami pour Radio Mambí. La tête légèrement en arrière, elle se laissa bercer par une chanson qui parlait d'un amour rancunier, de la pluie, des papillons au printemps, des larmes de l'aimée glacées par la neige, de sa bouche fanée et de son regard automnal. Du romantisme à la pelle.

Elle stationna devant le terrain de golf de la rue Granada, à Coral Way. Elle attendit en tambourinant des doigts sur le volant au rythme de la mélodie, regarda sur sa gauche dans le rétroviseur : une autre voiture s'était arrêtée, un peu plus loin, et comme ce n'était pas celle qu'elle attendait, elle se sentit surveillée ; personne ne descendait et le chauffeur avait éteint ses feux comme pour ne pas être remarqué.

Un troisième véhicule attira son attention. Ce devait être lui : il avançait à contre-sens, mais la rue étant suffisamment large, il fit marche arrière pour venir se garer juste derrière elle. Elle ouvrit sa portière et sortit pour le rejoindre.

— Je suis en retard ?

Il l'embrassa sur la joue très près des lèvres.

— Je viens d'arriver. Tu sais, derrière, il y a quelqu'un qui ne m'inspire pas confiance.

— On maîtrise la situation, j'ai passé au crible tout le quartier, pas de problèmes. Tu te sens prête ? — demanda-t-il, et elle se sentit fondre sous le regard brun. — Laisse faire, accepte ce qu'elle te propose. Étudie bien l'intérieur de la maison, pour m'en dessiner le plan plus tard, chaque détail, avec le temps on peaufinera. Mais avant on passe par ma piaule.

— Mais pourquoi elle ? Qu'est-ce que tu lui veux exactement ?

— Tu connais www.homobarbaro.com ? Eh bien, elle représente un très grand danger, pour lui comme pour nous. Si elle ne complique pas les choses, on se contentera de neutraliser ses pouvoirs. On ne peut tolérer qu'elle puisse prédire l'avenir avant Lui.

Classica comprit surtout qu'elle risquait des embrouilles. Il se mit à pleuvoir à grosses gouttes. C'est dingue ce qu'il peut tomber dans cette foutue ville ! pensa-t-elle. L'averse passait le paysage au mercurochrome, la pluie versait si dru qu'on y voyait à peine à travers les vitres. Elle lui demanda de lui parler de la neige et des feuilles dorées de l'automne qui tombaient sous d'autres latitudes. L'homme souffla, fatigué, mais il se reprit aussitôt et lui raconta l'hiver à Prague puis l'automne en Autriche, tandis qu'il roulait sur Coral Gables. À mi-chemin, il s'installa dans un silence pesant ; au bout d'un moment il se racla la gorge, toussa, se fit plus ouvert, et annonça à Classica qu'il retournerait d'ici peu dans l'île. Quelques affaires à régler... dans le cinéma, fit-il d'un air avantageux. Des boîtes de pellicule contenant des armes pour le Panama, le Nicaragua et le Salvador. Les branches des arbres résistaient à la fureur de la tempête, et Classica n'entendit pas la fin. Elle répéta pour la énième fois qu'elle mourait d'envie de connaître la terre de ses parents. En sachant très bien que ce retour lui était impossible. Mais curieusement il fit non de la tête. Il avait le bras long là-bas, il jouissait d'un grand prestige, si elle le désirait vraiment, il pouvait arranger son voyage. Le rire soudain de la jeune fille surprit son compagnon ; gênée, Classica reprit ses esprits. Ses parents lui secoueraient les puces s'ils apprenaient qu'elle projetait de se rendre dans ce bordel, même en simple touriste. Mais pourquoi leur dire ? insinua-t-il. Elle hésitait soudain, c'était si horrible ce qu'on racontait, ses propres parents en avaient été les victimes. Elle ne devait pas croire un mot de cette propagande, les choses avaient considérablement changé, en bien, précisa-t-il en plaçant une main brûlante sur la cuisse de la jeune fille. Il posa sur elle un regard pénétrant, Classica reçut ses regrets comme une décharge érotique :

— Si c'est pas malheureux, toi qui es cubaine

jusqu'au bout des ongles ! Tu n'as rien à faire ici, petite, ce n'est pas ton pays.

Il serra sa chair ferme, puis reprit le volant. Non, il se trompait, c'était ici son pays ! Elle était née à Hialeah et n'en avait jamais plus bougé, sinon pour une visite à Orlando, à Disneyworld, et une autre à New York, un été. Elle était *made in Hialeah*, et elle en était fière, ajouta-t-elle. New York l'avait fascinée, mais elle avait détesté ces rues brûlantes à Manhattan. Elle aurait préféré s'y rendre en hiver, faire les boutiques à Noël, et lancer des boules de neige, mais elle avait dû se plier aux congés de ses parents. D'un autre côté, elle avait bien envie d'en finir avec la nostalgie, elle en avait assez des conversations familiales, suspendues aux nouvelles de l'île depuis une éternité. Une fois elle s'était accrochée avec Milagro Rubiconde, elle en avait marre aussi de tous ces sentiments exacerbés pour une terre ingrate et dénaturée. Pourquoi n'y étaient-ils pas restés, ou tiens, pourquoi ne pas acheter des billets de retour, maintenant qu'ils le pouvaient ? « Pas même les pieds devant, avait répondu Milagro Rubiconde. — Oui, mais moi, j'aimerais beaucoup y aller, c'est tout à fait naturel », avait insisté Classica. Mais sa mère avait été prise de convulsions, une embolie sans gravité, un miracle. Il en avait coûté à Classica plusieurs semaines de thérapie pour étouffer ses remords ; des mois durant, elle resta la proie d'une pesante mélancolie. Comment avait-elle pu se montrer si égoïste, si insolente devant les souffrances encore vives de sa mère ?

— Tu connais vraiment des gens à Hollywood ?

La moue dubitative de Classica vexa son compagnon.

— La fine fleur de la Mecque du cinéma passe par Caillot Cruz, sache-le ; et je côtoie les vedettes sans arrêt, lança-t-il au culot.

— Tout le monde n'aime pas y aller comme toi. Pour le moment, ce ne serait pas une bonne idée d'aller là-bas, mais — elle tourna sa poitrine vers lui — ... Hollywood, alors oui, ça m'enchanterait...

Le ciel se dégagea ; les rues exhalaient un parfum d'herbe fraîche et de mer agitée. Ils s'arrêtèrent devant une résidence tapie sous la végétation. Elle remarqua non loin les rives d'un lac. La porte de bronze grinça comme dans les films d'horreur. Habituée au baroque de l'accumulation, comme tous ceux qui ont vécu dans le besoin, la jeune fille ne trouva aucun charme au vaste salon à cause de son mobilier exclusivement japonais, dépouillé à l'extrême. Un autre, moins spacieux, lui succédait, arborant le luxe de bibliothèques encastrées en bois précieux. Un lit à baldaquin couvert de coussins et de dentelles opalines trônait au fond de la pièce. Classica était sidérée, c'était la première fois qu'elle entrait dans la résidence.

— Ta chambre à coucher ? fit-elle enfin en désignant le lit du menton.

— Non, c'est mon bureau. J'aime travailler au lit.

Il appuya sur le bouton de la télécommande et derrière une étagère coulissante un bar apparut avec les meilleures marques d'alcool. Il prépara deux Bloody Mary et lui tendit son verre.

— C'est ici que tu vas faire mes photos ?

— Non, près du plan d'eau.

Il ouvrit la dernière fenêtre et découvrit le jardin ; un pont presque miniature enjambait le bassin couvert de nénuphars. Une fidèle imitation du jardin de la maison de Monet, dont les toiles se trouvaient au musée du Jeu de Paume à Paris, précisa-t-il. Car cet homme prodigieux avait aussi vécu à Paris ! Classica ne put retenir une exclamation. Un ange passa, puis elle reprit en minaudant :

— C'est à Paris que tu l'as connue ?

Elle leva les yeux, cherchant à percer le regard qui la fixait.

— Je t'ai déjà dit que je l'ai connue à Caillot Cruz, mais quelle importance ? Viens, je vais te montrer l'autel, la chapelle où nous célébrons nos rites et offrons les sacrifices.

Ils franchirent une porte en acajou, immense et rectangulaire, qui ouvrait sur un salon plus spacieux encore, au fond duquel Classica put distinguer, malgré la pénombre, un autel surdimensionné, dominé par une tour sculptée de forme phallique. Oui, c'était un chibre monumental en or massif. Classica n'en croyait pas ses yeux :

— Regarde comme il brille, ce tubercule géant ! Je parie que c'est de l'or !

— Oui. Notre richesse a décuplé ces derniers temps. La Secte est de plus en plus puissante. Nous avons réussi là où tous avaient échoué : en transformant une philosophie de pacotille en vraie croyance, nous sommes devenus les maîtres du monde.

— Parle-moi de ton chef ; il doit être drôlement généreux pour t'avoir permis de t'installer dans cette super résidence, ce monument a dû coûter les yeux de la tête !

— Et encore tu n'as pas vu celui qu'il a érigé au Protestodrome, que le peuple a surnommé le Bibinodrome parce qu'on y abrutit les crétins avec des barils de bière. Le Protestodrome est une œuvre idéologique fondamentale, un véritable totem qui touche presque aux nuages ! www.homobarbaro.com ne connaît pas la bonté, mais la rigueur. Il faut le craindre. Son livre de chevet est *Mein Kampf* !

Classica porta les mains à sa bouche en réprimant un cri d'effroi.

— N'aie pas peur ! S'il le lit, c'est pour corriger des erreurs que Lui ne commettrait pas. — Il prépara l'appareil photo et alluma un joint ; l'odeur de la marijuana provoqua des éternuements en cascade chez Classica qui, goûtant au Bloody Mary, fit une grimace dégoûtée. — Tu veux boire autre chose, bière, vin rouge, vin blanc, Coca-Cola... ? Tu n'as qu'à demander. J'ai un sancerre exquis.

— Champagne ?

La jeune fille mouilla ses lèvres de la pointe de sa langue, l'air mutin. Dans sa coupe, il versa du champagne mélangé à du peyotl et à d'autres champignons hallucinogènes écrasés, provenant d'un troc inégal avec un chaman qu'il avait connu au pied du Popocatépetl et qui les lui avait échangés contre une poignée de terre du cimetière de Colón à Caillot Cruz. Il conduisit Classica au jardin, ils longèrent l'étang ; elle déglutit en faisant un petit bruit avec la gorge, puis sa vue se troubla et elle vit des flammes dans les angles.

Le photographe réclama des renforts sur son portable. Classica se tordait nue sur la pelouse verte, quand deux individus musclés, crâne rasé et le visage dissimulé sous un masque noir, surgirent d'un ascenseur ; une gourmette métallique au poignet, ils portaient des chemises vert olive et un treillis. Ils se déshabillèrent devant la caméra qui filmait et photographiait en alternance. L'un des skinheads s'allongea et se mit à lécher le sexe de la jeune fille. Le second se contenta de lui frapper les seins de son braquemart baveux, car

137

Elegguá, le dieu enfant, lui avait interdit de fumer, de siffler à l'intérieur de la maison, de lécher des chattes et de manger du poisson. Classica riait comme une folle, elle se tortillait de plaisir, pliée à leurs assauts, les cinq sens excités d'une euphorie contagieuse. Quand les colosses eurent fini de décharger leur foutre puissant dans le sexe de Classica, l'un d'eux la souleva et la porta, molle mais toujours souriante, sur le lit du photographe, qui ordonna à ses comparses de se retirer. Puis, se dévêtant à toute allure, il abusa à son tour de son invitée, en lui susurrant à l'oreille :

— Alors, sale putain, tu les vois, tes étoiles, c'est pas mieux qu'Hollywood, ça ? Écoute-moi bien maintenant, je sais que tu m'entends. Tu vas t'introduire au domicile d'Iris Arcane, elle aura confiance en toi, vous avez suivi des cours ensemble et elle te trouve sympa. Elle cherche actuellement une nounou, tu es la personne idéale. Elle sentira que son argent est utile si elle peut t'aider financièrement, et puis tu pourras devenir son amie, vous bûcherez ensemble, tu seras son bras droit. J'ai besoin d'informations sur son mari, tout ce qu'il fait et envisage de faire. Tu vas repérer et photocopier les documents importants. Quand tout sera fini, on éliminera Iris Arcane. Elle nous fait du tort, cette salope, avec ses visions ! Qu'elle crève embrasée dans son propre feu ! Tue-la !

À chaque assaut du sauvage en nage, Classica acquiesçait d'un rire idiot. Quand soudain son visage vira au mauve.

— Si tu t'avises de nous trahir, on t'y enverra dans ce putain de pays que regrettent tant tes parents ! Et avec ces photos on te fera passer pour une actrice de porno et une criminelle ! Mais qu'est-ce que t'as, putain, réveille-toi, bordel de merde ! Cette pouffiasse va nous claquer dans les doigts !

Classica expulsait des caillots de bave, les yeux révulsés. Il pressa sur un bouton au mur, au-dessus de la table de nuit, pour rappeler ses sbires. L'un d'eux réapparut et se précipita sur la jeune fille. Il appuya sur ses côtes pour la faire vomir.

— Une douche lui fera du bien maintenant, puis elle va dormir. Au réveil, elle ne se souviendra de rien, sinon de mes ordres qu'elle a assimilés grâce au peyotl et aux hallucinogènes et qu'elle suivra sans problèmes. Fais le nécessaire, Flibustero.

Le Flibustier en question suivit d'un regard vide le geste méprisant que faisait l'autre de la main. L'homme gagna une chambre du second étage ; calmé, il prit un bain tiède, se changea et attendit que sa victime se réveillât pour la conduire chez Iris Arcane.

Devant la résidence hermétiquement close, Tendron Mesurat pouvait percevoir toutes ces ondes négatives à l'intérieur, mais il tenta en vain de sauter par-dessus les grilles électrifiées. C'étaient les inconvénients du métier : s'il se trouvait parfois au bon endroit, ce n'était pas au bon moment ! Il pensa qu'il ne devait pas être découvert dans ces circonstances, même s'il se doutait que quelqu'un souffrait là, derrière ces murs, sans qu'il puisse intervenir.

C'était arrivé tout simplement. Ce matin même, il était sorti pour contempler la ville ; titillé en chemin par la nostalgie de la balle, il s'était renseigné pour savoir où il pourrait assister à un match de base-ball à cette heure, à Hialeah.

— Quoi de mieux que l'entraînement des Marlins ? J'ai un neveu qui joue là-bas avec eux, dites-lui que vous venez de la part d'Error Fly, c'est moi. Ce petit ne décolère pas : pensez qu'il a fourré sa salopette de mécano dans la machine à laver à 90° en oubliant dans une poche un billet gagnant du loto : cent millions ! Personne ne veut le croire !

Le vieux avait souri en montrant deux dents, celle d'en haut et celle d'en bas heurtant les quatre coins de sa base de départ, *diamond* étincelant et plus solitaire qu'un milieu de terrain ! Mais le reflet de la voiture de Classica l'avait emporté sur l'éclat des dents d'Error Fly. Tendron avait vu Fiero Bataille s'approcher de la portière, entendu la fille informer son père qu'elle se rendait à la plage, chez une amie... sérieuse... papounet, très... Elle soupirait, exténuée, ras le bol de donner des explications à un père aussi rétrograde ; cinq sur cinq, le détective avait enregistré sa pensée, oublié sur-le-champ l'entraînement de base-ball, ce premier tour de batte si plein des surprises qu'il affectionnait, les trois bases pleines, le batteur sur le terrain attendant la courbe du bras entraîné du lanceur ennemi... Il s'était enfoncé dans sa jeep pour surveiller le plus discrètement possible la voiture orange vif. Et il était resté aux aguets jusqu'à ce que Classica et... Abomino Dégueu en personne se retrouvent devant le terrain de golf pour se rendre ensuite à la résidence !

Le jardin devint soudain un bûcher ardent sous les pieds de Tendron ; le sol brûlait, les arbres crépitaient, éclairs et flammes zébraient le ciel en fureur. La pauvre petite, on devait la cuire à petit feu à l'intérieur de cette foutue baraque. Tendron escalada la grille pour sauter de l'autre côté. Il ferma les yeux, le monde s'écroulait et le grillage craqua en se dérobant à ses pieds. Aussitôt, un éclat blanc et froid lui glaça les sangs sous sa peau crevassée. Pétrifié, il sentit qu'il se métamorphosait en statue de givre, son cœur lentement se craquelait tandis que la peur vrillait son crâne. Une seringue inoculait l'effroi dans ses veines. Ses yeux cristallins renvoyèrent les gueules sinistres des deux colosses qui, telles des gargouilles, se présentèrent à lui : Trique la Terreur et Baroud en Croûte.

— Fiche-nous la paix, laisse tomber l'enquête, sinon on te fait la peau. On n'aime pas trop laisser des traces et puis c'est pas très pro de tuer trop vite. On va d'abord te torturer, te cuisiner, mais avant on préfère te mettre en garde : vide les lieux.

Ils parlaient à deux voix. Tendron Mesurat tenta de comprendre, de capter le plus grand nombre d'indices, mais sa langue pâteuse n'était que bouillie de neige. Il semblait souffler de ces gargouilles l'hiver le plus rigoureux qu'il eût imaginé. Ils n'avaient eu qu'à s'approcher pour le transformer en un tas d'ossements saisis par les glaces.

HUITIÈME TOUR DE BATTE

La voie ferrée

Il est facile d'abuser une jeune fille rêveuse, il suffit de lui glisser un petit vélo dans la tête en lui faisant croire qu'elle peut devenir une star à Hollywood, avoir son nom en haut de l'affiche et laisser son empreinte sur Sunset Boulevard, que tous ces rêves sont à portée de main et qu'elle va gagner une flopée d'argent. Cendrillon devenue princesse !

Quand Classica reprit conscience, sa tête avait le tournis et son corps meurtri jouait aux osselets. Pourtant, malgré sa chatte en feu, elle ne se rappelait que de moments merveilleux, mais sans savoir ni où, ni quand, ni avec qui elle les avait vécus. Peut-être était-elle une princesse qui se réveillait d'un long cauchemar. Elle regarda autour d'elle : combien de temps avait-elle dormi chez le photographe ? Quelques heures, toute la nuit ? Elle examina ses vêtements, mais ne remarqua sur elle rien de particulier, sinon ces fichues contractions musculaires et pelviennes, l'enflure extravagante de son sexe, et maintenant sa peau qui se hérissait sous l'effet du froid insolite qui venait d'envahir la pièce. Elle était habillée de la même façon, impeccable et bien coiffée, et semblait indemne : il paraissait donc improbable qu'il l'ait pelotée ou surtout qu'il ait abusé d'elle. Il ouvrit justement la porte en agitant dans sa main gourde et verruqueuse une enveloppe, dont il tira une liasse de photos qu'il lui montra : elle était très séduisante sur les gros plans, mais les autres étaient meilleures encore. Jamais des photos d'elle en pied ne lui avaient donné pareille satisfaction. Elle sauta au cou du photographe et l'embrassa sur les deux joues. Elle ne s'aimait pas physiquement. Bien que son père ne cessât de la traiter de sac d'os à cause de ses mollets trop minces, elle se flattait d'avoir la taille mannequin, mais de dos elle faisait plutôt planche à repasser avec ses hanches larges et osseuses, et de face elle avait des seins comme des pastèques ; bref une hyperbole ambulante !

— Le jour où tu seras mère, il va falloir que la chirurgie esthétique t'en coupe une bonne tranche, parce que après l'allaitement tu les auras jusqu'aux genoux, lui disait sa mère.

Classica était tellement absorbée par sa propre image qu'elle avait cessé de frissonner ; et c'est à peine si elle sentit l'homme la pousser brutalement hors de la chambre et lui arracher aussitôt les photos des mains.

— Tu les verras une autre fois, je t'en ferai un jeu. Celles-là, je les envoie à Caillot Cruz dès demain.

— Mais pourquoi Caillot Cruz ?

— Là-bas on se chargera de les remettre à quelque célébrité de Hollywood de passage sur l'île pour se vautrer dans les trois p : plage, politique et pauvreté.

— Ah, tiens, c'est curieux ! Ma mère m'a parlé un jour de la Nuit des trois P. Dans les années soixante, quand les sbires ratissaient les rues de Juanabana, ils embarquaient tout ce qui dépassait : Pédés, Prostituées, Proxénètes, des artistes, et des moines. Ils ont raflé tous les *marginaux* pour les flanquer dans des camps. Qui se risquait à prononcer même le nom des Beatles passait un mauvais quart d'heure ! Mais je n'ai jamais entendu parler de tes trois p.

— On n'a plus beaucoup de temps maintenant. Je te ramène à ta bagnole. Quand tu seras au volant, moi je prendrai la mienne et tu me suivras jusqu'au domicile d'Iris Arcane.

— Inutile, je sais où elle habite.

— Alors appelle-la et dis-lui que tu es en retard.

Ils s'engouffrèrent dans la voiture. L'homme avait un comportement étrange ; il n'avait plus rien du séducteur excité de l'après-midi.

— Il y a plusieurs choses que je ne comprends pas, risqua Classica. Pourquoi me suis-je endormie ? Et pourquoi, en ouvrant les yeux, me suis-je retrouvée sur ton lit et dans un tel épuisement ? Et pourquoi ce serait à moi d'espionner Iris Arcane ?

— Tu t'es évanouie pendant la séance photos. J'ai essayé de te ranimer, impossible. Alors j'ai appelé un docteur qui habite tout près, il t'a fait des massages, et il a diagnostiqué du surmenage. Tu dois te reposer et arrêter de tout prendre trop à cœur... C'est avec un esprit combatif, une trempe de battant qu'il faut affronter la vie. Je déteste les velléitaires. Si nous t'avons confié cette mission, c'est parce que tu rêves de réussir, et ce que nous te proposons est le seul moyen d'y parvenir.

— Mais j'ai des examens, moi, je n'ai pas le temps. Et puis je suis très inquiète, mon père est sur le point de commettre une folie... Je t'en supplie, n'en parle à personne. Bien sûr, je ne te connais pas encore très bien, mais je sens que je peux te faire confiance. Voilà : mon père joue les matamores, il clame haut et fort qu'il va dégoter un avion pour atteindre les côtes de Caillot Cruz et sauver des *balseros*. Il est fou à lier !

— Ce n'est pas un mauvais plan. Bien au contraire. Ça nous ferait un très bon prétexte pour intervenir.

— Mais je ne comprends pas... je croyais que tu n'étais pas de leur bord ?

— C'est vrai ; mais j'admire le courage, d'où qu'il vienne.

Avant de regagner sa voiture, il l'attira contre lui et l'embrassa sur les lèvres. Classica attendait ce geste, mais pas si tôt. Il déposa dans sa main une enveloppe contenant cinq cents dollars.

— Gagne la confiance d'Iris Arcane. Et tu suivras chaque jour mes instructions. En miettes, il faut la mettre en miettes !

Ils restèrent enlacés jusqu'à la voiture de Classica. Elle referma la portière, tourna la clé et le moteur démarra. Ses mains recouvrirent le volant d'une sueur crémeuse, un lait verdâtre s'épanchait de ses pores. Jamais elle n'avait transpiré de la sorte. Elle ouvrit la boîte à gants, en sortit des lingettes parfumées pour s'éponger le visage, les bras, le cou, la courbe des seins et le nombril. « Ce sont toutes ces émotions qui m'ont mise dans cet état », pensa-t-elle, aussi humide qu'une goyave pourrie. Après l'avoir embrassée avec passion, il agitait maintenant sa main comme pour un adieu romantique. Elle lui souffla un baiser par son rétroviseur, et de sa main libre ouvrit l'enveloppe : cinq cents tickets ! Elle en saliva de plaisir. Classica était prête à tout — elle écraserait Mahomet ou Yvanna Trump comme des cafards s'il le fallait — pour réussir et gagner des montagnes de fric. Elle était à un tournant de sa vie où elle oubliait l'éducation qu'elle avait reçue de ses parents pour devenir ni plus ni moins une

belle salope. Elle ouvrit son portable et composa
le numéro d'Iris Arcane. C'est Martyre Espérance qui lui répondit :

— Hello !

— Bonjour, je voudrais parler à Iris Arcane...

— Elle papote dans le jardin avec une fleur
de macadam, une traîne-misère, et un doux
dingue qui n'a d'yeux que pour cette Cubaine de
Bayamo, tous des excentriques ; je l'ai déjà mise
en garde, mais Iris Arcane ne tient aucun compte
des conseils de sa mère. C'est de la part de qui ?

— Classica Bataille Rubiconde.

— Ah mon Dieu ! elle m'a parlé de toi. Nous
t'attendions. Je viens de donner son bain à Cyril,
un petit ange qui passe maintenant toutes ses
nuits avec nous. Bien sûr, c'est une des choses
dont tu devras aussi te charger, j'aime bien le baigner, mon angelot, mon *Indianito* superbement
monté, mais tu sais, toi, ce que pèse un ange !
Non, comment tu le saurais d'ailleurs ? Tu n'en
as jamais porté. Cyril, c'est tout ce qu'il y a de
plus aimable, un vrai monsieur, il veille sur ma
fille, il garde la maison avec un dévouement formidable, une merveille de chérubin. Mais voilà il
n'aime pas entrer dans l'eau, ce trésor, et il
cocotte pas mal sous les ailes ; alors c'est moi qui
le baigne et qui le parfume ; quand je te l'ai bien
bichonné de partout, il sombre dans la mélancolie
quelques jours, les anges ne supportent pas l'eau
de Cologne, mais ça lui passe quand ses plumes

ont séché. Pour changer de sujet, figure-toi que Ma' Passiflore nous fait de ces diarrhées ! Ce matin, dès que j'ai tourné le dos pour regarder une pub sur les pompes funèbres — oui, ma chérie, car je suis à la recherche d'un joli petit caveau pour le premier d'entre nous qui passera l'arme à gauche —, eh bien, Ma' Passiflore s'est envoyé trois pots de compote de pruneaux. Il paraît qu'elle est follement amoureuse de Calamity Lévy ; hier soir je les ai entendues chuchoter, elles parlaient de se marier sous le régime des gouines. Jésus, Marie, Joseph ! si ça continue comme ça, avec tous ces gens qui perdent les pédales, la première à clamser, ça sera moi, mais le pire ce serait pas que je meure, mais que je reste gaga !

— Mais la mamie, elle souffre pas d'Alzheimer ?

— Et alors ? Tu crois que ça l'empêche de se prendre pour Agustín Lara et de prendre Calamity pour Maria Félix ! Non, dans cette baraque, la personne la plus sensée est mûre pour le psy et fin prête pour la camisole. Et mon mari, avec tout ça, il navigue... l'œil vissé comme un poisson d'aquarium à l'écran de son ordinateur, qui l'absorbe plus que trois nanas à la fois. Il ne lève les yeux que pour se lamenter sur la situation actuelle, ces produits qui nous empoisonnent à petit feu, et ces politicards un pour tous et tous pourris ; maintenant il est devenu végétarien, ça lui fend le cœur qu'on torde le cou à la dinde de Thanksgiving. À Caillot Cruz il était fou de viande, ici c'est la viande folle, avec tout ce trafic de vaches barjos dont on parle en Europe. Il n'utilise jamais le moindre spray pour ne pas faire un trou d'ozone dans le ciel de la planète. Tu parles d'un zozo de mauvais augure !

— Madame, je dois raccrocher, je suis à l'entrée de l'*expressway* et c'est dangereux de conduire l'oreille collée au mobile.

— Tu as raison, mon petit cœur, ne va pas te foutre en l'air ; il y a des accidents à ces échangeurs. Écoute, juste un moment, si tu tombes par hasard sur Maggie Carlés, dis-lui bonjour de ma part ; elle ne me connaît pas, mais j'assistais à tous ses concerts à Caillot Cruz, je suis une fan de cette sacrée bonne femme. Tu te rappelles comme elle battait des paupières en chantant l'*Ave Maria* ? Non mais quel talent ! Bon je te laisse, je dois donner son bouillon de poulet à mon chien Divo, il vient de rentrer de l'hôpital psychiatrique canin de Cancún, et il est mal en point, le pauvre chou. Mais si tu vois Maggie, dis-lui bien que je l'aime et c'est peu de le dire ! Tu n'oublieras pas ?

La mère d'Iris Arcane était persuadée qu'il était facile de rentrer en contact avec des célébrités, de croiser leur chemin et d'engager avec elles la conversation. Car Martyre Espérance ne vivait que pour les émissions people ; les stars étaient des morceaux de sucre dans sa vie insipide.

— Je ne sais ni qui elle est, ni où elle habite, répondit Classica.

— Peu importe, moi non plus ; je te demande seulement de lui transmettre mon bon souvenir. Quand elle chante l'*Ave Maria*, elle l'emporte haut la main sur ce Pavarota de la Scala. Ah, ça oui, je peux pas souffrir les Italiens en peinture !

— *Bye-bye*, madame.

Classica posa son portable sur sa cuisse, et sourit en pensant qu'une alliée comme Martyre Espérance serait une source d'informations idéale ! L'asphalte scintillait de façon inquiétante ; la climatisation ne pouvait rien contre la canicule terrible qui ramollissait les pneus de sa voiture orange. Il se faisait tard, la nuit allait tomber, ses parents devaient être inquiets car ses absences s'étaient répétées ces derniers temps. Le minuscule appareil vibra sur sa cuisse, elle l'ouvrit et s'aperçut que sa mère essayait de la joindre. Elle referma le portable. Associée aux effluves du fleuve, la réverbération du soleil soulignait un été poisseux et des nuages de moustiques en vol passaient comme une couche de gris sur le paysage. Elle pénétra dans le quartier résidentiel, jardins d'agrément, porches de corail, ah ! vivre dans ces merveilles d'architecture devait être fabuleux ! Des ramées, de voluptueuses orchidées se dissimulaient à peine dans l'ombre de portiques aux

resplendissantes colonnes marmoréennes, des nénuphars flottaient sur des étangs artificiels. Une
douce brise agitait de vaporeux rideaux aux fleurs
délicates et poussait quelque balançoire suspendue dans des patios garnis d'arbres fruitiers d'un
côté, et de l'autre d'ornements forestiers, dont la
taille minutieuse rappelait l'entretien d'antan des
plus beaux parcs du Vedado ou de Miramar.

Classica contourna le lac et tomba juste devant
la maison. Ce n'était pas une demeure imposante,
elle était plutôt simple, élégante sans ostentation,
pensa la condisciple d'Iris Arcane. Elle sonna à
l'entrée, c'est Martyre Espérance qui l'accueillit.

— Je te guettais du coin de la fenêtre... Tu as
vu Maggie Carlés ?

Martyre Espérance lui colla un baiser humide
sur la joue. Océanie, qui s'apprêtait justement à
partir, libéra Classica de la présence envahissante
de sa mère, occupée à poursuivre sa cadette jusqu'à la voiture, pour savoir où elle se rendait et
avec qui elle sortait.

— Et tâche de rentrer plus tôt ce soir ! Pas
question d'aller traîner avec ces dépravés ! Tu
n'as pas risqué ta vie en traversant le Matamoros,
pour la perdre ici ! Oui, ton père a bien raison
quand il dit que je ne sais pas te dresser et qu'il
est le seul à faire marcher droit toute cette famille
de tarés !

Océanie leva les yeux au ciel et disparut sans
un mot dans sa bagnole en soulevant un nuage de

poussière sur le chemin déjà sombre. Classica, de son côté, profitait de l'altercation pour se glisser dans la maison, quand Iris Arcane s'approcha le ventre en avant, spectacle qui attendrit la nouvelle venue. Martyre Espérance fit irruption comme un bolide.

— Je te rappelle que ce soir nous avons des invités, ma petite fille, ne perds pas trop de temps à papoter au jardin avec ces envieux. Laisse-moi repasser le linge de fil, tu sais bien que personne ne le fait aussi bien que moi. — Elle se tourna vers Classica. — Est-ce que tu comptes rester pour le dîner ? Non mais, appréciez ma façon de parler !

Iris Arcane s'interposa entre sa mère et sa copine de fac, et Martyre Espérance disparut en ruminant. La maîtresse de maison rompit la glace :

— Je suis heureuse que tu te sois décidée à venir. Je sais que cet emploi t'intéresse, mais on m'a dit que tu hésitais parce qu'on est des camarades de classe... Mais j'ai vraiment besoin de toi, et si ça te convient, eh bien !... je ne veux pas que tu penses que j'exploite les gens...

— Oh, ça va comme ça ! Dis-moi ce que j'ai à faire et suffit ! Et puis, excuse-moi si j'ai cancané —, fit Classica qui, voyant le ventre rond d'Iris Arcane, pensa que le pal ardent qui avait engendré pareille ampoule devait valoir le détour.

— Oublions tout cela. Et ne nous pressons pas, parlons d'abord de la rémunération...

— Ça me va, rien à dire.

Iris Arcane comprit que la jeune fille traversait une mauvaise passe. Elle remarqua l'éclat avide de ses pupilles, mais c'est avec une grande gentillesse qu'elle exposa ce qu'elle attendait d'elle :

— Ne me considère pas, je t'en prie, comme la maîtresse de maison ; je suis ton égale, une copine de fac et nous deviendrons peut-être des amies. Viens, je vais te présenter mes invités : Fausse Univers, une femme qui dit avoir des projets intéressants, Pisse Vinaigre, qui l'assiste, et Gousse Puante, une secrétaire très efficace. Nous étions justement en train de goûter au bord de la piscine.

Fausse Univers la toisa d'emblée d'un air hostile, et Classica méprisa sur-le-champ sa pauvre dégaine de sorcière pour n'accorder à ses comparses que l'attention qu'ils méritaient. Fausse Univers s'en irrita : mais pour qui se prenait-elle cette empêcheuse de tourner en rond qui la regardait du coin de l'œil avec cet air d'oisillon tombé du nid ? Pisse Vinaigre, pour sa part, se tenait prêt à verser de la strychnine dans son verre, si elle contrecarrait, pour le compte d'une bande rivale, leur projet de liquider Iris Arcane. Fausse Univers projetait en effet de devenir la confidente puis l'épouse du millionnaire endeuillé, et la marâtre des enfants d'Iris Arcane : tomber le mari et

154

les rejetons de cette pisseuse, ça ce serait vraiment *rocanrol* ! Devinant que Classica nourrissait les mêmes intentions de faire le mal pour le mal, Gousse Puante lui sourit dans l'espoir de lui soutirer des informations et, pourquoi pas, de la séduire au passage si l'occasion s'en présentait.

Iris Arcane se rendait à la cuisine pour demander de la limonade et des gâteaux à la goyave, quand elle fut surprise par la sonnerie stridente du téléphone, alors que des plaintes résonnaient soudain à ses tympans. Sa tête s'écarta du tronc, puis ses jambes ; coupée en trois, le regard voilé, elle eut peur pour son bébé. Le sang bouillait dans ses veines. La sonnerie du téléphone se faisait insistante, mais elle restait comme pétrifiée. Ma' Passiflore accourut alors aussi vite qu'elle put dans son fauteuil roulant, et décrocha.

— Mon cœur, c'est le détective, celui qui décolle chaque fois qu'il te voit ! Eh, ma petite, mais qu'est-ce que tu as ? Tu es toute chose, tu te sens bien ? Calamity, Martyre Espérance, venez vite, Iris Arcane ne bouge plus ! Un vrai rocher !

Mais la tête d'Iris Arcane retrouva son cou, puis ce fut au tour de ses jambes. Et le visage blanc comme un linge, elle se remit doucement de son étourdissement. Devant elle chuchotaient sa mère, sa grand-mère mariachi et la future épouse mexicaine de cette dernière.

— Maman, tu as encore attaché Cyril ! protesta Iris Arcane.

— Mais qu'est-ce que je pouvais faire d'autre ? Pendant que je le baignais, tes amis sont arrivés, et il s'est mis dans un état lamentable. Il cognait contre les carreaux en faïence, arrachait une à une les plumes de ses ailes. Il a fait déborder la baignoire, et m'a trempée des pieds à la tête. Il s'est déchaîné contre tes invités, en disant qu'ils voulaient te couper la tête ; ce n'est pas qu'ils me plaisent tant que ça, mais Cyril exagérait, et comme je t'ai vue si empressée auprès d'eux, eh bien, je l'ai attaché pour qu'il nous fiche la paix. Quand il était invisible, il était plus facile à vivre, maintenant il commence franchement à faire chier le monde.

— Détache-le immédiatement ! ordonna Iris Arcane.

Martyre Espérance se précipita vers l'armoire de sa chambre où elle avait enfermé l'ange métis, tandis que Ma' Passiflore tendait le téléphone à sa petite-fille avant de se perdre aussitôt dans un couloir, pour chanter la sérénade à Calamity qu'elle tenait par la main.

À l'autre bout du fil, c'est un souffle enneigé qui se glissait à l'oreille d'Iris Arcane :

— Iris Arcane, je suis désolé, mais Abomino Dégueu se trouve à Miami, et c'est lui qui t'a envoyé une certaine Classica Bataille Rubiconde, je l'ai vue qui se dirigeait vers chez toi. Sois très prudente, j'ai dans l'idée qu'elle ignore ce que l'Italien a derrière la tête.

— Ne t'en fais pas, Tendron, Classica ne ferait pas de mal à une mouche. Quant à Abomino Dégueu, je le connais bien. S'il trame quelque chose, ce ne sera pas contre moi. Il doit courir après une combine juteuse. Ceci dit, sa présence à Miami est étrange ; ces guérilleros européens ont le chic pour flairer le pognon à plein nez, et dès qu'ils aperçoivent quelqu'un de friqué, ils coiffent le béret crasseux du Che pour brouter son oseille ! Classica vient d'arriver, il est possible qu'il l'ait embobinée, mais elle n'est pas méchante. Merci quand même. Mais tu te sens bien ? Tu as le souffle court, je l'entends.

Il répondit que ce n'était rien, une petite crise d'asthme, elle ne devait pas s'inquiéter pour lui, il insista plutôt pour qu'elle reste sur ses gardes, lui se chargerait du reste. Puis il coupa pour appeler Saul Dressler. Celui-ci l'assura qu'il prendrait des mesures et qu'il veillerait à ce que Classica ne remette pas les pieds chez lui, mais il se montra très inquiet de savoir le photographe en ville.

Tendron déambula des heures durant, traquant l'ordure. Il trouva une gare désaffectée, s'empara d'un morceau de fer et frappa les vieux rails. Puis couché en travers de la voie, il y colla son oreille. Le train roulait depuis l'aube du siècle passé, conduit par une inconnue dont le visage spectral le hantait.

Le cimetière au rubis

Il y avait trois semaines qu'elle avait accouché, et son corps avait retrouvé une ligne splendide. Sa robe en lamé rouge moulait ses formes sensuelles, pas une once de graisse, sinon ce petit ventre rond, telle une Vénus de la Renaissance italienne. Peau mate, dorée à point, les yeux mouillés, elle avait modelé ses cheveux avec des bigoudis en papier pour dessiner des crans serrés à la hippy, bien frisés, deux petites tresses sur les tempes. Quand elle fit son entrée, tous les regards se portèrent sur ses formes sculpturales : Iris Arcane était plus belle que jamais ; seule une ombre de mauvais augure altérait la douceur de son visage, creusant une ride entre ses sourcils, alors qu'elle lui adressait un sourire triste. Tendron Mesurat l'attendait à une table pour deux, depuis dix minutes à peine, pendant lesquelles il s'était remémoré le récit de l'obstétricien. À son accouchement, Iris Arcane s'était comme illuminée de l'intérieur, une foudre divine

avait traversé son corps, alors que son sexe pro-
pulsait vers la lumière une sorte d'œuf. La nuit
venue, les douleurs avaient éperonné la matrice,
le bébé se présentait dans une poche, et c'est aux
premières lueurs de l'aube que le sommet du
crâne était apparu. Iris Arcane irradiait tant à
chaque poussée que le jour pointa au beau milieu
de l'accouchement.

Tendron Mesurat oublia le récit du médecin
pour admirer la jeune femme sublime. Cet exa-
men attentif lui confirma qu'il voyait là le splendide rayonnement d'une beauté intérieure.
Confortablement assise devant lui, elle croisa une
longue jambe galbée sur son genou gauche, juste
le temps d'éblouir le détective et de lui laisser
apercevoir les chaussures rouge coquelicot. Elle
changea de position, puis écarta les couverts de
son assiette, déplia sa serviette et la plaça sur ses
cuisses, avec un calme feint. Tendron suivit des
yeux le cou gracile, la naissance voluptueuse des
seins, le grain de beauté en forme de lune sous le
menton. Et les bras du détective se hérissèrent de
plaisir.

— Comment va le bébé ?

— Divinement. Il dort toute la sainte journée
et se réveille la nuit : les rythmes d'Ilam sont
inversés.

— Ilam, quel prénom original !

Elle approuva du regard.

— Es-tu satisfaite des services de Classica ? Tu

t'es mis en tête de la garder chez toi, malgré l'insistance de ton mari et la mienne.

Elle ne put se contenir davantage :

— C'est vrai qu'elle espionne, elle passe son temps à photographier la maison dans ses moindres recoins. À part ça, elle est impeccable, et sans qu'on ait rien besoin de lui dire, elle se charge des tâches les plus lourdes et puis les enfants se sont pris d'affection pour elle. J'ai toujours voulu l'aider financièrement. Elle a de l'ambition comme tout le monde, et si cela ne dépendait que de moi, j'en ferais une femme célèbre, une star de cinéma, qui sait ? Classica n'est qu'un instrument aux mains d'Abomino Dégueu, mais on ne sait pas tout. Que fait-il à Miami ?

— Abomino Dégueu est membre d'une corporation appelée la Secte dont les adeptes te croient l'élue du Grand Mystère pour la démanteler, déjouer ses plans et discréditer ses croyances. Ils pensent que tu as des prémonitions, et sont convaincus de la nécessité de te supprimer. Leur chef, www.homobarbaro.com, est très puissant et l'Italien obéit à ses ordres. Mais il n'est qu'un instrument pour ces agents doubles qui ont trouvé refuge dans la Secte et dont la véritable intention est de pirater l'information militaire américaine, de liquider au passage les exilés cubains les plus en vue, et de jeter les États-Unis dans le chaos et la guerre. C'est aussi simple que ça. Vous êtes tous plus ou moins voyants, médiums et spirites, mais toi, en plus, tu es givrée ! Tu es complètement obnubilée par cette histoire, et tu risques de tomber gravement malade. Ils veulent te rendre folle, te détruire à petit feu ; ils parviendront à leurs fins si tu restes sur cette mauvaise pente, et que tu fais une confiance aveugle à ton entourage. Car je n'aime pas non plus tes fréquentations avec l'équipe de Fausse Univers.

— Toi et Saul, vous voulez que je reste seule ? Que je renonce à mes amitiés, à mes relations ?

— Non, je veux le meilleur pour toi et ta famille. Autrement dit, que tu restes sur tes gardes et que tu te débarrasses de ces parasites. Ce ne sont pas tes amis.

— Je ne peux quand même pas croire que tous ceux qui m'approchent me veulent du mal.

— Je suis en face de toi, merci de me faire confiance ; et je n'ai pas l'intention de te faire du mal. Puis-je me considérer comme ton ami ?

— Hum, fit-elle, la bouche en cœur, comme pour souligner l'impertinence de Tendron.

Le garçon leur apporta la carte et ils se calèrent bien sur leur chaise pour composer le menu : salade « La Forge » en entrée, queues de langouste d'Afrique du Sud, des fraises au sirop au dessert, le tout arrosé d'une bouteille de chianti.

— C'est vrai, je n'arrête pas de penser à l'île, confia Iris Arcane. Chaque jour, au réveil, la première chose que je fais, c'est d'aller prendre les journaux pour y trouver une nouvelle encourageante, mais rien, rien de positif du moins. Je sais bien que je ne suis pas la seule, j'en connais des tas, suspendus comme moi au signe le plus infime, mais ce n'est pas une consolation. Tiens, lis plutôt ce que j'ai reçu de mon cousin de Pennsylvanie, il est encore plus malade que moi ; il a décidé de déménager à nouveau pour revenir vivre à Miami. Il s'appelle Chrysanthème Cucuvif, et lui aussi il est un peu givré ! Passionné comme nous tous, il n'a qu'une idée en tête : qu'il se produise enfin quelque chose de grand, d'insolite qui nous apporte le salut. Mais qu'il se passe quelque chose, grand Dieu !

Le détective, d'un geste faussement viril, prit le document qu'Iris Arcane lui tendait, et tandis qu'ils attendaient d'être servis, il le lut d'une traite.

JOURNAL DE CHRYSANTHÈME CUCUVIF EN PENNSYLVANIE

12 août

Aujourd'hui j'ai emménagé dans mon nouveau domicile de l'État de Pennsylvanie. C'est une maison simple mais confortable, avec une cheminée dans chaque pièce. C'est si romantique une cheminée ! J'aspirais à un foyer romantique et tranquille. Quelle paix ! Tout est si joli ici, si doux, sain... Les montagnes sont si majestueuses. C'est désespérant, je ne résiste plus au désir qui me ronge les sangs de contempler les cimes enneigées. Et que c'est bon d'avoir laissé derrière soi la chaleur, l'humidité, la circulation, les ouragans et l'indolence cubaine de Miami ! Ça, c'est la vie. Une vie paisible, loin de l'erreur.

14 octobre

La Pennsylvanie est l'endroit le plus beau que j'aie vu de toute ma vie. Les feuilles passent par des tons rouge et orange, du doré à l'argenté, et je suis ému de respirer ce feuillage. Quelle merveille de jouir des quatre saisons ! Je suis allé me promener dans les bois et, pour la première fois, j'ai vu un cerf. Ils sont si agiles, si élégants... c'est un des animaux les plus magnifiques de la Création. Il a fait fort, Dieu, en mettant au monde ces créatures admirables. Il n'y a aucun doute, ce doit être ça le paradis. J'espère qu'il neigera bientôt. Ça, c'est la vie. Une vie douce et plaisante.

11 novembre

Bientôt va commencer la saison de la chasse au cerf. Je ne peux imaginer qu'un être humain veuille éliminer une de ces splendides créatures du bon Dieu. L'hiver est arrivé. Discrètement, comme un adultère. J'espère qu'il neigera bientôt. Ça, c'est la vie. L'amour du prochain. Ni chamaille ni politicaille.

2 décembre

La nuit dernière il a neigé. Je me suis réveillé et j'ai trouvé le paysage couvert d'un blanc manteau. On aurait dit une carte postale... le rêve ! Je suis sorti retirer la neige sur les marches et dégager le perron à la pelle. Je me suis senti tout excité au contact de tant de pureté, après quoi je me suis lancé dans une bataille poétique de boules de neige avec les voisins. Et j'ai gagné. Et quand le chasse-neige est passé, j'ai dû reprendre la pelle. Quels jolis flocons ! On dirait des effiloches de coton qui volent au vent. Peut-on désirer meilleur endroit ? La Pennsylvanie oui, c'est la vie. Une vie comme la concevaient les anciens, les Grecs. L'art et le farniente.

12 décembre

Dans la nuit il s'est remis à neiger. Ça m'enchante. Le chasse-neige est revenu souiller l'entrée, mais bon... qu'y faire ? De toute façon il fallait nettoyer les chiures des oiseaux qui n'ont pas émigré parce que le cœur leur avait manqué... Ça oui, c'est la vie.

19 décembre

La nuit dernière il a encore neigé. Je n'ai pu nettoyer complètement l'entrée, parce que, avant d'avoir fini, le chasse-neige était déjà passé, si bien que je ne suis pas allé travailler aujourd'hui, la porte ne cède pas devant un tel amas de glace. Je suis un peu fatigué de manier la pelle... et cette neige

*qui semble ne devoir jamais cesser. Putain d'engin !
Quelle vie !*

22 décembre

*Cette nuit il est retombé de la neige, pour ne pas
dire... du caca blanc. J'ai les mains en compote, et
pleines de cals à cause du manche de pelle. Je crois
que le chasse-neige me surveille du coin de la rue et
attend que j'aie fini de manier cette saloperie de
pelle pour passer. Putain de sa mère ! La vie en
hiver ne vaut pas une cacahouète.*

25 décembre

*Joyeux Noël blanc, mais blanc pour de vrai,
parce que tout est plein de merde blanche, bordel, il
chie dans la colle ! Si je chope cet enculé qui conduit
le chasse-neige, je jure que je lui fais une tête au
carré. Je ne comprends pas qu'ils ne mettent pas plus
de sel dans les rues pour faire fondre plus vite cette
congère de merde.*

27 décembre

*Dans la nuit il est tombé un énorme tas de diar-
rhée blanche. Je suis hermétiquement reclus chez moi
depuis trois jours. Je ne sors que pour manier la pelle
dans la neige, après le passage de l'engin. Je ne peux
aller nulle part, impossible avec cette avalanche de
flocons. La voiture est enfouie sous une montagne de
boue neigeuse. Le journal télévisé a annoncé qu'il va*

tomber encore 10 pouces de neige cette nuit. Dites-moi que je rêve !

28 décembre

Le crétin des infos s'est encore fourré le doigt dans l'œil. Il n'en est pas tombé 10 pouces... mais 34 de cette calamité ! Je pisse à la raie de la merde frappée ! À ce rythme, la neige n'aura pas fondu avant l'été. Et voilà maintenant que le chasse-neige est tombé en panne tout près d'ici, ce branleur de chauffeur est venu m'emprunter une pelle. Quel culot, ce mec ! Je lui ai dit que j'en avais bousillé six pour nettoyer les paquets de merde qu'il avait déposés chaque jour devant ma porte. Là-dessus, je lui ai brisé sa pelle sur le crâne. Il l'a bien cherché, cet enculé !

4 janvier

J'ai pu sortir enfin de chez moi. Je suis allé acheter de quoi manger, un cerf de malheur s'est mis en travers de la route et je l'ai tué. Merdoume ! Ça va me coûter dans les trois mille dollars pour faire réparer ma bagnole. Ces saloperies d'animaux, faudrait les empoisonner ! À quoi ils servent ? Je ne sais pas pourquoi les chasseurs ne les ont pas exterminés l'année dernière. Moi j'en aurais fini avec eux depuis belle lurette. La saison de chasse devrait durer toute l'année. Putain d'accident !

15 mars

J'ai glissé sur la glace qu'il y a encore dans cette ville à la con et je me suis cassé une jambe. Si j'avais eu un bazooka, je me faisais sauter la cervelle. Je fais plein de cauchemars avec des Esquimaux, quoique... La nuit dernière j'ai rêvé que je faisais pousser un palmier !

2 mai

Je n'ai plus de plâtre, j'en ai profité pour conduire la voiture au garage. Le mécanicien m'a prévenu que c'était tout rouillé par en dessous, à cause de tout ce putain de sel d'enculé de sa grand-mère qu'on a répandu dans la rue. Faut être givré pour faire ça. Y'a pas une façon plus civilisée de faire fondre la neige ?

10 mai

Finalement je vais repartir pour Miami. La vie, c'est là-bas ! Quel délice !... Chaleur, humidité, circulation, ouragans, indolence cubaine. La vérité c'est que celui qui a dans l'idée de vivre dans cette Pennsylvanie à la mords-moi le nœud, si froide et si solitaire, est un énergumène bouché à l'émeri, et qui a non seulement la merde au cul verdâtre, mais aussi le cerveau tapissé de neige merdique. Miami oui, c'est la vie !

Quand il releva la tête, Tendron retenait une forte envie de rire. Iris Arcane comprit et lui adressa son plus beau sourire. Ils dînèrent lentement, savourant chaque plat, firent tourner le vin dans les verres en cristal de Baccarat et humèrent son arôme. Tendron remarqua dans un coin la table où le patron du restaurant — surnommé le Mousquetaire Shalnik, car il descendait d'un escrimeur — blaguait avec Neno, son adjoint maniaco-compulsif qui se suçait les doigts sans vergogne, et ça se disait de bonne famille ! Cyril, pour ne pas être en reste, suçotait une pelure de nuage, car on peut être un ange et avoir de mauvaises manières.

— Cyril est devenu ton ange de compagnie ! Et que pense-t-il de tes nouvelles relations, je veux parler de Fausse Univers et ses courtisans, et de Classica ?

— Il ne les supporte pas et ne les quitte pas d'un œil ; c'est grâce à Cyril que je suis toujours en vie. J'ai surpris à deux reprises Fausse Univers verser du poison dans des boissons qui m'étaient destinées. Produit détachant, esprit-de-sel, acide nitrique... elle m'avait concocté un petit cocktail de son invention ! Quant à Classica, il s'arrange seulement pour qu'elle n'aille pas trop loin, il l'incite par exemple à faire des photocopies de documents sans importance alors qu'elle les croit d'un intérêt capital, bref il sympathise avec elle.

— Ce n'est pas une vie, ça ! lâcha Tendron, ironique.

Ils eurent un fou rire, mais le *sommelier* les interrompit en glissant un message au creux de l'oreille de Tendron, dont le sourire se figea instantanément en grimace. Il s'excusa de s'absenter quelques minutes, on l'attendait dans le cellier souterrain du restaurant, mais il laissa Neno le devancer, pendant que l'ange reprenait sa place auprès de sa madone.

— C'est vraiment urgent ? demanda Iris Arcane, qui s'essuyait les commissures des lèvres.

Tendron Mesurat hocha la tête, mais il la rassura d'un clin d'œil.

La cave, l'une des plus vastes et des plus anciennes aux États-Unis, expliqua le *sommelier*, était la plus grande en Floride. Le caviste, un sympathique Argentin aux cheveux châtains crépus, était fier d'exhiber les trésors de son cellier. Vins vieillis en fût depuis 1800, jusqu'à deux cent mille dollars la bouteille. Selon Neno, cet Argentin était de ceux qui souriaient béatement aux éclairs en croyant que c'était Dieu qui les photographiait. La cave, tout comme dans l'appartement du Lynx, frôlait le zéro Celsius.

De derrière une étagère en acajou surgit un petit tonneau chauve aux yeux bridés. Tendron Mesurat se précipita sur lui, mais il dut se baisser pour pouvoir l'étreindre. « Il ne manquait plus que ça ! » soupira Neno.

C'était le père Fontiglioni, de l'ordre des Frères Alchimistes et Bouddhistes. Le nain portait une soutane jaune tirant sur l'orange, ample et vaporeuse.

— Tu connais le proverbe espagnol : « Ceux qui le sont ne sont pas tous là et ne sont pas là tous ceux qui le sont. » Tu as fait appel à nous, alors nous voilà, on est ici pour t'aider. J'ai déjà vérifié que nos fameux espions se réunissaient bien cette nuit dans une crypte qui doit être leur repaire, au cimetière qui se trouve à l'angle de Byscaine et de la 32e Rue ; cette fripouille d'Abomino Dégueu doit y assister. Ils projettent aussi de liquider Classica Bataille Rubiconde. On ne peut pas dire qu'elle leur ait été très utile, mais ils ont glané quelques informations. Ce soir nous connaîtrons le reste. Qui est ce monsieur... ?

Le père Fontiglioni désignait Neno.

— Mon adjoint, Neno. Cela fait trois semaines qu'on file le photographe. Il travaille pour la Secte, sous les ordres du fameux Facho Furio, que nous n'avons pas encore repéré.

— Attention, nous nous attaquons à de gros morceaux : Facho Furio, Trique la Terreur et Baroud en Croûte, sinistres produits du cerveau le plus pourri qui soit : www.homobarbaro.com.

— Tu soupçonnes quelqu'un de les appuyer ici, à Miami ?

Le détective observa autour de lui. Le sommelier argentin, discrètement aiguillé par Neno, s'était éclipsé par un des couloirs. Le moine hocha la tête en signe clairement négatif.

— À moins que...

— À moins que la maîtresse de Facho Furio se pointe cette nuit au cimetière. Je pense qu'ils vont y célébrer une cérémonie maléfique, avant ou à la fin de la réunion, dit le détective.

— Et qui est cette maîtresse ? demanda le moine curieux.

— Comment savoir ? On n'intercepte que des messages entrecoupés d'appels mystérieux, et la communication est d'une qualité détestable.

— Facho Furio n'habite pas à Miami. Il vient de quatre-vingt-dix milles plus loin, à Caillot Cruz, et profite des *balseros* pour revenir ici clandestinement. Mais il jouit d'un grand pouvoir à Miami, peut-être même en politique... Cette odeur me tourne la tête, fit remarquer Fontiglioni.

— Les frères se reposent à l'hôtel ?

— Oh, cher Tendron Mesurat, tu feras toujours dans le... tendre et la mesure ! Tu n'entends pas tous ces ronflements ? Les frères cuvent leur cuite de l'autre côté de cette fabuleuse armoire de cèdre. Quelle idée d'inviter une confrérie de bouddhistes et d'alchimistes dans une des caves les plus engageantes du monde ! Ils ont été... piqués de curiosité ! Le vin le plus jeune qu'ils aient liquidé datait de 1902. Quant à moi, tu sais bien que je suis à l'eau depuis cette horrible complication de la vésicule à Urbino. Bref les frangins sont pompettes !

Le détective leva les yeux au ciel en se frappant le front de la paume de la main. Neno dut porter les moines un à un, les tirer l'un après l'autre de l'arrière-boutique du restaurant pour les entasser dans une camionnette. Après avoir pincé et baisé avec effusion les joues de Neno, le père Fontiglioni lui fit un curieux compliment :

— Tes yeux sont moins vides que ceux de Brad Pitt, mais tu lui ressembles étrangement.

Neno aurait été incapable de dire s'il fallait y voir un relent de camaraderie sacrilège ou d'homophilie sacrée.

Il ne fut pas facile, quelques heures plus tard, de dénicher la crypte dans une telle pénombre... et le dérèglement de tous les sens ! « Quel sac de nœuds que d'aller surprendre cette racaille au cimetière ! » se dit Tendron, tandis qu'il plantait la chaussure droite dans un crottin d'âne. « Des Mansfield : c'est le bouquet ! » Il la frotta à l'herbe humide, et continua en retenant des jurons. À quelques mètres de la crypte, il sursauta, quelqu'un lui avait pincé la fesse. Il se retourna et poussa un soupir de soulagement quand il reconnut cet homoncule de Fontiglioni. Celui-ci lui fit signe de se pencher, et murmura :

— Il vaut mieux patienter, ouvrir les yeux et

les oreilles, laissons les choses suivre leur cours, on verra bien d'où ils viennent et jusqu'où ils veulent aller...

— Pas question, au premier geste on les arrête. J'ai posté Neno à la sortie du cimetière. Et sur un signe de moi, de mon portable, il contactera le Ef-Bi-Aïe !

— Tu délires, ici c'est la merde pour tout le monde. Le Ef-Bi-Aïe les arrêtera, après quoi une main sinistre signera en haut lieu leur libération, et puis on les relâchera. Fais-moi confiance : quand est-ce que je t'ai déjà embarqué dans une galère ?

Le détective se laissa convaincre. Ils étaient tout près quand le gnome le tira par le pan de sa veste. Tendron se baissa et colla l'oreille à la bouche du moine qui exhalait des senteurs de munster.

— Tu ne m'as pas demandé comment j'ai découvert cette histoire de cimetière. Très facile, j'ai trompé l'Italien, en envoyant Lucas, un jeune moine, travesti en costume Saint-Laurent. Il a prétendu être mandaté par un millionnaire qui voulait faire (incognito) un don substantiel à la Secte. L'imbécile, aveuglé par la joie, a donné rendez-vous à Lucas une heure après avoir parlé à Facho Furio. Malin, Lucas a dit alors qu'il ne pouvait se pointer avec autant de fric sans connaître l'identité des comparses. Les noms fournis sont faux, mais ils correspondent bien à des espions fichés par le Ef-Bi-Aïe. J'ai mis mes hommes sur le coup, aucun doute, ça colle. Mais rien ne bouge pour autant — à croire qu'il y a complicité et malveillance.

Là-dessus, voyant une ombre à proximité, ils firent silence et se couchèrent au sol derrière un sépulcre.

— Ils se pointent pour la fiesta, murmura Tendron Mesurat.

Ils attendirent l'arrivée du dernier des invités, comptabilisèrent un total de seize membres, parmi lesquels une silhouette encapuchonnée et drapée dans une cape de velours épiscopal. Tendron Mesurat et Fontiglioni se replièrent vers un mur de la crypte, se collèrent contre la mousse humide, se concentrèrent profondément, jusqu'à ce que le mur les absorbe puis dissolve leurs cellules vivantes dans le marbre dur. Littéralement incrustés dans la pierre, ils devenaient ainsi des témoins exceptionnels. À l'intérieur de la crypte, ils distinguèrent des tombes emmurées et une estrade devant un rideau noir. Sur une table trônait un phallus en porcelaine, et l'absence de sièges laissait supposer que l'assistance se tiendrait debout. Comme à son habitude, Facho Furio fit une rocambolesque apparition et, juché sur la tribune, prit la parole sans hésiter. Rond et poilu, les yeux exorbités, son visage répugnant impressionnait, sa bouche ouvrait sur un trou noir, son corps était robuste, et ses muscles superbement fuselés. Dans l'assistance le détective reconnut sans peine Trique la Terreur et Baroud en Croûte ; Abomino Dégueu aussi, dans une absolue dévotion. De son côté, le gnome alchimiste pointa l'un après l'autre les noms des infiltrés sur la liste du Ef-Bi-Aïe ! Il ne manquait plus que le visage encapuchonné, mais il se dévoila quelques minutes après : c'était Fausse Univers, saluée par le sourire carnassier de Facho Furio.

— Je ne vais pas m'attarder longtemps sur nos prochains exploits. D'abord on a besoin d'argent. Nous devons compromettre Saul Dressler, le mari de cette maudite sorcière d'Iris Arcane. Mais il nous faut très vite aussi des infos précises sur les aéroports aux États-Unis, les mouvements militaires et bancaires, argent sale, bref tout ce qui bouge ! L'information vaut de l'or, sinon plus ! On adoptera une stratégie d'intimidation, et dès que l'ennemi tentera de se disculper, on provoquera un conflit pour éviter tout rapprochement diplomatique. Tuer, il nous faut du sang à tout prix. Les sorciers demandent des sacrifices, du sang, une guerre où mourront des milliers et des milliers d'innocents ! C'est du sang frais qui coule dans les veines des puissants. Quant à toi — désignant du doigt Abomino Dégueu —, je t'avertis, tu es dans une mauvaise passe, mais je t'accorde une dernière chance. Tout ce que je t'avais confié a échoué : je veux bien croire que cette Classica est stupide et qu'elle perd tout son temps à roucouler avec l'ange de malheur qui veille sur l'autre tarée. Mais tu nous as recommandé Classica, c'est donc à toi de l'éliminer et d'en finir une bonne fois pour toutes avec Iris Arcane. Personne n'est et ne doit être plus puissant que le Grand Fatidique, www.homobarbaro.com. Or elle voit ce que Lui seul a le droit de voir, et par son entremise les autres le voient aussi. Il y a sûrement moyen de l'écraser comme un cafard !

Fufu, ou Fausse Univers, sentit que le bon moment était arrivé, elle esquissa un sourire malin et allait prendre la parole, quand Facho Furio la stoppa d'un geste autoritaire.

— C'est pour toutes ces raisons que j'ai fait appel à Fausse Univers. Cette amie récente nous a déjà apporté son appui, elle balaiera l'obstacle que représente Iris Arcane, du moins je l'espère. Et je vous assure qu'on ne fera pas dans la dentelle !

Tous mitraillèrent du regard le visage olivâtre. Fausse Univers feignit l'humilité d'un battement de paupières, ignorant les autres ; elle ne fit l'aumône d'un sourire reconnaissant qu'à Facho Furio, lui jurant une fidélité éternelle.

— Je n'en demande pas tant, commenta la bête immonde pour clore le sujet. Aujourd'hui j'ai flanqué à la mer plusieurs *balseros*. À naviguer toute la nuit, le moteur est tombé en panne, et c'est toujours une grande jouissance pour moi d'assister au banquet des requins. Les affaires ne vont pas si mal, nous mettons la pression. Huit mille dollars par personne, et le gouvernement « assure » le transport... enfin, c'est beaucoup dire, fit-il dans un rire tonitruant. Les moteurs sont grillés pour la plupart, et les embarcations, des coques de noix pourries ; d'où cette flopée incroyable de victimes. Mais cela représente une bonne rentrée de devises : en toute légalité et sous la table, cela va sans dire ! Décarcassez-vous pour nous trouver des clients désespérés qui donne-raient leur vie pour faire venir leurs parents. Huit mille dollars par personne et du tout cuit, ça ne vous suffit pas ? S'ils parviennent en vue des côtes, ils devront se mettre à l'eau à cinq cents mètres de la plage et nager comme des damnés. Il est hors de question de se faire prendre la main dans le sac par les garde-côtes américains. Tous ceux qui me trouveront des clients toucheront dix pour cent de commission, quant à moi je dois reverser cinquante pour cent à notre gouverne-ment, mais c'est mon affaire. Comprenez bien qu'il n'est pas question ici de pique-nique, c'est d'une guerre qu'il s'agit... Je reste encore deux jours à Miami. Si vous désirez me contacter avant mon départ, vous connaissez l'heure et le lieu, dans le tunnel des Everglades. Je conclurai par une ultime recommandation : « Diviser pour mieux vaincre. » Une arme qui tue à petit feu. Faufilez-vous partout, et là où vous trouverez la présence la plus infime de camaraderie, d'amitié, de bonheur, de complicité, ou que sais-je encore, faites exploser la bombe de la médisance et de la jalousie. Tenir un meeting de contestation à chaque coin de rue, telle est ma consigne. Bien sûr il vous faudra poser des bombes contre nos prétendus artistes qui se font inviter ici ! Mais on en rejettera la responsabilité sur l'ennemi et la mafia locale.

Plus d'une fois le détective se retint de s'arracher au marbre pour saisir au collet Facho Furio, mais Fontiglioni le pinçait pour freiner ses impulsions.

— Et qui a pensé à mon petit cadeau ? lança Facho Furio d'une voix soudain plus traînante et minaudière.

Abomino Dégueu y vit une occasion de redorer son blason, peut-être même de se blanchir de la merde que Facho Furio avait déversée sur lui. Il s'écarta pour tirer des profondeurs de la crypte un sac très lourd. Il l'ouvrit et découvrit le corps inconscient d'Océanie, la tempe meurtrie par le coup terrible qui lui avait été porté.

— Prends-la, elle est à toi.

— La sœur d'Iris Arcane ? Pas mal, pas mal du tout, même !

Tendron reçut une nouvelle bourrade de Fontiglioni, mais cette fois ce fut pour s'extraire de l'enceinte en direction du cimetière.

— Attends, j'ai une idée, lui dit le moine.

Il siffla et les frères surgirent de derrière les tombes. Les prières en latin mêlées aux mélopées bouddhistes recouvrirent bientôt le silence sépulcral, pendant que les moines se dirigeaient vers l'entrée de la crypte. Facho Furio et ses troupes tendirent l'oreille.

— Un traître ! Il y a un mouchard parmi nous, cracha l'immonde avant de se volatiliser par une porte qui se dérobait dans un bloc de pierre. Sauve qui peut, compagnons du Libre-Bec !

Ils s'enfuirent comme ils purent entre les feux d'artifice lancés par les prêtres bouddhistes et alchimistes. Dans la crypte, Océanie, laissée à son triste sort, frôlait l'asphyxie sous l'effet du soufre que Fausse Univers avait répandu dans sa fuite. Tendron Mesurat prit alors la forme d'une lame d'acier pour franchir les rideaux de fumée et voler à son secours. Puis il recouvra son apparence normale et, Océanie dans ses bras, se précipita vers la sortie, où Neno s'impatientait. Tendron, qui savait que les prêtres se tireraient d'affaire facilement, demanda à son adjoint d'informer Saul Dressler et le Lynx et de les conduire à l'hôpital du Mont-Sinaï en faisant un détour par *Downtown* pour acheter une arme. À l'arrière de la voiture, le détective tentait de réanimer Océanie, mais malgré tous ses efforts le pouls restait faible. Il craignit un malheur. Au loin, le cimetière crépitait à la façon d'un rubis étincelant en millions de fragments, ou d'un énorme sapin de Noël frappé par la foudre. Il se concentra, et demanda à Neno de foncer directement sur l'hôpital.

DIXIÈME TOUR DE BATTE
EN PROLONGATIONS

Déglingue et apparition

Tout le monde avait pris le large, alors pourquoi pas elle ? Mais qui payerait pour la tirer de cet enfer ? Le Lynx peut-être, ou la Vermine, si elle n'était pas devenue trop sauvage, mais elle ne voulait pas mendier, et moins encore importuner ses amis. Cette nuit-là elle se jeta sur son lit déglingué après avoir ingurgité quatre Donormyl, cinq Valium, dix Xanax, écrasés et dilués avec une dernière rasade de rhum. L'image du Malecon de Caillot Cruz qu'elle apercevait depuis sa tanière hexagonale, la mer enfoncée dans la pénombre, l'avait l'anéantie au point de lui donner l'envie d'en finir. Elle ferma les yeux et tenta d'invoquer la Camarde, mais il ne lui vint qu'un spasme violent et elle vomit ses tripes. Même la mort ne voulait pas d'elle. Elle regretta le gaspillage des cachets et du rhum. Après s'être rafraîchie, elle s'assit dans le fauteuil pour contempler les eaux sombres. Elle tenta de lire *Bouvard et Pécuchet*, dans une édition de poche usée jusqu'à la corde ; peine perdue, elle jeta le livre dans un coin pour le reprendre aussitôt et déplier la lettre qui lui servait de marque-page. L'écriture était large, de la main d'un ami avocat qui avait tiré précisément deux ans de tôle pour avoir écrit et envoyé un courrier tendancieux au Comité central ; il n'avait rien à voir avec sa lettre qu'elle relisait :

Après le neuvième tour de batte (s'il y a match nul : zéro à zéro par exemple), il faudra continuer à jouer jusqu'à ce qu'il y ait un gagnant. L'équipe home club *qui joue à domicile (les Industriales et le Habana avaient El Latino comme* home park *ou stade pour accueillir les équipes d'autres provinces) a la possibilité, si elle perd, de manier la batte sur la « partie basse » du tour de batte qui viendra après le neuvième (le dixième par exemple), et si on va plus avant dans la course, de laisser « le terrain » à l'autre équipe. Il vaut toujours mieux « jouer à domicile » qu'être « en déplacement ». Après le neuvième, les tours de batte — pour en revenir au sujet qui m'occupe — continuent à se compter : dixième, onzième, douzième... Et ainsi de suite* ad libitum, *car « la balle est ronde et se déplace sur un carré », pour citer ce « monster » que fut le catcher des Yankees, Jogi Berra. Il est entré dans la légende (quand l'issue est encore incertaine, personne ici ne manque de rappeler ses propos : « Le jeu n'est pas fini tant qu'il n'aura pas fini »). Il n'est pas fini tant qu'il n'est pas fini. Oublie la maïeutique, la sémiotique, la sémantique et les entéléchies réductrices. Ce qui a été dit par Berra est plus vrai que la* Phénoménologie de l'esprit *de Hegel, ou* La fin de l'histoire *de Fukuyama.*

Et si elle brisait en mille morceaux la bouteille de rhum pour se taillader ensuite la jugulaire ? Elle retourna à la cuisine, enveloppa la bouteille vide dans un chiffon pour ne pas faire de bruit et la frappa contre la table. Elle ferma les paupières et se rappela sa mère ; elle la trouvait belle, douce et jeune alors. Toute petite encore, le tablier bleu de son anniversaire déchiré, elle s'était accrochée à ses jambes parfaites.

— Qui m'a fichu une souillon pareille ? Cochonne, va !

Elle avait balbutié, mais sans succès : elle ne parlait pas encore très bien. La bête était tout près, il l'avait flairée, molestée, il avait lacéré sa robe, menaçant de la lui arracher complètement, mais il attendrait qu'elle soit plus ronde, qu'on l'ait engraissée au maïs et qu'elle ait monté en graine. La mère n'avait pu la comprendre, mais elle avait lu la terreur dans le minois ovale de sa fille.

— Viens, ce n'est rien. Je vais te changer.

Elle rouvrit les yeux et ficha la pointe de la bouteille dans son cou, elle n'eut pas à l'enfoncer car le sang gicla. Des coups frappés avec insistance à la porte l'interrompirent. Elle reposa la bouteille et alla ouvrir : c'étaient ses voisins, les jumeaux Niac et Manioc, avec leur grain de beauté, leur mèche blanche de naissance, et une verrue de la taille d'un pois chiche sur le front ; leurs mines radieuses se renfrognèrent quand ils la virent en larmes, la gorge en sang et la peau violacée.

— Viens avec nous, cette fois c'est la bonne ! Aux Zussa ils ont payé notre voyage, mais il reste une place libre et le gars dit qu'il ne démarre pas tant qu'elle n'est pas occupée, on verra là-bas comment payer ton billet. On fera une collecte, n'importe quoi... Allez, viens, mon chou, et prends juste quelques affaires.

Elle avait refermé la porte sans un mot, ni même un dernier regard, en laissant délibérément la clé à l'intérieur. Elle vécut le trajet en voiture jusqu'à la plage comme si deux fous la conduisaient ligotée sur une civière en cognant contre les murs d'un couloir d'hôpital psychiatrique. Musique à fond, la vitre grande ouverte, l'air fouettant son visage. Niac conduisait, Manioc chantait à tue-tête, tous deux excités, pour ne pas dire allumés, avec une pêche d'enfer.

C'est au contact de ses pieds nus sur le sable humide qu'elle réalisa qu'elle avait oublié chez elle ses chaussures. L'homme qui se faisait appeler Facho Furio et qui, de toute évidence, dirigeait l'expédition, rechigna à l'idée qu'elle paye seulement à son arrivée à Miami. Elle laissa Niac et Manioc répondre pour elle comme ils avaient dit. Mais les choses se compliquèrent quand Facho Furio annonça qu'ils partiraient sur deux embarcations et non une, et qu'elle se trouva séparée de ses voisins. Facho Furio la poussa à l'intérieur sans ménagement.

— Je vous en prie, je veux rester avec eux.

— Allez, vous vous retrouverez là-bas, ne faites pas tant de cinéma !

Les canots se perdirent de vue à neuf milles environ des côtes. La présence de Facho Furio rassurait Yocandra, mais le cocktail qu'elle avait ingurgité lui restait sur l'estomac, et il lui fit encore de l'effet puisqu'elle s'endormit profondément.

La traversée avait eu lieu la nuit qui précédait la rencontre de Tendron Mesurat et du moine Fontiglioni au cimetière. Le second canot où, plongés dans la nuit, les jumeaux et douze autres personnes tremblaient de peur, changea de direction, et le lendemain à midi, c'est sur une plage de Cancún que Niac et Manioc s'échouèrent à moitié morts de soif et de faim. Ils étaient les seuls survivants car dans un accès de folie ils s'étaient jetés à la mer. C'est à un tronc d'arbre providentiel qu'ils devaient leur salut et qu'ils avaient pu dériver jusqu'à cette plage ensoleillée. Depuis des jours et des jours déjà, avant leur traversée, ils n'avaient avalé que du jus de chaussette et du pain à la sauce caillou, allez savoir ce que la pulpeuse bouchère mettait dans les petits sandwichs qu'elle vendait à la criée ! Testicules, fressures, croupions de poulet, culs de taureau... on parlait même de foies dérobés à la morgue ! Mais si Niac et Manioc continuaient à voir des chandelles de toutes les couleurs, ils pensaient que c'étaient les hallucinations provoquées par la houle ; de surcroît ils avaient vomi tripes et boyaux durant la traversée.

Niac était encore très faible, mais il parvint à se redresser, et aida son frère à se relever. La tête de Manioc n'était que fourmillements et s'était brusquement refroidie jusqu'à brouiller sa vue. L'estomac vide, la peau sur les os, la bouche sèche, ils titubèrent ensemble jusqu'à une paillote et s'en approchèrent timidement. C'était une petite cafétéria improvisée dans une caravane. L'odeur de maïs excita les glandes salivaires des jumeaux. Un père de famille achetait des beignets et des galettes, ainsi que du Coca bien frais, pour ses enfants. Niac se retint de lui arracher des mains ce butin et de filer en courant. Quand le père s'écarta avec les petits en direction des parasols, Niac en profita pour interroger le vendeur.

— Excusez-moi, monsieur, on n'est pas d'ici.
— Comme si être d'ailleurs avait un sens. — Où sommes-nous exactement ?

L'homme, un petit gros, les examina, la mine réjouie, pour leur répondre aussitôt :

— Sainte Vierge de Guadalupe, des jumeaux, ça me porte toujours chance ! Bienvenue à Cancún !

Manioc s'effondra sur le sol. Il n'arrivait pas à y croire. Le Mexique les expulserait sur-le-champ ! Niac le tira par la chemise pour l'obliger à se redresser.

— On est très faibles, *amigo*. On était en train de pêcher, mais on a fait naufrage. Nous avons une soif terrible et une de ces faims qui vous remontent de la peau des couilles ! On est morts ! dit Niac au vendeur d'un ton suppliant.

— Mais j'appelle une ambulance, mon vieux...

— Non, non ! Seulement... si vous pouviez nous donner un peu d'eau et quelque chose à manger...

— Eh bien ! je n'y vois aucun inconvénient si vous me payez ; mais après j'appelle les urgences parce que je vous trouve plutôt mal en point. Je ne suis pas un mauvais bougre, tenez, vous avez ici de l'eau froide et des verres givrés, servez-vous. Ah ! et puis goûtez-moi ces petits biscuits. C'est une promotion, il y a même des trucs à gagner !

Niac et Manioc se désaltérèrent avec l'avidité de ces voyageurs qui dans un mirage voient surgir une oasis en plein désert. L'eau dégoulinait aux commissures de leurs lèvres. Niac arracha le paquet de biscuits des mains du Mexicain, mais quand il vit quelque chose briller à l'intérieur, celui-ci le lui reprit.

— Eh ben ! vous, on peut dire que vous avez du bol, une veine de cocu ! Vous avez même gagné la pochette-surprise ! Voyons voir !

L'homme ouvrit le paquet et en retira avec deux doigts une petite balle en plastique qu'il porta à sa bouche pour la déchirer entre ses dents. Il déplia le papier qu'elle contenait. Niac et Manioc n'en croyaient pas leurs yeux.

— Vernis les mecs ! Incroyable ! Vous ne devinerez jamais... ! Sainte Vierge de Guadalupe, le rêve de ma vie. Un voyage pour deux tous frais payés à... Caillot Cruz !

Niac et Manioc furent anéantis.

— Je t'échange ce voyage contre deux paquets de biscuits, deux beignets farcis, deux Cocas et une communication téléphonique, proposa Manioc d'une voix sifflante.

— Pas question, mon gars, je ne suis pas un profiteur, répondit le vendeur qui se demandait bien pourquoi ils faisaient une gueule pareille. C'est vous qui avez touché le gros lot et je ne suis pas homme à vous en priver. Vous me payez vos consommations, et on sera quittes.

— Écoute bien, c'est ça ou je te mets la tête au carré, vendeur de mes deux !

Manioc sauta de l'autre côté du comptoir et s'empara d'un couteau.

— Oh, du calme ! Alors c'est vrai, vous m'échangez votre billet gagnant contre ces bricoles ? Moi qui n'ai jamais eu de chance, ma femme va en pisser de joie, putain !

Ce soir-là, sur le coup de neuf heures, le Lynx conduisait un break le long de la plage. Il transportait les meubles de son amie Nina qui, une fois de plus, avait dû déménager, dans une *efficiency housing*, autrement dit un studio. Nina s'installait tout juste, elle venait de débarquer à Miami après une tournée à Istanbul, Tunis, le Maroc, le Sud-Est asiatique et Beyrouth, tous ces endroits où elle avait pu vivre grâce à la danse du ventre. À Miami, imaginait-elle, la vie serait plus facile, on comprenait mieux les artistes. Nina était une femme séduisante, trente-sept ans, « yeux bleus, cheveux noirs » comme le roman de Duras. Son amitié avec le Lynx remontait à l'époque où il était devenu l'intime de Yocandra et de la Vermine, quoique Nina eût déserté la métropole avant eux, pour se tirer à Caracas avec un contrat d'actrice et de danseuse. Le Lynx pensa qu'il devait téléphoner à Yocandra avant qu'on ne coupe une fois encore les communications pour l'île. Il avait laissé aussi plusieurs messages sur le répondeur de la Vermine, mais Yocandra ne l'avait pas rappelé.

Épuisé, il serrait son volant des deux mains pour ne pas s'endormir. Car il n'avait pas fermé l'œil de la nuit : dans la chambre contiguë, Neno, en l'absence de Tendron, s'était mis à regarder un porno où Rocco Salsifi entubait par tous les bouts une grande bringue qui n'avait pas froid aux yeux. Comme il ne supportait pas les films de cul, il s'était levé pour parler à Neno, mais il s'était ravisé quand il l'avait surpris en train de se branler avec une telle énergie que sa queue faisait des étincelles. Rocco Salsifi écartait les fesses de la nana et crachait dedans un glaviot baveux parfumé à la goyave sans cesser de lui cogner une fesse, toujours la même, zébrée de bleus. Puis ils changeaient de position et il lui serrait la pointe des seins entre ses pieds, un 45 fillette à vue de nez, tout ça tandis qu'elle lui suçait un orteil tartiné de mayonnaise et lui léchait son talon calleux. Pendant que Neno était toujours occupé à sa branlette, Rocco Salsifi introduisait un gros orteil enrobé de lait condensé dans l'anus du grand échalas, qui acceptait de jouer aussi les gorges profondes et de se faire ramoner le trou-mignon. Pour conclure il crachait sa purée, puis il s'en prenait aux mirettes de la dame, et lui pochait les yeux d'une double décharge. « On est tombés bien bas, quel abîme entre Buñuel et cette cochonnerie ! Quelle honte ! » avait pensé le Lynx, pourtant pas chatouilleux sur la moralité : faire de son cul un tambour et le donner à qui en joue le mieux, serait plutôt sa devise. Neno s'était essuyé les doigts sur le canapé en velours, et s'était dirigé aussitôt vers le frigo en quête d'un petit remontant.

— C'est la dernière fois que je te vois tacher mon canapé avec ton yaourt gluant, et que je ne te prenne pas à toucher la bouffe sans t'être lavé les mains !

— Alors comme ça on m'espionne ? Ça te donne des idées ? avait ironisé Neno tandis qu'il se versait une rasade de jus de mamey.

Le Lynx s'était retenu de lui filer une branlée par peur du scandale à cette heure de la nuit. Il avait pris deux Donormyl pour trouver le sommeil et s'était réveillé avec la gueule de bois, abruti par les calmants. Les deux mains au volant, il se récita le « Sonnet du trou du cul », de Rimbaud et Verlaine que lui avait offert Nina, dans la traduction du peintre Jorge Camacho, qu'elle admirait profondément et qu'elle avait connu au Caire.

Oscuro y fruncido como un ojal violeta
Él respira, humilde agazapado entre el musgo
Húmedo aún de amor que sigue la suave curva
De las blancas nalgas hasta el centro de su orla.

Filamentos semejantes a lágrimas de leche
Lloraron, bajo el viento cruel que los rechaza.
A través de coágulos pequeños de marga roja
Que se pierden donde la cuesta los reclama.

Mi sueño se abocó a menudo a su ventosa ;
Y mi alma, del coito material celosa,
Hizo su lagrimal salvaje y su nido de sollozos.

Es la oliva pasmada, y el flautín mimoso ;
El tubo donde baja la celeste garrapiñada :
¡Canaán femenino en las humedades cercadas *!

Il fut effrayé quand il entendit l'écho de sa propre voix entonner chacune des strophes du sonnet. Il alluma la radio, les Yankees de New York venaient de recruter le Duc et le Petit-Duc Hernández, deux perles fines, des lanceurs comme on n'en faisait plus. « Ils ont tiré le gros lot avec la paire », pensa le Lynx, qui remarqua que la jauge était presque à zéro. Il n'aurait pas assez d'essence pour arriver à Key Biscayne

---

* Obscur et froncé comme un œillet violet,
  Il respire, humblement tapi parmi la mousse
  Humide encor d'amour qui suit la rampe douce
  Des fesses blanches jusqu'au bord de son ourlet.

  Des filaments pareils à des larmes de lait
  Ont pleuré sous l'autan cruel qui les repousse
  À travers de petits caillots de marne rousse,
  Pour s'aller perdre où la pente les appelait.

  Mon rêve s'aboucha souvent à sa ventouse ;
  Mon âme, du coït matériel jalouse,
  En fit son larmier fauve et son nid de sanglots.

  C'est l'olive pâmée et la flûte câline,
  Le tube d'où descend la céleste praline,
  Chanaan féminin dans les moiteurs enclos.

194

Boulevard. Il s'arrêta à la première pompe. Là trois types bavardaient avec animation.

— *His cables are crossed*, disait le premier en tirant sur sa pipe.

— Ton collègue a des papillons dans le compteur, traduisait le deuxième.

— Ouais, ouais, je vous comprends, *compay*, répliquait le troisième.

— *He's confused, man*.

— Tu as besoin de *trasleichon* ?

— Non, *compay*, je crois que je pige.

— *Okey*, super.

— Écoute, par-dessus le marché, *he threw the house out the window*, insista le premier.

— Ton collègue a balancé sa baraque par la fenêtre !

— Ah ! ça je savais pas. Première nouvelle.

— *He's a postcard, asere, he's vain !*

— C'est juste un vaniteux, un m'as-tu-vu, ton petit pote.

— Et en quoi ça me regarde, hein ! Pourquoi il me débite tout ça en anglais ?

— Un bon à rien, voilà ce qu'il est, et il va avoir un *problem with me. Not even a goat can jump it*.

— Il dit que ton copain va avoir affaire à lui et que ça va faire du boucan.

— À part ça, *he sandpapers himself*, il n'est pas en sucre de canne, et avec moi ça passe pas, débita le premier.

— Écoute un peu, l'ami, ce mec il parle pas cubain ? demanda le troisième avec méfiance.

— Il ne se comprend pas lui-même, se moqua le second.

— Eh bien ! s'il ne se calme pas, il va lui arriver pareil qu'au Manisero, *he sang the peanut vendor*.

— Il a perdu le goût des cacahouètes. Je traduis au cas où. On va lui faire changer de disque à çuilà, un *play* en mono, il reçoit et transmet par un seul canal. Écoute voir, et qu'est-ce qu'elle devient cette petite nana, la sœur d'Iris Arcane ?

— *She's very fine. She's very much an owl.*

— Océanie, ce qu'elle est chouette.

— *She's a piece of bread. But* des fois *she plays the Saint not touch.*

— Elle est bonne comme le pain, mais parfois elle joue les saintes-nitouches.

— *She has a leg into the open air.*

— Elle a toujours un pied en l'air.

— Laisse tomber, vieux, elle me donne le tournis cette traduction de l'anglais à couilles rabattues.

Le Lynx fit le plein d'essence et paya le troisième gus qui lui proposait déjà des images pieuses, Vierge, saints du calendrier, Jennifer López devant un ventilateur qui faisait tournoyer ses cheveux, Ricky Martin qui balançait au rythme du cul merveilleusement cambré de Jennifer López, Enrique Iglesias au grain de beauté accentué au charbon, Madonna et sa fille Lourdes, en reine et princesse en plein shopping à Paris, et la

Sainte Mère Teresa de Calcutta glissant un regard d'envie sur le tailleur Chanel de Lady Di.

— J'ai déjà vu ce type quelque part, *men*, fit, pensif, le vendeur d'icônes.

— Ici ou là-bas ? dit un autre, intéressé.

— Là-bas, là-bas. Tu sais ce qui m'arrive, je me rappelle davantage les gens que j'ai connus dans l'île que ceux que je rencontre ici. À Miami les visages s'effacent vite... Mais d'où je peux bien le connaître ?

— Du Kilomètre 7, de la prison ?

— C'est pas ça, mais tu brûles... du Kilomètre 18, de la zafra, la récolte de la canne à sucre, *compay* ! Le Lynx, c'est comme ça qu'on l'appelait, et ce zinzin-là avait été dégommé, tu t'imagines, un gars capable d'écouter la chaîne américaine Q.M.M. en plein champ de canne et sur une petite radio à ondes courtes. Et aussi les Beatles, *The Fool on the Hill* !

Une fois parti, le Lynx se douta que les trois larrons cassaient du sucre sur son dos, ce qui n'était pas tout à fait vrai. Mais lui aussi pensait connaître le troisième homme. Il voulut prendre une autre route pour ne plus rouler sur le périf de la plage, mais il ne trouva pas la sortie, curieux ! Il avait l'impression de rouler dans les airs, mais qu'il toucherait la mer s'il glissait la main par la fenêtre. Nina devait râler à cause de son retard ; il appuya sur le champignon. La vitesse pourtant ne l'empêcha pas de distinguer un corps sur le bas-côté. Un visage... une apparition... il rit, mais se le reprocha aussitôt. Il passa son chemin, mais il ne parvint pas à chasser de ses pensées ce qu'il avait vu. Et s'il s'agissait d'un accident de la route ? Et si par sa faute, en ne lui portant pas secours, quelqu'un perdait une dernière chance de s'en sortir ? Il s'assura qu'aucune voiture ne roulait derrière lui, freina et fit marche arrière jusqu'à l'endroit où il avait cru apercevoir le corps. Personne apparemment, c'était sûrement un animal... Dangereux ! Il allait redémarrer quand il distingua à nouveau quelque chose. Il alluma les phares en direction de l'ombre, et là il la vit, couverte de boue, défigurée par la terreur ! Mais était-ce bien elle ou bien n'était-ce qu'une vision ? Réveille-toi, on ne joue pas avec les fantômes, décidément ça ne me vaut rien de ne pas dormir, pensa le Lynx. Sa tension était élevée, et son moral à zéro. Il redémarrait quand son portable sur le siège à côté se mit à sonner ; c'était Neno : Tendron Mesurat le réclamait de toute urgence à l'hôpital du Mont-Sinaï.

— Tu déconnes ou quoi ?

— Non, *men*, sur la tête de ma mère. Je ne peux pas t'en dire plus, mais il s'agit d'Océanie. Elle a reçu une sacrée raclée, magne-toi, *bróder*.

— J'arrive.

Et si c'était elle ? Si ce n'était pas une vision et que cet appel était au contraire le signe qu'il devait reculer, descendre de voiture et s'en assurer ? Peut-être y avait-il vraiment quelqu'un, là, dans les fourrés, peut-être n'était-ce pas un mirage. Il répéta l'opération, mais cette fois il dut freiner brusquement : le corps gisait désormais sur l'asphalte, pour un peu il le réduisait en bouillie. Il descendit et dans la pénombre se laissa guider par les plaintes. Il s'agenouilla et releva d'une main la tête défaillante. Il gratta une allumette et la flamme éclaira enfin le visage aimé.

— Yocandra !

Elle ne répondit pas, la voix du Lynx lui semblait si lointaine, comme lorsqu'il l'appelait à Juanabana et que l'écho du satellite (et le déclic enclenché à sa table d'écoute par le flic du G2) brouillait ses paroles.

Il n'y avait pas une minute à perdre. Il souleva le corps encore mouillé et le porta jusqu'à la voiture. Elle saignait. Le Lynx laissait couler des larmes de chagrin, de bonheur aussi, et cette émotion le dépassait : était-ce de l'avoir à ses côtés, vivante, enfin ? Yocandra ! Il prononçait son nom d'une voix de plus en plus ferme, pour qu'elle se sente enfin en sécurité, saine et sauve. Mais pouvait-elle reconnaître sa voix, après tout ce temps, et sans l'artifice du téléphone ? Il alluma la radio, tourna le bouton et trouva une chaîne musicale :

> *Imagine all the people*
> *living life in peace...*

ONZIÈME TOUR DE BATTE

Vies sans miracles

« Si je pouvais faire un miracle, je ne change-
rais rien à ma vie, mais je m'efforcerais de soulager les souffrances d'autrui. Je ne dis pas que je
transformerais la vie des autres, mais à défaut du
bonheur, je ferais valoir qu'ils ont droit au rêve. »
Une fois encore, l'esprit d'Iris Arcane prit la tan-
gente et elle se vit au milieu d'une tribu quelque
part en Afrique, elle vit des enfants pointer sur
elle non pas des mitraillettes en bois mais de
vraies armes. Assise dans la salle d'attente du
médecin, elle pensa au sort de ces pauvres enfants
que l'on contraint de faire la guerre au lieu de
jouer aux quilles. Puis dans un sursaut d'égoïsme
elle eut cette pensée mesquine : les gens sont ce
qu'ils sont et non ce qu'on voudrait qu'ils soient,
au diable les souffrances des autres ! Et qui se
souciait d'elle et de ses problèmes ? Pourquoi
Classica se comportait-elle si mal avec elle, qui
avait été si bonne pour elle ? Et pourquoi le

monde entier se fichait-il de ce qui se passait à Caillot Cruz ?

Le docteur Songe la fit entrer et asseoir. Malgré le froid intense de l'air conditionné, il se mit à transpirer avec excès, son crâne huileux dégoulinait, sa blouse impeccablement blanche s'était trempée en quelques secondes, ses pieds flottaient dans des flaques de talc grumeleux à l'intérieur de ses souliers vernis. Il tira un mouchoir et, après s'être épongé la nuque, il dut l'essorer ; il se leva, honteux, et tourna un bouton pour monter la climatisation. Iris Arcane commença à s'inquiéter. Le médecin cachait mal sa propre nervosité.

— Nom de Dieu, sacrée chaleur ! Excusez-moi ! Qu'est-ce qui vous amène ici ? Qu'avez-vous ?

— Ménopause.

— Vous êtes encore bien jeune...

— J'ai lu quelque part que le processus peut se déclencher à tout âge à partir de la vingt-septième année.

— Où avez-vous lu ça, dans une de ces petites revues à la noix ? Mais c'est totalement faux. Dites-moi vraiment ce qui ne va pas.

— La chaleur.

— Bon Dieu, mais qui ne souffre pas de la chaleur dans cette satanée ville ?

— Depuis plusieurs mois, ma température grimpe de façon inquiétante. Les thermomètres explosent. Hier après-midi, en me touchant mon mari s'est fait une cloque au doigt et quand je donne le sein à mon bébé, le lait bout comme si j'avais une cocotte-minute à la place du mamelon. Ma famille préfère dormir dans les cabines au bord de la piscine, et c'est par pure compassion qu'ils ne sont pas partis pour les Everglades. Rendez-vous compte, cette nuit j'ai chauffé la maison au point que le sol en granit s'est craquelé comme une *terra cotta* de Cholula. Et vous voyez bien ! dès que je suis entrée dans votre cabinet, l'atmosphère est devenue bouillante.

Elle retira de son sac un éventail sévillan ; en l'ouvrant elle fit s'envoler Cyril, revenu à la taille de la fée Clochette. Le médecin put sentir l'odeur de roussi qu'exhalaient les ailes minuscules.

— Si votre ange persiste à vous escorter, il va se ratatiner comme un rillon. Je vais prendre votre tension et vérifier votre température.

Mais à peine s'approcha-t-il pour mettre en place le manomètre, que le souffle de la patiente lui provoqua une rougeur sur la joue, fit sauter son appareil et briser son thermomètre. Et c'est Cyril, alors qu'il bâillait à s'en décrocher la mâchoire, qui avala au vol la petite bille de mercure.

— Ce n'est pas normal ! diagnostiqua le médecin.

— C'est anormal, confirma sa patiente.

— Dans ce cas, si vous voulez bien, vous allez suivre l'infirmière et prendre un bain glacé.

Iris Arcane se résigna. Mildred, l'infirmière qui jusque-là brodait un paysage irlandais qu'elle destinait à sa nièce pour son passage en troisième année de piano, emplit la baignoire d'une eau glacée à moins quinze degrés. Mais à peine Iris Arcane eut-elle plongé un pied que l'eau se mit à bouillonner et s'évapora en un instant. On apporta une quantité impressionnante de glaçons provenant de plusieurs bars alentour, mais là encore non seulement la glace fondit, mais elle fuma, au point de noircir la faïence. En désespoir de cause, le docteur Songe prescrivit alors un scanner, mais dès que sa patiente s'allongea sur la civière et engagea sa tête sous le cylindre, l'inexplicable incandescence irradia tout le métal alentour en un magma informe. Les fenêtres volèrent en éclats et le médecin, l'infirmière et des patients, épouvantés, prirent leurs jambes à leur cou.

Des agents vinrent chercher Saul Dressler de toute urgence. Son épouse flanquait le feu à La Sagüesera, et menaçait d'ensevelir Miami sous les cendres. Son seul passage soulevait des tisons et les éléments partaient en fumée. Saul Dressler dut commander à une usine de General Electric une glacière de 30 m². Après avoir repéré Iris Arcane et l'avoir attirée à l'aide de deux aimants géants — elle courait comme une gazelle en voyant le monde fuir sa radieuse incandescence —, Saul parvint à la convaincre que, si elle désirait continuer à vivre et à préserver la vie d'autrui, il était préférable qu'elle se retire dans cette chambre froide qui n'avait rien à envier à la Sibérie. Iris Arcane tomba alors dans une profonde léthargie et, blottie dans un coin de l'immense glacière, elle ferma les yeux et se laissa gagner par le sommeil. Elle dormit deux jours durant, et ce fut pour apprendre à son réveil qu'on envisageait de l'importer au pôle Nord pour promouvoir un tour-opérateur : « Un été Cinq Étoiles en Alaska : incroyable ! » Son mari et ses proches bien entendu refusèrent de s'y associer et de spéculer sur le malheur d'Iris Arcane. Pourtant les scientifiques s'accordaient à penser que son état ne pourrait que s'aggraver. Son corps atteindrait une pression telle qu'il briserait les parois de la chambre froide et réduirait la ville de Miami en cendres fumantes.

— Mais nous ignorons, dit Saul, quelles sont vraiment les limites du phénomène.

— Et quelle en est la cause ? demanda Tendron Mesurat.

— La malédiction s'acharne sur elle pour nous exterminer.

Les forces du mal se déchaînaient désormais sur Iris Arcane. Ainsi parleraient les théologiens et les émules de Zarafouchtra.

— Nous n'avons plus beaucoup de temps

devant nous... Que comptez-vous faire ? demanda le détective.

— Il n'y a pas une seconde à perdre, répondit le mari d'Iris Arcane. Il nous faut réagir. Nous allons élever une chapelle réfrigérée au maximum, aux parois transparentes, à laquelle nous adjoindrons des chambres froides. Si l'on doit transporter l'Alaska jusqu'ici, on le fera ; c'est notre vie qui en dépend.

Ils se mirent au travail et en une semaine ils bâtirent un temple de glace. Translucide et géométrique, il arborait tous les styles : une façade Art déco, le toit néoclassique, une terrasse futuriste, ici un semblant de pagode, là on jurerait une mosquée, sur l'arrière la simplicité d'un ermitage trouvé au hasard du chemin, il rappelait sur un autre plan une cathédrale baroque mexicaine, mais tout en argent et en cristal de Murano. Les gargouilles et les vitraux gothiques frayaient avec l'esthétique du Bauhaus. Construit sur un champ de fraisiers, le sanctuaire prenait racine dans les herbes vertes piquées de flocons rouges pour s'élever si haut qu'il effleurait le ciel bleu et le soleil radieux. L'enceinte métallique et vitrée évoquait un vaisseau spatial, ou quelque ziggourat martienne. C'était un chef-d'œuvre *exquisifor*, pour ne pas dire fort exquis, dans le goût miamien de Frank Israel et Serge Robin ; une architecture prodigieuse et recherchée à laquelle répondait comme un écho parfait l'intérieur zen.

Iris Arcane approcha son visage de la vitre pour vérifier les effets du paysage sur sa réception des ondes positives. Elle soupira et la fièvre humide de son souffle embua la fenêtre, où sa grand-mère Ma' Passiflore et sa dulcinée Calamity virent alors le reflet de la Vierge des coupeurs de canne sainte Rita Tête-Bêche du Caramel.

Ce que redoutait tant Saul Dressler se produisit. Les gens s'approchèrent timidement d'abord de l'immense verrière enchâssée dans ces balustrades dorées plantées sur la terre parfumée à la fraise. Iris Arcane, réfugiée dans un coin, tricotait une brassière pour son bébé Ilam, alors que de grosses larmes en ébullition roulaient sur ses joues, pour retomber en fines stalactites suspendues dans le vide. Le reflet de la Vierge sous son voile était toujours là, on avait beau frotter la verrière au Glassex, la mystérieuse apparition restait ineffaçable. L'icône émut les curieux, puis d'autres suivirent, et ce fut toute une foule bientôt qui afflua de partout vers la nouvelle demeure d'Iris Arcane, rebaptisée sainte de l'Arc-en-ciel. Les pèlerins se lamentaient en s'arrachant les cheveux, se flagellaient le corps d'un plumeau de ronces, se posaient des pierres sur le crâne, leurs tempes saignaient sous les couronnes d'épines ; certains se traînaient même à genoux, les os pelés, la chair à vif qu'ils laissaient par lambeaux sur l'asphalte. La nature de leurs offrandes était à hauteur du miracle qu'ils attendaient de la sainte. Un cocu s'empressa de brandir le jupon de son épouse pour que la traîtresse se repente et regagne le domicile conjugal. Une aveugle demandait de recouvrer la vue, ne serait-ce qu'un rai de lumière, pour voir la chute de Satan. Un cul-de-jatte réclama deux prothèses et l'élimination systématique des mines antipersonnel. On voyait approcher les fidèles les plus sincères et les plus surprenants, tels ce pélerin qui avait agité un billet de loterie sous les yeux incrédules de la sainte, ou ce nouveau riche qui l'implorait pour que ses millions lui survivent et profitent à ses héritiers. Mais tous exprimaient au fond le même vœu : mort à Satan ! De jour en jour, une rumeur merveilleuse courut sur l'imminence des miracles que la sainte de l'Arc-en-ciel allait accomplir, et tous les pèlerins s'assemblaient avec ferveur pour la conjurer d'en finir avec les dictatures, les exactions et la misère. Mort à Satan !

Les politiciens, incrédules, faisaient le gros dos : on finirait bien par venir à bout de cette gigantesque farce ! Mais en voyant les visiteurs affluer chaque jour des quatre coins du monde, ils tinrent à huis clos un congrès pour feindre de cogiter et d'examiner les tenants et surtout les aboutissants de cette affaire. Un sage fit part de son inquiétude :

— Messieurs, quand on se met à croire aux miracles, il y a deux options : ou bien toutes les explications rationnelles ont été avancées, auquel cas nous ne servons à rien, ou bien la solution relève elle-même du miracle ; ce qui revient à dire que la merde et nous, c'est du pareil au même : auquel cas il ne reste plus que la répression, l'emprisonnement, voire l'élimination.

— Non, surtout pas d'assassinat. Nous n'avons franchement pas besoin de martyrs en ce moment, avec Iris Arcane on est servis jusqu'à plus soif, répliqua un congressiste.

Saul Dressler multiplia les communiqués comme quoi sa femme ne pourrait jamais satisfaire toutes les demandes, et que ce phénomène n'avait rien de surnaturel. Ce fut peine perdue. Nul ne lisait les bulletins diffusés par ses services : dès qu'ils voyaient l'en-tête, les destinataires les déchiraient en mille morceaux et redoublaient de ferveur religieuse. Les médias en faisaient leurs choux gras, pour rien au monde ils n'auraient laissé passer aucun des prétendus prodiges d'Iris Arcane. Elle montrait du doigt la colline ? Barbe blanche, sourcils épais, ongles longs et sales, fausses dents entartrées, treillis vert kaki : le diable se manifestait aussitôt. Elle pointait du doigt ce vieillard chenu coureur de jupons ? Le polisson était démasqué. Elle regardait fixement ce chauve aux yeux purulents ? Il se résignait et avouait un vol de brebis et des braquages de banques. Et il en allait de même du pédophile, du violeur, de l'escroc, et de toutes ces calomnies répandues par le *New Timbaguaya-baimes* ou d'autres torchons. La situation devenait vraiment alarmante, pour ne pas dire qu'elle sentait le roussi, car la température ne cessait de grimper de façon inquiétante.

Fausse Univers, quant à elle, était consumée par la jalousie et le ressentiment. Pourquoi tous ces énergumènes vénéraient-ils Iris Arcane et pas son illustre personne ? Comment diable le nom de son ennemie faisait-il la une des journaux, quand elle restait superbement ignorée ? Saul Dressler refusait de la voir, même en peinture, et la considérait comme quantité négligeable ; ses mamours et ses salamalecs essuyaient un refus catégorique. Par dépit elle resserra ses liens avec la Secte, et c'est lors d'un de ses voyages que Facho Furio la contacta ; son chef, le Ténébreux Pouvoir, www.homobarbaro.com, avait admiré sa traîtrise et serait très honoré de sa collaboration à Miami. Elle accepta sur-le-champ, pour le seul plaisir de nuire, et devenir en prime la maîtresse de Facho Furio, qui l'incita alors à détourner, tel le joueur de Hammelin, l'attention des fidèles d'Iris Arcane vers la cave de la Secte ; elle les conduirait, comme des rats, à la grotte enchantée où on les liquiderait en masse, car le Ténébreux Pouvoir avait besoin de s'abreuver de sang. Fausse Univers s'enquit de sa rémunération.

— Une prime en espèces, une plaque et une sculpture. Un disque d'Empaillé Segundo. Ou un de mes pets en boîte, c'est très bien coté à la Bourse des Canailles, ces temps-ci. Je n'ai qu'à pousser ! s'écria-t-il, répugnant.

— Mais, moi, je veux être célèbre, ducon ! Très célèbre !

— T'as pas sonné à la bonne porte, poupée. Attends d'avoir quatre-vingt-dix ans, si Ry Cooder vit jusque-là !

Fufu grinça des dents avec une telle colère qu'elle hérissa les bijoux de famille de son amant. Elle accepta la prime en espèces, la plaque et la sculpture ; ce qui vexa Facho Furio, qui se berçait de l'illusion de la voir choisir sa flatulence en conserve.

— Cesse de te monter le bourrichon, et cette nana de mes deux avec tout son bazar à miracles dont j'ai plein le cul, coupe-lui le kiki une bonne fois pour toutes, explosa-t-il en crachant à la gueule enfarinée de Fufu. Bousille-la, si tu ne veux pas payer les pots cassés !

Rageuse, Fausse Univers planta là le bonhomme et ses insanités. Sur son portable elle contacta Pisse Vinaigre et Gousse Puante. Et fixa une rencontre avec Trique la Terreur et Baroud en Croûte, afin de lister le matériel — bazookas, munitions, barils de poudre et d'explosifs — dont ils auraient besoin pour pulvériser le sanctuaire d'Iris Arcane. Gousse Puante regimbait en cachette, la larme à l'œil ; à force d'encaisser des déculottées, elle ne tolérait plus la hargne de son amie. Le cœur blindé de la broute-minou commençait à ramollir.

— On t'a bouffé ta soupe ? Tu chiales ou t'as la goutte au nez ? l'enguirlanda Fausse Univers.

— Non, mon trésor, je souffre depuis ce matin d'un rhube de cerbeau et j'en vois plus le bout.

— Eh bien ! fais avec, pour mon bien..., riposta l'autre.

Pisse Vinaigre était raide comme une statue, fermé comme une huître.

— Oh, réveille-toi, espèce d'enfoiré ! vociféra Fufu.

Le secrétaire battit des paupières.

— Écoute-moi bien, mémère, on en a soupé de tes coups de gueule. J'en ai marre d'avaler tes couleuvres, y'en a marre de nous serrer la vis, tu piges ? Et moi c'est qui qui peut qui m'empaffe, pas qui qui veut.

— Arrête ton char, Kiki, t'es bourré ou quoi ?

Les acolytes d'Abomino Dégueu, Trique la Terreur et Baroud en Croûte, contemplaient la scène, mi-amusés, mi-moqueurs.

— Ni l'un ni l'autre, seulement j'en ai ma claque, moi qui suis un foulard Hermès, d'être traité comme un chiffon sale. J'irai jusqu'au bout de cette mission parce que je ne suis pas un lâcheur, mais après, *arrivederci Roma*.

— Je mets ça sur le compte du surmenage ; stress, hystérie et *tutti quanti*, ça va passer. T'es en manque, c'est tout !

— Prends-le comme tu voudras, vaginale de mon cœur, mais tout est fini entre nous !

— Eh, vous n'en avez pas marre de glander, non ? interrompit Trique la Terreur.

L'atmosphère se fit alors plus pesante, lourde, le ciel était bas, assombri par de gros nuages gris. La canicule recouvrit le crépuscule.

Autour du mausolée de glace les pèlerins redoublaient de ferveur, ils imploraient la pluie, un orage cinglant. Sacré nom ! avait-on jamais vu pareille calamité ! Pas une seule gouttelette de H_2O ? Cette sécheresse, quelle plaie ! Ils allaient crever de soif et d'animosité, dans la poussière des rues et l'infernale vapeur soulevée par les tristes nuées. Ainsi grondait la foule et son ressentiment. Martyre Espérance se glissait chaque jour, en tenue d'astronaute et portant scaphandre, à l'intérieur de la chapelle, avec Asilef, David et Ilam, pour que leur mère prodigue un peu de chaleur — pas trop — à ses enfants.

En l'absence de la maîtresse de maison, Classica avait trouvé sa place dans son foyer. Sincèrement attachée à la famille d'Iris Arcane, elle s'occupait de tout et de rien, mais rêvait en secret de se venger du trouble Abomino Dégueu. Pour l'heure elle se contentait de le mettre sur de fausses pistes en lui livrant des documents sans intérêt ou des photos truquées. Plus d'une fois, elle se retint de tout avouer à Saul Dressler, mais plus elle pénétrerait les manigances de l'Italien, plus elle tirerait profit de ces informations par la suite. Les brutalités se succédaient, mais après l'avoir sauvagement frappée, il faisait toujours sauter un bouchon de champagne et, après quelques coupes, ces séances sadomaso se prolongeaient invariablement au pieu.

Abomino Dégueu n'avait pas tenu sa promesse de l'emmener à Los Angeles pour découvrir Hollywood et y être découverte. Un jour pourtant, droguée, ligotée et les yeux bandés, elle s'était retrouvée à Caillot Cruz, dans la résidence d'un général fou à lier, un obsédé sexuel qui la força — un Beretta pointé sur la tempe — à toutes sortes de vicelardises avec des animaux ; à l'exception de girafes, d'éléphants et de rhinocéros, espèces en voie d'extinction, très rares de surcroît dans le zoo privé du militaire, qui devaient être traitées avec une extrême délicatesse. Il avait abusé d'elle jusqu'à ce que le vice l'eût consumée de partout et, lorsqu'il avait été épuisé, il l'avait jetée comme une loque dans une décharge de la rue Maloja, dans la boue, la pisse et la merde. Le lendemain, les Troupes spéciales l'avaient ramassée et flanquée en cellule à coups de tatane aux seins et de taloches aux oreilles.

Bien entendu, c'est Abomino Dégueu qui la libéra du cachot, en la menaçant, si elle racontait un seul mot de son aventure dans l'île, de ne jamais revoir la lumière du soleil, ni aucune autre d'ailleurs. Tout cela n'avait duré qu'une semaine — avec seulement deux jours de tourisme, dans la jeep d'Abomino Dégueu, dans des quartiers difficiles qui brillaient par leur pauvreté, des trous perdus dont les noms résonnaient à ses oreilles comme ces chants guajiros que fredonnait Fiero Bataille. À l'évidence, Abomino Dégueu troquait des informations contre des marchandises, ou l'inverse ; il était embringué jusqu'au cou dans une affaire plutôt juteuse à laquelle elle ne pigeait rien, tant elle souffrait encore des mauvais traitements et des tortures infligées à ses glandes mammaires, sans parler d'un acouphène persistant qu'elle devait aux torgnoles des policiers.

— C'était un avertissement, une petite correction pour que tu te reprennes et que tu comprennes bien qu'on ne peut pas rigoler avec la Secte. Tu as promis d'éliminer Iris Arcane, tu étais payée pour nous fournir des informations sur Saul Dressler, et tu n'as pas respecté ton contrat. On sait que ton père se targue d'atterrir clandestinement dans cette saloperie d'île, et d'y recruter qui plus est un certain nombre de gars pour prendre les armes. Mais dis-moi, il se prend pour qui, ce vieux gâteux, le Terminator de Hialeah ? Essaie de le calmer, ou alors sa boutique va lui péter entre les doigts !

Classica ne pipa mot, morte de peur, sans savoir si on la ramènerait à Miami, ou si on la jetterait comme une vieille fripe dans une décharge moins fréquentée par les Troupes spéciales, quelques balles dans le crâne en guise de crucifix.

Quand elle revint à Hialeah, elle eut du mal à réaliser qu'elle était saine et sauve, et elle profita de l'absence de ses parents, retenus par leur travail respectif, pour procéder à une toilette réparatrice. Chassant de son esprit des visions lancinantes, elle entra dans la baignoire et, sans un regard pour ses ecchymoses, se frotta rageusement la peau en répandant enfin des larmes plus pures et plus abondantes que l'eau qui coulait de sa douche.

Quand elle était encore dans la maison du général à Juanabana, elle avait réussi à joindre ses parents, mais elle avait menti en leur parlant de vacances à Los Cayos avec son amie Iris Arcane. Puis elle avait téléphoné à celle-ci pour lui dire qu'elle devait s'absenter une semaine pour consulter un dermatologue en raison d'un herpès contagieux.

— Tu es à Miami ? avait demandé, intriguée, Iris Arcane.

— Oui, pourquoi ?

— L'écran de mon téléphone affiche *out of area*, avait répondu Iris Arcane.

— Ce doit être une erreur.

Ce ton péremptoire avait convaincu Iris Arcane. Mais Fiero Bataille et Milagro Rubiconde ne s'étaient pas laissé tromper si facilement. Leur fille avait un comportement étrange et ses propos n'étaient vraiment pas clairs. Ils avaient décidé d'entrer en contact avec Iris Arcane, malheureusement ils étaient tombés sur Ma' Passiflore dans un de ses moments d'égarement. Elle venait de voir son film préféré pour la cent deuxième fois, *Jamais le dimanche*, avec Mélina Mercouri. Et quand Milagro Rubiconde avait voulu savoir si Iris Arcane était bien allée à la plage avec Classica, Ma' Passiflore avait répondu sans se faire prier :

— En effet, madame, comme dans *Jamais le dimanche*, tout à fait pareil. C'est que les tragédies doivent cesser et connaître une fin heureuse sur une plage.

Cette brève conversation avec la mamie ramollie des neurones avait rassuré Milagro Rubiconde. Elle avait fait du café avec son filtre en jute — elle n'avait pas encore appris à se servir des cafetières italiennes —, tout en écoutant à la radio les commentaires d'Armando Pérez Roura et d'Agustín Tamargo. Si elle était fière d'une chose, c'est bien de ne pas avoir adopté le café allongé des Américains, ni leurs dernières inventions technologiques. De même, Fiero Bataille se targuait de ne pas aligner deux mots d'anglais. Il avait éteint la radio, comme elle revenait avec un stimulant caoua fumant dans deux tasses rustiques, et tous deux s'étaient enfoncés dans les fauteuils en osier, devant le téléviseur ; elle voulait regarder « Un samedi fascinant » (émission de variétés rebaptisée « Un samedi ardent » en raison de l'intense chaleur), mais lui l'incitait à changer de chaîne pour suivre un magnifique match de base-ball. Avant il lui avait fallu se farcir Walter Mercado. Celui-ci arborait cette fois une cape en popeline dorée bordée de pompons en renard, et portait autour du cou une grosse chaîne en or acquise lors d'un récent voyage au Caire, tout comme les bagues en faux cristal qui couvraient tous les doigts de ses mains.

— Taurrrreau. Remercie le Seigneur pour ses enseignements. Il t'aidera à te plier au changement, à corriger de mauvaises habitudes et à conforter ton amour-propre. Que ta vie soit riche et prospère, comme tu le mérites, Taurrreau, et qu'il t'aide à devenir la personne que tu désires être, un être humain sensible et spirituel. Ta maxime : « Ma foi me rend chaque jour plus fort. » Chiffres de la chance : 37, 32, 24.

À cet instant, Milagro Rubiconde avait eu un pressentiment. Elle avait éteint la télé avec la télécommande et s'était mise à pleurer convulsivement sous le regard perplexe de Fiero Bataille.

— C'est quoi ces larmes ?

— Ah, Fiero, mon vieux mari, y'a que j'ai beau occuper mon esprit à autre chose, je n'arrive pas à oublier nos morts, que Dieu repose leur âme ! Et j'ai si peur pour Classiquita ! Mon Dieu, j'en mourrais s'il arrivait quelque chose à cette tête de mule !

— Calme-toi, notre Classiquita sait très bien ce qu'elle fait. Elle a les pieds sur terre. Elle travaille pour nous aider, et c'est aussi dans l'idée de devenir actrice, ou ce qui se présentera. Allons, courage, tu sais que je dois faire un vol de nuit, et je ne veux pas partir en te sachant contrariée.

Ça ne lui plaisait pas beaucoup non plus que Fiero monte dans son coucou, mais elle comprenait que c'était la seule façon de se sentir utile, de sauver des vies pour un ancien chirurgien que les circonstances avaient réduit à tenir une épicerie.

Cette nuit-là, alors que Fiero Bataille survolait le repaire des requins, il n'aurait pu deviner que la vie de sa fille ne tenait qu'à un fil, là en face, sur ce rivage qu'il avait réussi à quitter pour s'installer à Hialeah, connaître sa seconde femme à Miracle Mile, au ciné Miracle, où l'on donnait *Miracle à Milan*, de Vittorio De Sica, et concevoir quelques heures après une fille qu'ils appelleraient Classica, née un 4 juillet, libre et à l'abri du danger.

Pourtant Classica non seulement avait été rattrapée par le danger, mais elle en avait réchappé de peu. Elle acheva de se doucher, en larmes ; elle s'habilla avec l'intention de se repentir et de tout avouer à Iris Arcane et Saul Dressler. Elle prit sa voiture orange vif, pensa passer par la boutique avant, pour embrasser très fort son père, rendre visite à sa mère à l'agence, lui faire la bise et lui demander pardon en silence, du fond du cœur ;

mais elle n'eut pas la force de les affronter. Iris Arcane était considérée comme une sainte à présent, comment pourrait-elle troubler la paix d'une sainte avec tous ses malheurs ? Aussi elle alla parler à Saul Dressler qui, ému par la sincérité et la peine de Classica, l'incita à ne pas les quitter. Devant le regard fuyant de la jeune fille, il décida cependant de rester sur ses gardes.

En sortant du bureau de Saul, elle tomba sur Cyril. Ses yeux se mouillèrent et son cœur battit la chamade. Car s'il avait fallu un miracle pour que Classica, libérée de ses prétentions démesurées, devienne quelqu'un de bien, c'était à l'amour qu'elle le devait. Sa peau s'électrisait en sa présence fabuleuse, elle rêvait que l'ange baisait doucement ses lèvres et lui faisait la cour tendrement. Et qu'elle se transformait en ballerine, tournant sur la pointe de son pied droit tandis que le gauche donnait l'élan aux rotations de son corps en transe constante, et qu'elle répétait comme une poupée : « Je veux danser dans la ville. Je veux danser dans la ville. » Et poussant ses jetés battus dans toute La Sagüesera elle tombait enfin dans les bras de Cyril et ils s'aimaient jusqu'à la mort, même si, contrairement aux humains, les anges ne se brisent jamais les ailes. Elle ne se trompait pas, Cyril éprouvait plus qu'un simple attrait pour Classica, il se consumait les ailes de passion pour celle qui pourtant avait voulu nuire à Iris Arcane. Ce qui engendrait d'ailleurs chez lui un sentiment de culpabilité. Les souffrances de l'âme transforment parfois les anges en de simples mortels.

DOUZIÈME TOUR DE BATTE

Nocturnes fougueux

Ce monde est étrange, il se passe tous les jours la même chose, pensa Tendron Mesurat en feuilletant le journal *El Nuevo Mundito*, allongé de tout son long sur un canapé dans le bureau de Saul Dressler. Océanie récupérait, elle avait eu plus de peur que de mal. À la sortie de la discothèque, la nuit des complots, Abomino Dégueu et ses mastodontes lui étaient tombés dessus et l'avaient battue, mais leur tentative d'enlèvement avait échoué grâce à l'intervention du détective et du père Fontiglioni masqués, sous les chants fervents des frères bouddhistes et alchimistes. Quant à Iris Arcane, il était indéniable que les forces du mal s'étaient déchaînées contre elle, et en attendant un miracle qui ne manquerait pas de se produire, il serait impossible de la libérer de sa prison de glace. Entre-temps, des foules entières continuaient à vénérer leur idole, mais les heures qui passaient devenaient infernales pour elle et ses proches.

Fontiglioni, les autres moines, Neno et Saul Dressler avaient mis au point plusieurs stratégies pour coincer le moment venu Abomino Dégueu, Trique la Terreur, Baroud en Croûte, Facho Furio et Fausse Univers, mais ils devaient réunir d'abord contre eux des preuves irréfutables. Les prendre la main dans le sac, en flagrant délit, ne serait pas chose simple.

Tendron Mesurat allait décrocher le téléphone du bureau pour demander au Lynx des nouvelles de Yocandra. Il avait fait sa connaissance le soir où il avait accompagné Océanie à l'hôpital du Mont-Sinaï, car peu après l'hospitalisation de la sœur d'Iris Arcane, le Lynx avait aussi rappliqué, soutenant une Yocandra salement amochée. Puis la Vermine avait débarqué à son tour. Une telle confusion dans l'émotion des retrouvailles l'avait contraint à jouer au maître de cérémonie : Tendron était le seul en effet à avoir les idées claires. Yocandra avait les yeux ouverts sur un abîme, elle ne reconnaissait aucun de ses amis : l'esprit vide, la mémoire égarée, elle avait entrepris un voyage sans date de retour. Selon le médecin, elle resterait dans cet état un certain temps, puis elle récupérerait au fil des jours. Grâce à des comptines de son enfance, des livres, des extraits de films, certains visages, des timbres de voix, des caresses, elle renouerait avec les méandres de son désordre intime. En attendant, le présent était un saut dans l'inconnu. Tendron Mesurat avait deviné que pour se rétablir elle devait réintégrer son passé à son enveloppe corporelle et les fondre ensemble. Elle prendrait le train, il l'installerait dans un wagon, telle qu'il l'avait imaginée avant même d'avoir redessiné le visage de Yocandra dans sa tête.

À l'instant même où Tendron touchait le combiné, le téléphone sonna. Celui qui appelait parlait avec un fort accent mexicain et se présenta comme l'intermédiaire entre deux Cubains et vous, cher monsieur. Niac et Manioc, cousins d'Iris Arcane et d'Océanie du côté paternel, avaient besoin d'un sérieux coup de main, et projetaient d'atteindre les côtes américaines. Là-dessus le détective passa le téléphone à Saul Dressler qui venait d'entrer, et l'inconnu reprit son discours haché. Le mari d'Iris Arcane proposa son appui, prit en note certains éléments, donna un numéro de téléphone et des noms et s'engagea à envoyer de l'argent pour l'embarcation. Il s'en occupait sur-le-champ, on pouvait compter sur lui. Tendron Mesurat observa la façon dont Saul Dressler reposa lentement le combiné, prit sa tête entre ses mains, avant de se jeter épuisé sur le canapé Chesterfield.

— Ne te sens pas obligé... Tu as déjà suffisamment fait pour les parents d'Iris Arcane.

— Mais c'est aussi ma famille. Je ne peux pas les laisser à la merci du Service d'Immigration. Et puis ça te va bien de me dire ça ! se moqua

Saul Dressler. Toi qui n'arrêtes pas de te fourrer dans nos embrouilles.

— Tu as raison, mais il s'agit d'un défi personnel, sans compter que c'est toi qui me l'as demandé. Écoute — il chaussa ses mocassins en chevreau —, pendant que tu racontes à Iris Arcane et à Océanie le naufrage de leurs cousins, moi j'irai voir le Lynx.

— Non, je ne dirai rien à ma femme, inutile d'ajouter à ses malheurs. Par contre, je vais avertir Océanie et Aimé Transit.

— Avant de te laisser, je suis désolé de te dire ça, Facho Furio nous a filé encore entre les doigts, mais il doit revenir cette semaine avec des ordres précis. Nous avons localisé les agents doubles. Ils sont parvenus à détourner l'attention des masses en créant l'événement, car ce culte autour de ton épouse, c'est précisément ce qu'ils voulaient. Au milieu de ce tintamarre, ils inoculeront un virus terrible qui finira par saper le moral des foules. Les gens tomberont comme des mouches, sous l'effet de la dépression et de la honte. Mais si on se grouille, c'est tout le contraire qui se produira, ils ne pourront plus se voiler la face devant le sadisme et les magouilles de la Secte.

Saul Dressler devint blême, son visage se contracta. À ses yeux, Iris Arcane était devenue fantomatique, sa présence et sa grâce même, de plus en plus évanescentes. C'est à peine si elle bougeait les lèvres, rigide, inerte, les bras en croix sur la poitrine, livide, presque diaphane, malgré sa peau brûlante. Devant la chaleur que diffusait le corps de la malheureuse, Martyre Espérance avait renoncé à lui rendre visite accompagnée des enfants. Car, en dépit des scaphandres et des quantités de glace astronomiques, Iris Arcane embrasait tout ce qui l'approchait. Et le brasier s'étendait à la ville tout entière, dans les rues des dizaines de personnes, grillées sous une vapeur implacable, tombaient en syncope comme des poulets estourbis. Saul Dressler battit des paupières comme pour refouler ses larmes, et prit congé du détective pour régler le problème de Niac et Manioc. Quand Tendron Mesurat referma la porte, il laissait derrière lui un homme anéanti.

Dans l'entrée de l'immeuble, il tomba sur Neno. Il n'avait pas été facile à son adjoint de vérifier l'information, mais un ancien collègue lui avait assuré que Facho Furio arriverait le surlendemain, avec dans ses bagages des œuvres d'art volées qu'il avait l'intention de revendre, ainsi qu'un énorme stock d'armes, d'organes humains et de cocaïne. Il vit passer près d'eux l'avocat de Yocandra, ruisselant de sueur, qui ignorait encore que son amie se trouvait à Miami ; l'auteur même de cette lettre incroyable où il rappelait avec insistance que le destin des Cubains dépendait de « la balle ronde qui se déplace sur un carré ». L'air perdu, l'avocat palabrait en gesticulant avec un acteur de théâtre et, possédé par un de ses sujets favoris, passait en revue les âges d'or du base-ball cubain :

— Wilfredo Sánchez, gaucher et mulâtre, une espèce de monstre mais, je dois vous le dire, le meilleur premier batteur. Armando Capiró, un quatrième batteur auquel il faut sûrement tirer son chapeau. Eulogio Osorio, batteur gaucher et noir ; une brute épaisse, et de l'équipe des Industriales. Changa Mederos, gaucher, lanceur, blanc, étoile des équipes où il a joué (Industriales et Le Habana). Urbano González, seconde base, blanc et lançant en gaucher ; il a joué aussi dans ces deux clubs. Pedro Chávez, blanc et terrible joueur de base-ball, il a joué première base. Manolo Hurtado, batteur droit blanc ; un dur à cuire. Germán Aguilera, troisième base et noir, l'homme à abattre ! José Antonio Huelga, un grand mulâtre et batteur de légende. Braudilio Vinent, aussi noir qu'un téléphone Kellog, terrible batteur qui faisait mouche à tout coup, *pitcher* droit et joueur des *files*. Andrés Telémaco, un costaud de joueur de champ du court central, mulâtre et droitier. Lafitta, droitier, blanc, joueur des *files*, un batteur comme on n'en fait plus. Le mulâtre Puente, terrible *short stop* et batteur droit. Voilà pour les noms, ceux du moins que je me rappelle, des joueurs de base-ball qui ont marqué toute ma jeunesse. Omar Linares est venu des années après. O.K., vieux, je ne veux

pas te faire perdre ton temps avec mon dada. —
L'avocat prenait congé. — Je vais faire un saut à
l'Universal pour voir si on a édité un livre sur
Caillot Cruz qui m'intéresse, *Le fossoyeur de l'histoire*.

— Avec un titre pareil, ça ne doit pas être
piqué des vers ! commenta l'acteur. Tchao, salut
la compagnie.

Neno secoua le détective par les épaules, il est
dans les vapes, pensa-t-il, comme d'habitude. Il
l'informa que le père Fontiglioni et les moines
avaient mis au point diverses stratégies et qu'il ne
manquait plus que ses instructions.

— Attendre. C'est la seule chose à faire.

— Mais on ne peut pas attendre davantage,
Tendron. Les gens en ont assez, ils étouffent, ils
deviennent fous avec cette chaleur, ils ont du bois
calciné dans la tête ! Iris Arcane elle-même est
dans un état lamentable, *bróder* !

— Bien, commence par te calmer. Un : les
laisser faire et s'emmêler les pinceaux. Deux : on
leur tombe dessus.

— Tu flippes, vieux ; bon, mais c'est toi qui
commandes. Dis-moi, mon portable est nase, le
temps que j'en aie un autre, tu me bippes s'il y a
urgence, *okey* ?

L'adjoint du détective hocha la tête, contrarié,
se réfugia dans l'atmosphère glaciale de sa voiture
et partit dans la lumière de midi.

Dans l'appartement d'Indian Creek, la Vermine plongea sa tête dans la poitrine de Yocandra, baisa ses mains fines et couvertes de lésions infectées. Yocandra avait les yeux vissés au faux plafond lambrissé, ou peut-être le ciel piqué d'étoiles, ou bien était-ce sur son retour du néant. Le Lynx avait collé sa joue contre la sienne. Ils se laissaient bercer par *La mer* et les *Nocturnes* de Debussy. Elle ne comprenait pas pourquoi les deux êtres allongés à ses côtés respiraient de façon si intense ; elle voulut les repousser, les chasser de son champ de vision, mais elle n'en eut pas la force, et s'enfonça alors les doigts dans la cicatrice de son cou. Le Lynx les écarta.

Depuis la cuisine, comme Nina demandait si elle devait vider tout le bocal de câpres dans le riz au poulet, le Lynx s'empressa de sauver son plat de la débâcle. La petite connaît sûrement très bien la danse du ventre et la scène, pensa-t-il, mais pour ce qui est d'assaisonner le riz jaune, elle est franchement larguée.

L'actrice s'approcha du lit et posa un regard bleu pénétrant sur les pupilles égarées de Yocandra. Celle-ci ressentit soudain un coup foudroyant, un éclair indigo, comme un message encore indéchiffrable, bien que le bruit des vagues parvienne faiblement à ses oreilles, et que les chœurs qui lui rappelaient l'ambroisie et le chant des sirènes la comblent d'une paix nouvelle. La Vermine, quant à elle, avait envie de rire de ce que Nina avait dit sur les câpres, mais elle se mit à pleurnicher : ces derniers temps d'ailleurs, chaque fois qu'elle avait envie de pleurer, elle riait, et vice versa. Nina pourtant eut une idée : pourquoi ne pas consulter la sainte de l'Arc-en-ciel ? Ne faisait-elle pas de miracles ? Pourquoi Yocandra n'irait-elle pas la voir ? Mais non, avait fait l'autre, dans l'état où se trouvait Iris Arcane, c'était du délire. Elle était dans la même situation que Yocandra, pire encore, car celle-ci retrouverait la mémoire, alors qu'Iris Arcane devait accomplir un miracle, sinon elle irait manger les pissenlits par la racine. Le bruit courait à Miami que, après elle, on partirait tous les pieds devant pour finir en de jolis petits tas de cendres bien alignés.

Le Lynx alluma la télé pour écouter les informations, mais l'appareil implosa soudain en bûcher aux couleurs d'un coucher de soleil. Yocandra aperçut seulement un éclair rougeoyant et les deux noms de Niac et Manioc qui filaient constamment. La Vermine se redressa, elle devait retourner travailler à ses champs de Homestead, à quoi bon rester collée à Yocandra comme une sangsue. Elle hésita cependant, car elle culpabilisait de déserter le chevet de son amie, et se promit de revenir à la tombée de la nuit. Elle planta ses yeux dans ceux de l'impassible Yocandra. Deuxième éclair, vert cette fois. La Vermine posa ses lèvres sur le front de la malade couvert d'une fine couche de givre, puis elle se dirigea vers le salon pour serrer le Lynx dans ses bras. Elle tourna son visage vers le lit, mais Yocandra resta inerte, rien n'indiquait qu'elle reconnaissait ses amis. Nina l'accompagna jusqu'à la porte. Le riz dégageait un fumet succulent, mais ses carrés de fraisiers, qui n'avaient pas été arrosés depuis des jours, réclamaient tous ses soins. Elle se reprocha de ne penser qu'au jardin : il y avait des choses plus importantes, cette chaleur de plomb par exemple. On se serait cru le cul posé sur un volcan ! Mais ce jardin constituait son chef-d'œuvre, et elle ne supportait pas de s'en éloigner. Nina regarda la Vermine du coin de l'œil, comme si elle craignait de la voir glisser à son tour dans la démence.

Celle-ci lui demanda de ne pas la culpabiliser davantage et Nina lui frotta la joue du dos de la main.

— Ne t'en fais pas. La terre te réclame. Très peu pour moi, la campagne n'est pas mon fort. *Babaïe*, petite.

Tendron Mesurat arrivait alors à l'immeuble. Il entra dans l'ascenseur et devina qu'une femme parfumée au jasmin mâtiné de violette et de pervenche venait de descendre. C'était une femme, il en était sûr, il voyait encore sur la moquette grise la trace de ses talons aiguilles. Celle sans doute qu'il avait failli croiser un après-midi dans les

232

premiers jours de son séjour à Miami. En sortant de l'ascenseur au onzième étage, il sentit les effluves de cumin, de roucou, de laurier et huma l'odeur du riz au poulet. Il tourna la clé dans la serrure, ouvrit la porte, et tomba sur un spectacle incroyable. Le Lynx et Nina stupéfaits, comme s'ils étaient des spectateurs du palais Garnier galvanisés par *La flûte enchantée*, regardaient Yocandra, dans un silence théâtral, le visage défait, se diriger en pleine lévitation vers la marmite.

— Ce bonhomme vous mitonne un risotto qui réveillerait un mort ! soupira Nina.

Yocandra s'assit sur la chaise qu'avait avancée le Lynx derrière elle, mais elle se contenta des arômes sans goûter une seule bouchée. Tendron, qui occupait le siège face à elle, mangeait à peine, captivé par ce visage éteint mais toujours attirant. Elle accepta le verre à pied rempli de jus de canne que le Lynx lui tendait, avala quelques gorgées, les savoura en cueillant de la pointe de la langue l'écume sirupeuse. Cette saveur, elle était incrustée, comme tatouée, dans son hypothalamus. Elle s'essuya la bouche avec la serviette brodée, puis se pencha doucement pour esquisser un baiser sur la joue de son amphitryon.

— Niac et Manioc, dit-elle simplement.

Le détective en laissa sa fourchette plantée dans une banane mûre qu'ils s'apprêtait à porter à sa bouche.

— Tu les connais ?

— Han, inarticula-t-elle.

— Ils sont sains et saufs. Au Mexique. Avec l'aide de Dieu, ils seront bientôt là. — Il regarda Nina et le Lynx. — Ce sont des cousins d'Iris Arcane et d'Océanie. Saul remue ciel et terre pour les faire venir ici.

— Le mari d'Iris Arcane est un trésor, fit Nina.

Yocandra souriait timidement en savourant une cuillerée de riz. Le Lynx avala sa dernière bouchée et alla changer le disque, le *Poème de l'amour et de la mer*, d'Ernest Chausson. Un médecin avait recommandé de faire écouter à Yocandra des œuvres musicales qui lui rappelleraient la mer ; au lieu d'enfouir le drame, elle devait au contraire l'assimiler, sa guérison serait plus rapide, moins hasardeuse.

Nina débarrassa la vaisselle et les couverts ; tandis qu'elle brossait les miettes de la nappe, Yocandra lui prit la main et la porta à sa joue. La main de Nina était chaude, et la sienne glacée.

— Le Lynx, crois-moi, elle est glacée. Ou pire encore, fit Nina entre ses dents, tout en supportant cette joue tiédie comme un glaçon détaché par une avalanche.

En effet, si tous se plaignaient de la chaleur intense, c'est un froid sibérien que ressentait Yocandra, un froid qui lui découpait la tête en fines lamelles. Elle lâcha la main de Nina et sortit sur la terrasse, juchée sur la balustrade elle fit

234

d'étranges allers-retours sur la pointe des pieds, comme en équilibre sur une corde invisible. Le détective comprit que l'espace serait insuffisant pour suivre la voie qu'elle avait empruntée dans les brumes de sa conscience égarée. Retenant leur souffle, les deux amis réussirent à la tirer de là, tandis que Nina, tournée contre le mur, avait détourné les yeux. Le Lynx accepta la proposition du détective d'emmener Yocandra sur la plage, pour qu'elle soit plus au large pour respirer et se sentir en harmonie avec la ligne de l'horizon.

Le ruban d'asphalte qui séparait la maison et la couche de sable lui parut interminable, comme si elle avait affronté une tempête en plein désert et que ses pieds s'enfonçaient dans du bitume en fusion ou un bourbier sans fond. Tendron perçut son effort et se mit à la tirer doucement par la pointe de ses doigts transis. Nina disait vrai, la température de Yocandra avoisinait celle de la glace.

Au bord de la plage, elle vit une vague gigantesque menacer de les entraîner et de les engloutir dans un tourbillon d'écume, mais Tendron aussitôt édifia par la puissance de sa seule imagination une fine barrière en mercure solide, contre laquelle la crête de la vague se brisa violemment. Ils avancèrent alors en contournant ce mur transparent ; l'océan s'était avancé jusqu'au bord, il était pourtant excitant de se sentir vibrer à un pouce du danger ; si la vitre se craquelait, l'eau inonderait Miami Beach. Au loin elle aperçut la locomotive rouillée et le lui fit remarquer. Un mirage, de toute évidence, c'était insoluble, elle était la proie de tous ces mirages, pensa-t-il. C'était le train, cette locomotive qu'elle conduisait dans une de ses récentes rêveries.

Soudain Yocandra se mit à courir, telle une panthère affamée ; mais elle chassait l'ombre projetée par la masse de l'engin. Le détective courut derrière elle. La locomotive avait heurté une pierre, et les wagons s'enfonçaient dans l'eau, telle la queue interminable d'un crocodile. Assise sur une de ces vieilles banquettes, elle semblait croire, pleine d'espoir, que le train allait s'ébranler à nouveau. Confortablement installé sur le siège à côté, Tendron tira un mouchoir blanc et essuya la couche de neige qui recouvrait la tempe de Yocandra. Les lèvres fines balbutièrent une question : où s'était-elle échouée ? Miami, murmura-t-il à son oreille, tu es à Miami. Était-ce un train pour de bon ? Si elle le disait, si elle affirmait que c'était vraiment un train, alors il devait le croire aussi. Elle s'essuya les yeux du dos de ses deux mains, frottant ses poignets contre ses pommettes ; elle s'était tue si longtemps, elle était si lasse. Il devina sa solitude, parla à son tour de la sienne, de ce sentiment de vide qu'il éprouvait quand il vivait là-bas en Europe, où qu'il se trouvât ; moins à Miami pourtant, où tant de gens l'aimaient et le comprenaient, sans chercher à se moquer ni à l'abuser. Il pencha la tête et déposa un baiser sur le givre de ses lèvres. Doux, caressant de sa langue sans irriter sa peau, sans morsures animales. Tendre. Depuis combien de temps quelqu'un n'avait-il pas eu un geste, une attention pour elle ? Depuis le Nihiliste. Cet homme, là, à ses côtés n'était-il pas justement l'une de ses multiples incarnations ? Il pétrit ses seins, les parcourut délicatement des lèvres, puis il s'arrêta. Non, ils ne feraient pas l'amour dans le train ; il préférait la plage, ou un matelas bien moelleux. Ils se sentaient trop fatigués pour supporter, même en rêve, d'être maltraités. Fini l'inconfort et l'improvisation. Il fallait penser à leur bien-être, atteindre à l'harmonie pour jouir des câlins et des galipettes dans une chambre bien propre et décente.

Mais ils n'y regardèrent pas à deux fois avant de poser le drap sur le sable. Quelle bonne idée, s'écria-t-elle tout excitée, et comme illuminée de l'intérieur. Elle se sentait comme une poupée de porcelaine, près de se briser, de perdre la tête, et se retrouver prise à la gorge. Ne plaisante pas, tu es injuste, répondit Tendron. Bien que tout cela arrive insensiblement, elle éprouva soudain l'envie réconfortante de fredonner le boléro *C'est toi qui m'as habituée, à toutes ces choses*... Puis effarouchée soudain par la caresse de la main soignée du détective, elle se retint. Tu ne cesseras jamais de me railler, se moqua-t-elle en le prenant manifestement pour le Nihiliste, l'homme de sa vie. Pour moi, l'amour partagé n'est qu'un orgasme de celluloïd, on ne voit ça que sur un écran, et je ne suis pas du genre à poser mes fesses dans une loge d'artiste. Entre deux feintes, je soufflerai sur ta queue un pétale de rose, tandis que tu roules vers l'éphémère. Tu n'aurais pas un mot moins vulgaire pour désigner mon pénis ? Que penses-tu de braquemart ? Trop savant. *Juche-toi sur la croupe de l'animal saignant, qui te flaire et mange ton odeur sacrée*, entendirent-ils quelqu'un chanter au loin. J'aime tes hanches de jument. C'est bizarre, dit-elle, hier encore je me croyais exceptionnelle, et aujourd'hui j'apprends que je suis belle. Je sais bien que ta conception de la beauté est à l'opposé de la mienne. Mais c'est pour cette erreur que nos rêves se sont taris. Si jamais nous nous quittions en pleine splendeur, pourrais-je le supporter ? Me voilà revenue à mes idées fixes, celles qui nous coupent les ailes en plein vol. Je ne peux promettre d'embrasser tes seins trop vite, trop d'élans nous feraient retomber. Oui, je t'en prie, garde-toi jusqu'au bout du voyage. Notre amour ne doit durer qu'un jour. Et tout ce feu en nous ! J'avais oublié ce qu'était la passion. J'aime notre liberté de sourire ensemble. S'éprendre et se déprendre est un luxe, du temps que nous n'avons pas. Séparons-nous pour mieux nous retrouver. Loin de me complaire dans le chagrin, je ne me prive pas non plus. Pour la première fois j'aspire à être belle et pure, ne rêvons plus. Un jour, un jour seulement... ne t'inquiète pas.

L'océan avait retrouvé sa ligne d'horizon, et Yocandra s'enhardit à se tremper jusqu'aux genoux.

— Regarde, je n'ai plus peur de la mer ! cria-t-elle en relevant, pour éviter les éclaboussures, sa jupe mouchetée de fleurs sombres.

Elle courut vers l'homme, ou bien n'était-ce qu'un fantôme, un visiteur, et enfouit son visage contre sa poitrine. Puis elle leva le menton et, presque joyeuse :

— La nuit dernière j'ai rêvé qu'un homme était pourchassé par des hauts-de-forme, tu sais ? ces chapeaux d'autrefois. N'est-ce pas étrange ? Qu'est-ce que ça peut vouloir dire ? — Elle agrippa sa main avant de poursuivre : — Allons, viens, je veux marcher dans la ville. J'ai envie de connaître enfin « un monde où bonjour veut vraiment dire bonjour ».

La chambre d'hôtel sentait le propre, l'espace était bien agencé, et le couvre-lit, comme les oreillers, bordé d'un feston de dentelle blanche. Les peintures abstraites témoignaient d'un goût sûr, et non d'un désir quelconque d'en mettre plein la vue avec un tableau charmant, mais abscons. La tapisserie d'un jaune intense rappelait Venise. Tendron Mesurat et Yocandra échangèrent de longs baisers, de douces caresses. Les mains de l'homme parcouraient la chair de la femme avec une extrême lenteur, et elle, du bout des doigts, redessinait les muscles des omoplates viriles. Ils firent l'amour sans hâte, des baisers échangés comme autant de baumes, des roucoulements d'amoureux propres à apaiser leurs âmes inquiètes. Emboîtés l'un dans l'autre ils exhalaient des senteurs telluriques, ensorcelantes, comme de nouveaux amants avant les adieux.

Au bout d'un moment, pourtant, elle se redressa, à genoux sur le matelas, se regarda dans la glace qui lui faisait face et ne distingua rien d'autre qu'elle-même. Seule dans la chambre, le nombril ouvert comme une orchidée. Elle était là où l'avaient conduite le Lynx et la Vermine ; Nina les accompagnait ; c'était tout ce qu'elle se rappelait après le succulent riz au poulet. Le Lynx lui avait conseillé de dormir le plus longtemps possible, de se reposer autant qu'elle le désirait, afin de recharger ses batteries. Dans la glace, il n'y avait pas d'autre visage que le sien, elle s'était raconté toute cette histoire, cet amour... tendre et mesuré jusqu'à la fin. Oui, c'était elle et personne d'autre. Alors pourquoi s'était-elle inventé cet amant imaginaire, patiemment espéré ? Quand il viendrait, serait-elle vieille et lasse ? se demandait-elle le regard noyé.

Elle pressa le bouton près du signal clignotant. La Vermine avait laissé deux messages sur son répondeur. Le Lynx lui demandait de le rappeler dès son réveil, si elle avait envie de parler. Nina restait à sa disposition, elle n'aurait qu'à demander. Niac et Manioc enfin se trouvaient au Mexique, sains et saufs. Le mari d'une cousine allait leur envoyer un ami pour régler leur transfert imminent aux Zussa. Mais ils s'inquiétaient aussi de savoir ce qu'elle était devenue. Pourquoi avait-elle perdu l'esprit ? Était-il vrai que Facho Furio avait abusé d'elle ?

Dans sa rage, Facho Furio ne s'était pas contenté de lui porter un coup violent à la gorge en la jetant à l'eau, il avait précipité aussi des familles entières dans la gueule des requins. Et c'était avec les enfants qu'il avait inauguré ce sinistre banquet en les lançant, pieds et poings liés, comme des pierres vers le fond, tout en vociférant qu'il obéissait aux ordres du Grand Fatidique, www.homobarbaro.com, le Ténébreux Pouvoir de la Secte. Jamais elle n'oublierait ce désespoir sur le visage des parents qui plongeaient pour tenter de sauver les chers innocents. Et puis ce fut au tour des autres de tomber en masse sous les coups de matraque de Facho Furio et de ses hommes. Peu après avoir été témoin du massacre, alors qu'elle battait des jambes avec l'énergie du désespoir, elle avait vu Facho Furio prendre la fuite sur un catamaran à moteur en direction des côtes de Miami. Il s'en était fallu de peu qu'elle se noyât mais, sur le point de s'enfoncer, elle avait pu s'agripper à un bois flottant. C'était un miracle si elle était encore en vie !

Elle avait encore du mal à ouvrir et à refermer ses mains, figées par le froid, et ses os craquaient, les articulations enflammées par l'arthrose. Les yeux enfoncés et vides, comme son esprit, elle ouvrait la fenêtre en grand pour contempler la nuit, quand un violent coup de mer lui fouetta le visage. Ses joues brûlèrent, et son corps dilaté se contracta dans un spasme violent. Cependant, son cœur battait à tout rompre, paralysé dans sa croûte cristalline, fragmenté en grossières aiguilles de glace. Elle tomba à plat ventre en couvrant de bave le parquet verni.

« Quand la guerre du feu s'étend sur la face de la terre, les hommes de Cro-Magnon... »

TREIZIÈME TOUR DE BATTE

Jongleries diurnes

C'est son amour pour Classica Bataille Rubiconde qui, dans le cœur chaviré de l'ange amazonien, avait fini par l'emporter. Ce matin-là, l'aile basse, Cyril était allé à la pagode de verre et de métal, triste de s'être épris d'une femme qui devait trahir la personne dont on lui avait confié la garde. Plongé dans une mélancolie coupable, il se sentait complice du seul fait d'aimer quelqu'un qui ne le méritait pas. Travesti en blanche colombe, il se blottit dans la chevelure somptueuse d'Iris Arcane, lui témoignant sa tendre dévotion par de délicats picotements sur le crâne. À l'extérieur, les pèlerins, encore en file à cette heure du jour, priaient ensemble, mains jointes et tendues vers la « Santísima », avec force crucifix, chapelets de nacre, de perles, de haricots ou de graines.

Cyril murmura un pardon honteux à l'oreille de la jeune femme. Iris Arcane frémit ; elle reposait sur un lit recouvert de pétales de rose, sa peau étincelait avec l'éclat du marbre blanc, elle entrouvrait ses yeux verts voilés de larmes brillantes, sa bouche rouge comme une cerise et légèrement mouillée, grâce au système d'humidification récemment installé. Ses cheveux avaient tellement poussé que Martyre Espérance, Ma' Passiflore, Calamity, Océanie — fraîchement rétablie — et son père, qui avait renoncé à l'ordinateur pour s'occuper de sa fille aînée, passaient des journées entières à les tresser dans la chambre contiguë. Ils s'accumulaient chaque jour davantage. Plus on les lui coupait, plus ils gagnaient en épaisseur et en longueur.

Cyril présenta sincèrement des excuses pour n'avoir pas été plus efficace, et s'être laissé distraire, même s'il était resté tout acquis à sa Madone, sa Reine, comme il appelait Iris Arcane. Il lui confia aussi, toujours à voix basse, avec l'espoir qu'elle pût l'entendre, son profond amour pour Classica, et la tendresse qu'elle lui donnait en retour. Iris Arcane battit des paupières, et le sourire qui s'ébauchait sur ses lèvres semblait un rictus, tant sa faiblesse contrariait sa joie instinctive.

— Tu n'as pas à me demander pardon, mon ange. C'est aux parents de Classica de lui pardonner, car pour ma part c'est déjà fait. Qui n'a pas été frivole au moins une fois dans sa vie ? dit-elle en poussant des soupirs.

L'ange reprit sa figure originelle, rafraîchit la

jeune femme en battant des ailes, puis vint déposer un baiser angélique sur ses lèvres. Intrigué, il eut l'impression que la température avait baissé sur la peau d'Iris Arcane. Alors il s'envola dans l'euphorie pour rejoindre Saul Dressler et l'aviser de ce détail, avant de transmettre à Classica le pardon d'Iris Arcane.

Dans son bureau, Saul Dressler conversait avec Classica et Fiero Bataille qui, affirmait sa fille, serait vraiment très fier de coopérer avec lui. Fiero Bataille alla droit au but : il pourrait intercepter les jumeaux dans le Détroit de la Mort, s'ils partaient bien de Cancún. S'ils ne traversaient pas le fleuve, moins risqué que la mer, mais parfois mortel, c'est parce que M. Dressler avait déjà grillé tous ses contacts de ce côté-là, et c'était trop complexe d'envisager une nouvelle traversée par voie terrestre ; sans compter qu'ils disposaient de peu de temps pour tracer un autre itinéraire. Océanie, à l'écart, feignait de se perdre dans la contemplation des superbes immeubles des banques, étincelants dans leurs structures argentées.

L'ange attendait qu'ils aient fini d'organiser le sauvetage en mer de Niac et Manioc que mènerait à bien Fiero Bataille. Mais quand Classica alla jeter un coup d'œil sur les enfants qui jouaient à côté avec des décalcomanies et des pots d'aquarelle, il en profita pour lui parler. Elle sentit une caresse mouiller son cou, reconnut les

lèvres de l'amant ; inondée d'un bien-être immé-
diat, elle flottait, bercée sur un tapis de damas,
emportée vers un immense coussin plus moelleux
encore, en coton ou en plumes d'oie. Il y déposa
la jeune fille, extasiée des essences orientales qui
émanaient de lui, et l'embrassa à nouveau, cette
fois sur les lèvres ; la saveur de sa salive l'en-
flamma tout entière. Il lui parlait comme un vrai
monsieur, pensa-t-elle, c'était la première fois
qu'on la traitait ainsi. De ses ailes s'exhalaient des
senteurs de millefeuille tout chaud. Cyril lui rapporta les propos d'Iris Arcane, et lui demanda
d'obtenir au plus vite le pardon de son père et de
raconter à celui-ci les supplices infligés par l'abo-
minable Dégueu.

La jeune fille tortilla de ses doigts noués un
rideau opalin, fronça les sourcils, se mordit la
lèvre inférieure. Une bouffée de chaleur pénétra
soudain dans le salon, les noyant dans une tor-
peur lénifiante. Elle arrêta Cyril : non, ce n'était
pas le bon moment pour aborder ces sujets avec
son père. Elle le ferait après le sauvetage, une fois
que son père aurait ramené à bon port Niac et
Manioc. Cyril se rebiffa, les anges aussi regim-
bent quand on les contredit, et il quitta la pièce
en traversant la fenêtre où, impatient de fendre le
tumulte de la rue, il avait découpé un ovale parfait.

Fiero Bataille saisit la main tremblante de sa
fille. Il lui dit au revoir, comme à son ordinaire,

d'un ton mélodramatique : s'il lui arrivait malheur, elle saurait quoi faire ; avec les économies qu'il avait à la banque et la vente de sa boutique, elle pourrait acheter un appartement pour sa mère à Coral Gables... Classica posa le bout des doigts sur les lèvres de son père, son pouls battait à tout rompre, qu'il ne s'inquiète pas, il ne lui arriverait rien. Il s'excusa, l'informa qu'il ferait un saut à l'asile de vieillards où travaillait sa femme pour lui expliquer ses intentions. Classica le lui déconseilla, à quoi bon effrayer sa mère inutilement. Il se laissa convaincre. Sa fille lui tourna le dos et se mit à ranger la pièce où les enfants avaient joué, avant de les ramener à la maison.

Devant l'ascenseur, Fiero Bataille eut un pressentiment, rien d'étonnant à cela : les signes prémonitoires, qu'ils soient bons, mauvais ou neutres, lui étaient familiers. Océanie se mit derrière lui, posa sa main sur son épaule d'un geste affectueux, il se retourna et elle se pendit à son cou pour lui murmurer à l'oreille un secret que nul ne devait savoir : Aimé Transit et elle seraient aussi du voyage. D'abord il refusa, mais elle fixa ses yeux pleins de larmes sur les siens, alors il se résigna.

Dans un de ces centres commerciaux, véritables dédales de la consommation, et plus connus sous le nom de *Mall*, Fausse Univers allait de

stand en stand, ravie d'acquérir les produits que
tant de pubs vantaient à la télé : depuis une solution pour bains de bouche jusqu'à un discret mais
piquant déodorant vaginal, des sparadraps impré-
gnés de mercurochrome pour soulager le supplice
des cors, de la teinture de Boréal, *parce qu'elle le*
valait bien — c'était pourtant une adepte des
shampoings Mirta De Perales —, des biscuits aux
fibres pour le transit intestinal, des étoles de
cachemire, un manteau de renard pour épater les
collègues européennes, des bas de soie aux couleurs inimaginables, bien qu'elle n'aimât que le
noir, qu'elle se décida à assortir aux tons de la
laine ou du lin, selon la saison — car même par
les étés les plus opiniâtres elle portait des collants
—, des peignes en écaille de tortue pour aller avec
sa robe flamenca, magnifique à damner, qu'elle
avait elle-même dessinée et cousue, des capes de
mousquetaire et de matador, pour se déguiser à
l'occasion en d'Artagnan ou en torera. Jeter l'argent par les fenêtres était le hobby préféré de
Fausse Univers ; c'était une radine notoire, mais
elle dépensait sans compter pour en mettre plein
la vue. Briller, couper le souffle, aveugler par ses
paillettes, rien à voir pourtant avec le goût et
l'élégance. Fausse Univers n'en faisait qu'à sa
tête dans les boutiques de mode, achetant à tort
et à travers, mais dès qu'une employée avait le
dos tourné, elle chipait tout ce qu'elle pouvait ;
c'était une chouraveuse-née, une cleptomane

patentée, là où elle glissait les doigts elle ramenait une poignée de tout et n'importe quoi, des pierres précieuses aussi bien qu'un tas d'aiguilles ou des merdes pas possibles. L'essentiel étant de chaparder ou de nuire.

Comme elle trébuchait sous le poids des paquets, elle décida d'aller les déposer dans le coffre de l'auto ; ce qu'elle fit, s'assurant qu'elle l'avait bien refermé, par crainte d'être à son tour la victime de voleurs plus experts. Elle s'apprêtait à revenir au centre commercial quand elle aperçut Gousse Puante en compagnie de trois sorcières pathétiques et repenties, originaires de Salem. Elle reconnut non sans mal sa subordonnée, qu'elle identifia grâce à la cicatrice d'un coup de ciseaux porté entre les sourcils à leur dernière dispute, alors qu'elle visait un œil ; de l'entaille avait même surgi la bosse d'une licorne. Mais Gousse Puante se voulait désormais une fille branchée : nouvelle frange, ventre plat, une belle peau mate, une sveltesse juchée sur de très hauts talons Manolo Blahnik ; enveloppée de cellophane, elle portait le fameux décolleté Versace aux lanières vertes avec lequel Jennifer López avait fait couler beaucoup d'encre. « Eh ben, merde alors, pensa Fufu, cette courge vorace et jalouse m'a gagnée de vitesse, ça ne fait même pas quarante-huit heures que je l'ai vue et, question physique, c'était plutôt une boule de suif, mais pas à la Maupassant. » Elle courut derrière elle et, au grand étonnement des syndicalistes de Salem, tira par le bras cette grosse dondon qui avait réussi cet exploit de fondre en moins de deux jours.

— C'est toi, Gousse ? Pas possible, mais tu n'étais qu'un gros boudin répugnant il y a encore quelques heures, non ? lança Fufu, sincèrement indignée.

— Ben oui, Gousse Puante en chair et en os, ma petite. Tu n'as probablement pas ouvert ton courrier ce matin, mais je t'ai envoyé noir sur blanc ma démission. Ça me faisait mal aux seins de trimer pour toi, mégère de mes deux. Maintenant je vais être plus salope que toi, et mille fois plus forte en coups tordus. Je me suis mise à mon compte. Et qui m'a connue ne pourra pas me reconnaître. En moins de vingt-quatre heures, j'ai suivi un régime stakhanoviste, et voilà, admire le résultat et crève d'envie ! Et tout ça n'est qu'un début, j'ai de bonnes bases en saloperie.

L'idée qu'on puisse marcher sur ses plates-bandes était littéralement insupportable à Fufu, surtout cette rognure de Gousse Puante qui se prétendait désormais sa rivale. Mais celle-ci n'aurait pas le temps de mettre sur pied ses projets : l'ex-dondon n'allait pas survivre plus de trois jours après cette rencontre ; c'est comme ça avec les régimes stakhanovistes, ils vous aspirent la matière grise du cerveau pour déverser des tombereaux d'excréments, puis ils poussent à fond l'absorption et sucent encore le peu qui reste, pour ne plus vous laisser que la peau sur les os, jusqu'à vous rendre entièrement invisibles. Ni poussière, ni fumée, nulle trace de votre existence. Zéro.

— Je te souhaite gloire et santé ! Je te prédis les deux. — Fausse Univers signait ainsi l'acte de décès de Gousse Puante, il lui avait suffi de souffler cet oracle de ses lèvres obscurantistes, il ne restait plus qu'à attendre le résultat inverse, et c'est ce qui arriva. — Je te le jure, vraiment, tu es très jolie, dit Fufu en guise d'adieu, pour tourner le dos et marmonner entre ses dents : T'es moche comme un pou et tu pues le vieux camembert, un vrai scarabée au nez crochu !

Dévorée par la curiosité, elle cria pourtant en direction de Gousse Puante, que l'escalier mécanique emportait déjà vers d'autres boutiques :

— On peut savoir ce qui t'a fait changer d'attitude ?

— Je me suis fait greffer un petit zizi, chérie, un bon gros clitoris, et il ne doit pas chômer, sinon il s'atrophie ! Je n'allais pas attendre que tu te fatigues de roucouler avec Facho Furio, qu'est-ce que tu crois, trésor ! Je ne suis pas conne à ce point ! Voilà pourquoi...

Mais l'escalier automatique lui coupa la tête, pour l'effacer bientôt du champ de vision de Fausse Univers. Et c'est en aspirant de l'ecstasy au creux d'une moule un peu trop verte que

Gousse Puante devait expirer quelques jours après.

Fufu repêcha son portable dans les profondeurs de son sac en cuir noir, puis elle appela Pisse Vinaigre dans l'espoir qu'il la consolerait : un peu de pommade ne lui ferait pas de mal ! Il lui dirait de ne pas prendre trop à cœur toute cette histoire, qu'il s'agissait seulement d'un mauvais tour que lui jouait cette conasse. Hélas, c'est bien à elle que s'adressait le message qu'il avait laissé à son intention sur son répondeur :

— Ignoble Fausse Univers, ce fut un dégoût inoubliable de travailler avec toi. Je fous le camp d'ici pour rejoindre une confrérie en Italie dans un village reculé et inaccessible, je précise toutefois que les soutanes sont signées Armani. Eh oui, je me suis converti : bouddhiste, communautaire et européen, bref les derniers canons de la mode ! En définitive, la religion est la même partout, et je possède une solide expérience en la matière. Je tiens à ce que tu saches que je n'éprouve aucun remords à te laisser à la rue. Oui, trésor, intelligente comme tu l'es, réfléchis un peu : qui désormais attisera ta haine et ta jalousie pour en finir avec le monde entier ? Qui se risquera à voler dans les laboratoires les poisons qui ne laissent pas de trace ? Qui va combler ton avarice insatiable ? À qui confieras-tu ces dépressions qui découlent de tes frustrations sexuelles ? Avec qui partager désormais tes longues heures de soli-

tude ? Je suis fatigué d'être la serviette hygié-
nique qui éponge tes hémorragies utérines. Salut,
ambassadrice de l'enfer. Est-ce trop demander de
me rayer de ton carnet d'adresses le plus rapidement possible ? Tchao, bella. *Bella ciao, bella
ciao, bella ciao, ciao, ciao*, chantonnait-il en écla-
tant d'un rire luciférien.

Tous, ils la trahissaient tous, pleurnicha Fufu,
qui décida alors d'aller se réconforter à La
Paquetera avec un bon ragoût de porc au maïs,
arrosé de cette bière Hatuey, qui portait le nom
d'un Indien brûlé. Rien qu'à l'idée elle reprit
courage, mais elle se souvint que Facho Furio lui
avait interdit cet antre mafieux.

— Mafieux en quoi, Facho ? On y voit des
femmes qui ont de la classe, aux cheveux cha-
toyants et laqués, au bras de généraux et de docteurs à *guayaberas* et chaussures bicolores. On y
voit aussi ces avocates et juristes des jeunes géné-
rations, des journalistes d'*El Nuevo Mundito*, des
camionneurs réunis pour défendre leurs droits,
des veuves et d'anciens prisonniers politiques,
des religieux, des homosexuels persécutés, sans
oublier le gratin littéraire et chochotte de Caillot
Cruz, qui assouvissent à Miami la faim dont ils
ont souffert là-bas en se bâfrant de cochons de
lait grillés en même temps qu'ils déclament des
fragments de *La lune et les feux* de Pavese !

Mais Facho Furio, au bord de la crise épileptique, ne voulait pas en démordre : il s'agissait bien d'un complot mafieux.

— Et toi, bordel, qu'est-ce que tu es, hein ? lui avait-elle décoché en travers de la gueule.

Il lui avait flanqué sa première gifle, hors-d'œuvre du sort qu'il lui réservait au finale : celui de lui tordre le cou. Mais la torgnole avait été si forte qu'après plusieurs flacons de laxatif elle avait expulsé dans un spasme sanguinolent les molaires qui étaient restées plantées dans son intestin.

Après mûre réflexion, Fufu décida de se contenter d'un sandwich au pâté en buvant du jus de canne dans un bar. Tandis qu'elle mâchait, elle se sentit observée, elle regarda à la ronde et aperçut enfin Abomino Dégueu qui se dirigeait vers elle en montant l'une de ces patinettes argentées à la mode, sur l'asphalte étincelant de soleil où crépitaient les roues usées. Il était escorté de Trique la Terreur et de Baroud en Croûte également à bord de leur trottinette.

— Qu'est-ce qui vous amène par ici ? Ne me dites pas que vous me laissez en plan et que vous me jetez comme une malpropre ! — lança Fufu les mains sur les hanches, bien campée sur ses jambes, les vastes manches de soie noire et l'ample jupe flamboyant dans l'incandescence du jour.

— Trique la Terreur vient de poser un pétard à La Paquetera, histoire de leur foutre la trouille, et comme une célèbre chanteuse d'en face s'y trouvait à déjeuner, on pourra rejeter la faute sur ceux d'ici, répondit Abomino Dégueu dans un rire macabre.

Ses comparses poussèrent aussi un rire de hyène qui découvrit des dents pointues et leur gueule de travers.

— Moi ça ne me fait pas rigoler, j'ai failli y casser une graine. Et ma pipe avec !

Les trois hommes haussèrent les épaules : ils s'en foutaient bien qu'elle explose comme un préservatif parfumé au citron.

— Je viens d'avoir Facho Furio. Le Grand Fatidique est dans un état grave. Il souffre de cette maladie que, par superstition, je préfère ne pas nommer.

— Cancer —, lâcha Baroud en Croûte, mais Abomino Dégueu lui flanqua un vilain coup sur le crâne.

— La prostate, la gorge, les poumons... tout fout le camp ! Il va clamser d'un instant à l'autre. Demain soir on éliminera Iris Arcane, avant que le pire n'arrive. Ce sacrifice peut prolonger la vie de Roupette la Chatouilleuse. C'est le seul moyen de sauver la Secte d'une dissolution brutale, décréta Abomino Dégueu.

— Eh bien, moi, j'attendrai que Facho Furio me dise ce que je dois faire ! protesta Fufu.

— Dis donc, pouffiasse, toi qui sens le pipi de moule, tu vas marcher droit, O.K. ? Facho est plus furieux après toi que contre le con de sa mère. Il sait que tes collaborateurs t'ont lâchée. Alors tu t'occupes en personne de l'ermitage d'Iris Arcane, ou bien Roupette la Ténébreuse te démolit ta gueule enfarinée ! Moi et mes acolytes — désignant les minables à ses côtés —, on se charge de l'ange et de sa pute de Classica, et je ne parle même pas de l'enlèvement de Saul Dressler et de ses petits monstres. Toi, tu n'as qu'à t'introduire dans l'enceinte pour poignarder ou mitrailler Iris Arcane, comme tu veux, après quoi tu feras sauter le temple.

— Et les innocents qui se trouvent sur les lieux ? risqua Fufu.

— Et depuis quand tu te préoccupes des innocents ? La sainte de mes deux, c'en est pas une peut-être ? Ne me dis pas qu'un miracle t'a donné la foi du jour au lendemain !

Abomino Dégueu sentit soudain sa nuque le piquer, comme percée d'une multitude d'yeux insolents, et des poignées de cendres et des escarbilles de charbon ardent tombèrent soudain d'un ciel radieux. L'Italien se frotta les pupilles à la salive ; il n'en croyait pas ses yeux : une vingtaine de moines, le père Fontiglioni à leur tête, s'approchaient de lui et leurs soutanes ondulant au ralenti faisaient sensation parmi les passants. Qui étaient-ils et que venaient-ils faire ici ? Était-ce déjà le début du carnaval ?

Abomino Dégueu revint à ses moutons et pro-

256

posa à Fausse Univers un rendez-vous un peu plus tard. D'ici là elle devait se cacher, se perdre dans la foule du centre commercial. Fausse Univers ne se le fit pas répéter deux fois, elle prit ses jambes à son cou et fila au Mall. Cette fois, Abomino Dégueu ne put éviter les frères alchimistes et bouddhistes, et se retrouva nez à nez avec ce gnome de Fontiglioni, tandis que Trique la Terreur et Baroud en Croûte s'enfuyaient à bord d'une jeep stationnée tout près.

— Si je m'attendais à vous voir ici ! s'écria le photographe, affectant la joie des retrouvailles.

— Eh bien, moi, je savais très bien qu'on se retrouverait un jour. Et j'aurais été en Enfer pour recouvrer ta dette. Je sais que tu vis à Caillot Cruz, mais en venant à Miami tu m'as facilité les choses, alors nous voilà.

Le photographe blêmit, la dette était colossale et remontait bien avant sa rencontre avec Iris Arcane. Au temps où il s'était retiré chez les alchimistes et bouddhistes sous le prétexte de se convertir, alors qu'il préparait un reportage sur leur confrérie et la pierre philosophale. Après plusieurs mois passés sous l'habit monastique, entretenu et traité comme l'un des leurs, il avait réalisé que les moines se vouaient exclusivement à l'étude, à la lecture, à la peinture, à la sculpture, aux métaux et à leurs alliages, bref rien de scabreux ni de très affriolant pour des lecteurs friands de sensationnel. Il avait eu l'idée de mitrailler tout ce qui bouge, de surprendre par exemple les bouddhistes et les alchimistes dans leur intimité, pour truquer ensuite les photos et transformer l'hilarité en ébriété, la nudité en lubricité, une simple toilette en orgie. Il avait quitté l'abbaye avec tout un paquet de photos, mais comme il se doutait bien qu'aucun torchon ne paierait assez cette débauche truquée, il en profita pour voler les économies des moines, laissant ces derniers dans une misère noire.

— Je ne sais pas de quoi vous parlez, don Fontiglioni, bredouilla le photographe. Si vous parlez de l'argent que je vous ai emprunté, sachez que cette putain pouilleuse que j'ai emmenée de Caillot Cruz jusqu'à Milan m'a tapé mon pognon. Tout ce que j'avais, je l'ai laissé entre les mains de cette dépravée...

— Espèce de salaud, je sais parfaitement ce que tu as fait à Iris Arcane, tu l'as exploitée puis calomniée. Et tu me rendras cet argent plus tôt que tu ne le crois. Je n'ignore rien de ce que vous tramez ici, toi et tes espions, semant la discorde et le chaos. Mais tu vas le payer cher, très cher.

Un nuage découvrit le soleil, dont les rayons éblouirent l'escroc. Il ferma les yeux, battit des paupières, et quand il les rouvrit, il était seul. Comme s'il avait vécu un cauchemar éveillé. Il regarda autour de lui, personne dans les parages ; Prozac, Xanax, tous ces antidépresseurs l'avaient-ils plongé dans un coup de folie ? Nulle âme qui vive alentour, alors que sa peau se couvrait d'ampoules sous l'effet de la canicule. Il replia sa patinette, se dirigea vers sa voiture, qu'il ouvrit avec la télécommande, et entra se vautrer dans la clim. Puis, après un bon coup de starter, il écrasa la pédale de l'accélérateur en faisant grincer les pneus.

La cafétéria était bondée de consommateurs impatients, de ces dames snobs qui exhibaient de lourds paquets aux marques connues, pour en mettre plein la vue. L'argent coule à flots à Miami, messieurs dames ! Voyez un peu comme les gens achètent ! À commencer par moi, se dit Fausse Univers, qui savourait un milk-shake à la goyave ; elle se rappelait que sa première sortie à Miami après son exil avait été pour un Mall, les *moles* comme disaient ses cousines. Quand ses neveux travaillaient bien à l'école, leur mère les récompensait par la tournée des *moles*, c'était aussi invariablement la sortie du dimanche.

À travers la fenêtre brasillait l'été maudit dans toute son incandescence. Que n'aurait-elle pas donné pour une bruine rafraîchissante ! Mais n'était-ce pas pour ça qu'elle devait exterminer Iris Arcane et ses proches ? Pour que Miami et ses habitants ne finissent pas en un brasier ardent. Malgré la promesse de Facho Furio de lui faire un retour triomphal dans l'île, de lui rendre publiquement hommage, et de remettre une décoration au plus inculte et au plus indolent qui lui reviendrait donc de plein droit, elle ne permettrait pas cela, elle se refusait à une telle barbarie. Châtier la famille d'Iris Arcane, pourquoi pas ? et même liquider la plus belle fille au monde — non, la plus belle, c'était elle ! —, mais réduire Miami en cendres, ça jamais ! Elle ne le laisserait pas faire. La fureur extrémiste de son amant révulsait littéralement Fausse Univers.

La serveuse du bar se dressa sur la pointe des pieds pour allumer la télé qui trônait sur une étagère. L'image de Selena, la chanteuse texane, dansait sur l'écran ; on commémorait l'anniversaire de sa mort. Encore une qui ne se prenait pas pour une queue de cerise, soupira Fausse Univers, avec une moue envieuse et dédaigneuse. Après la séquence sur Selena, le présentateur de la météo annonça qu'il neigeait en Europe, qu'il neigeait à New York, qu'en Amérique du Sud la brise caressait les visages des estivants, et que la mer recouvrait les rivages d'une houle où batifolaient les corps grassouillets des baigneurs pour se rafraîchir. Qu'en Galice enfin il tombait cette pluie fine...

— L'*orballo*...

Avant de tirer à lui la chaise d'à côté, l'homme demanda sa permission d'un geste courtois. Elle acquiesça en baissant la garde. Toute de noir vêtue, elle ressemblait à un personnage sorti droit de *Bernarda Alba*, femme fatale aux cernes verdâtres rehaussés de khôl, la gueule d'un vampire sicilien, ou cette aura teigneuse qui faisait saillir chez elle une certaine perversité. Il ne put réprimer une légère appréhension quand Fausse Univers planta sur lui les cercles jaunes de ses verres de contact.

— Je disais que cette bruine en Galice dont vous rêvez s'appelle l'*orballo*.

— Ce mot est ridicule et très laid, répondit-elle de but en blanc.

— Pour moi, c'est un des plus poétiques, *orba-llo*, c'est merveilleux ! C'est la bruine de la mélancolie, de la *saudade*, on dirait aussi le nom d'un animal gothique, d'un mystère celte. C'est un mot galicien.

— Et après ? fit-elle d'un ton revêche, tout en appréciant en son for intérieur la séduction du bel inconnu. À qui ai-je l'honneur ?

— Tendron Mesurat, pour vous servir.

Elle tendit une main aux veines violacées. Il pressa ces osselets en dissimulant sa nausée ; elle exhalait les relents d'une infusion prégnante de vieux sperme et de thé. Selena ondulait à nouveau sur le petit écran. Les yeux fermés, elle entonnait *Como una flor*, un de ses tubes. Le public applaudit ; on passa des images de son dernier concert à Houston, elle portait cette robe cintrée et décolletée qui faisait ressortir sa ligne sculpturale, les reins cambrés, le dos lisse, les mouvements sensuels de ses seins quand elle dansait pour ses admirateurs.

— Qu'est-ce qu'on a pu l'admirer, celle-là ! Comme on l'aimait ! fit-elle plus faux-cul que jamais, le menton pointé vers la télé.

— Et ils continuent, la preuve, on l'écoute encore.

— Oui, mais ils l'ont tuée. Et savez-vous pourquoi elle est passée sous les balles ? Eh bien ! — elle hésita un instant —... c'était une des meilleures !

— La jalousie est pire que la teigne. Mortelle. Mais regardez : Selena survit dans nos mémoires, alors que sa meurtrière croupit en prison.

— Et alors ? elle est toujours vivante. Et on parlera d'elle aussi. — Au même moment un visage bouffi apparut sur l'écran. — Tiens, regardez-la, elle est célèbre maintenant. Chaque fois qu'on parlera de Selena, on dira d'elle qu'elle a dû ramer pour en arriver là.

— Peine perdue, jamais elle n'arrivera à la cheville de Selena, ironisa le détective.

— Vous commencez à me courir, lâchez-moi la grappe avant que je m'énerve et que je vous casse la gueule.

— Certainement pas, je suis venu vous parler. Un bon conseil : retirez-vous à temps, dans votre propre intérêt, ne tentez rien contre Iris Arcane.

— J'ai l'habitude : quand j'étais au collège, je dénonçais déjà mes camarades, je les humiliais, je les jetais en pâture, je m'arrangeais même pour qu'on les viole aux douches, sinon c'était moi qui perdais tout. Et moi j'ai toujours voulu gagner.

— Et qu'est-ce que vous avez gagné ?

— Comment ça ? Mais je suis à Miami, et si vous saviez tout ce que j'ai commis pour y parvenir ! À Caillot Cruz, j'étais une personne importante, on m'invitait à la télé, mais je voyais beaucoup plus grand. Or, depuis mon exil, c'est la panne sèche. Ici je n'ai pas encore réussi à réaliser mes ambitions, mais j'ai compris que ça ne servait à rien de se morfondre. Il faut que je retourne là-bas et que je dégote un bon gros poussin, quelqu'un de puissant, de friqué, qui m'épouse et parie sur ma célébrité !

Tendron comprit qu'elle était dans un grand délire et, sous cette avalanche de sottises, il fut sur le point d'éclater de rire.

— Mais vous en savez des choses sur Iris Arcane et sur moi ! poursuivit-elle. Ça ne m'étonne pas, avec tous ces cafards qui pullulent ici.

— Je suis un ami de la famille Dressler depuis de nombreuses années.

— À plusieurs reprises, j'ai laissé entendre à Saul qu'il échapperait à l'hécatombe s'il consentait à m'épouser, mais il s'entête à ne pas me trouver à son goût. Vous ne pourriez pas m'aider à lui taper dans l'œil ?

— Une hécatombe ? Mais de quoi parlez-vous ?

— Vous ne savez pas qu'Iris Arcane va finir en cendres ? Sauf un miracle, elle va cuire à petit feu dans sa propre fièvre, et avec elle c'est tout Miami qui brûlera. Les cendres à peine refroidies, le Grand Fatidique et ses acolytes de la Secte débarqueront ici avec tout le fric qu'ils ont volé pour reconstruire et diriger le pays à leur guise.

— Quelle saloperie ! Et vous vous imaginez que ça va se passer comme ça, aussi facilement ?

— Au train où vont les choses, je n'en ai aucun doute. La médiocrité règne partout. Qu'un crétin comme Lui fasse main basse sur le monde, je n'en serais pas surprise. Et puis il faut dire qu'il a un grand pouvoir de persuasion, il a déjà anesthésié la moitié de la planète avec son éternelle rengaine de l'utopie terroriste.

— Mais pourquoi s'en prendre à Iris Arcane ?

— Elle incarne la sincérité. Elle devine, elle pressent ; elle est sensible, belle, intelligente. Tant de talents conjugués peuvent conduire au miracle. Et c'est ce qu'il faut empêcher à tout prix.

— Mais quel miracle ?

— Celui de la mémoire. La joie. L'union, l'amour, l'énergie. La simplicité.

— Pourquoi t'es-tu fourrée dans cette secte ?

Avant tu étais indépendante, tu avais même deux subordonnés...

— Ils ont fichu le camp, ils m'ont plantée là par lâcheté et par avarice. La Secte me protégera et si je l'ai rejointe, c'est que je suis encore plus salope que je ne le pensais. Par cupidité. J'ai besoin d'être célèbre avant de retomber en poussière. J'aspire à la richesse et au pouvoir. Sur ce point je n'ai aucun scrupule. Ce sont toujours les réprouvés, les indésirables, qui prennent la meilleure part, non ?

Jamais Fausse Univers n'avait vomi sa bile et sa haine avec une telle franchise. Cet après-midi-là elle se sentait sur les nerfs, fragilisée sur tous les fronts. Mais pour la première fois, quelqu'un cherchait son regard et fouillait à l'intérieur d'elle-même sans aucun préjugé, et même avec une certaine compassion. Quelle étrange sensation la gagnait tout entière et lui coupait les jambes ? Elle qui ne connaissait pas la pitié, comment la confiance que lui témoignait cet homme, un inconnu qui plus est, pouvait-elle l'attendrir à ce point ? L'aurait-il envoûtée ?

— Assez parlé.

Elle fit le geste de se lever de sa chaise.

— Repentez-vous, intima-t-il.

— Et pourquoi ça ? Je n'ai rien fait, vous ne pouvez rien prouver contre moi.

Il saisit son poignet d'une main ferme. Il croyait à l'existence du mal, il le craignait même, mais jamais il n'hésiterait à l'affronter chaque fois qu'il le faudrait. Cette pression vigoureuse laissa une trace magenta sur sa peau, elle sourit pourtant en montrant ses dents jaunes et pointues. Elle l'avait déjà vu quelque part, marmonna-t-elle, elle en était sûre maintenant qu'elle plongeait son regard acide dans ces yeux profonds et secrets.

— J'ai tout fait dans ma vie, lui confia-t-elle. Mais ce qui m'a procuré le plus de satisfaction c'est le métier de geôlière ; être un bourreau m'a donné un plaisir inouï. Torturer des femmes me fascinait ; je sais parfaitement où il faut piquer pour les rendre stériles. Le spectacle de ces carcasses à l'agonie dans des cachots froids est jouissif, seul un viol perpétré par cinq ou six sauvages pourrait produire un effet pareil. Et je n'ai pas hésité une seconde le jour où j'ai dû tirer dans la nuque d'une détenue. Tu te rends compte, elle avait osé réclamer un piano ! Et comme c'était la seule prisonnière à savoir en jouer, ils en sont tous restés sur le flanc et ils ont obtempéré. Mes collègues étaient d'avis, contrairement à moi, que la musique favorisait la discipline, mais ce fut le contraire qui se produisit ; les unes se mirent à chanter de l'opéra italien, d'autres écrivaient des poèmes sur de minuscules bouts de papier, fabriquant des livres de la taille d'un dé à coudre, et le tout à l'avenant. On recourut d'abord aux représailles et à la torture, en vain ; on coupa des langues, on tailla des doigts, mais elles étaient animées d'une énergie incroyable. Elles avaient oublié leur peur, elles l'avaient assimilée sans le moindre effort ; et elles dissimulaient leur souffrance avec une dignité qui représentait un danger, une humiliation pour nous. Alors j'ai dégainé mon pistolet, et sous les yeux des autres, tandis que le matricule 1 023 interprétait du Chopin, je lui ai fait sauter la cervelle. Jamais je ne me suis sentie mieux qu'à l'instant précis où son crâne s'est ouvert comme un magnolia.

Fausse Univers alla au comptoir, paya sa consommation, puis elle frôla le détective et quitta le bar. Il la suivit du regard jusqu'à ce que son reflet s'efface sur les miroirs criards du couloir. Mais avant de disparaître, elle s'était tournée légèrement de profil.

— *Bye-bye*, *loser*. Je te souhaite de tomber sur un *balsero* de malheur !

Cette malédiction était très prisée dans le milieu. Et l'écho des pas de Fausse Univers se perdit enfin sur le sol ciré et les escaliers mécaniques.

QUATORZIÈME TOUR DE BATTE

Pardon, sainte chérie

Toutes ces heures de discussion avec sa fille avaient eu raison de son organisme, ses jambes variqueuses cessèrent de le porter et il tomba assis sur le bord du trottoir, à l'entrée de sa boutique ; les lèvres serrées, il décida de ne pas ennuyer Milagro Rubiconde avec la mauvaise nouvelle. À cet instant, l'œil vissé à l'écran, elle devait être absorbée par le chapitre 532 du feuillecon-télé, *Pauvre, idiote et moche*. Les aventures tumultueuses d'une jeune fille qui, selon le synopsis, deviendrait millionnaire, avec un quotient intellectuel supérieur à celui de Bill Gates, tout en étant plus mignonne que Penélope Cruz — c'est ce qu'on appelle être gâtée par l'existence.

Sa position sur une seule fesse l'indisposait aussi, ses hémorroïdes le mettaient à la torture après une longue nuit passée dans son petit avion de secours, et cette interminable conversation avec Classica toute la sainte matinée jusqu'à trois heures de l'après-midi. Pour comble de mal-chance, quelques minutes plus tard, il vit Fernán tourner au coin de la rue au volant d'une superbe tire — de celles qui, rien que d'en savoir le prix, lui faisaient frôler l'infarctus. Fernán paradait, escorté par tous les gosses du quartier, des braillards des deux sexes et de tous les âges, les petits vieux euphoriques et fiers de connaître un type qui venait de décrocher la lune d'un coup de batte après un tour de piste à vous mettre la tête dans les étoiles. Dans son fief, Fernán fêtait en grande pompe son triomphe ; Suzano le Véné-zuélien sortit sur la terrasse qui surplombait son salon de coiffure pour crier à Fiero Bataille que ce mec-là venait de signer un contrat d'un demi-million ; une bête de jeu, voilà ce qu'il était, oui, un morceau de premier choix à savourer avec du sel, du poivre, de l'origan et une pointe de lau-rier. Pourquoi Classica était-elle tombée amou-reuse de cet ange, comme elle venait de le lui avouer, et non de Fernán ? Était-ce sa faute à lui si cette imbécile perdait les pédales et renonçait à un tel parti ?

Aujourd'hui même, Classica avait cessé d'être à ses yeux cette jeune fille étrange, presque timide, pour devenir une aventurière à moitié folle. Mais il restait son père, ce qui lui valait une constante indulgence. Classica avait décidé qu'elle atten-drait un peu pour raconter à Fiero Bataille qu'elle avait été humiliée et violée, elle lui dirait seule-

ment qu'elle avait été trompée par un Italien per-
vers puis embarquée dans l'île. Déjà, quand elle
lui avait parlé de Cyril, Fiero Bataille s'était
demandé si on ne le menait pas en bateau, ou s'il
s'agissait d'un poisson d'avril ; les joues crispées,
il avait même jeté un œil sur le calendrier de sa
montre pour s'en assurer. Que signifiait cette
farce qu'on lui jouait ? Il était trop vieux pour ces
pitreries. Mais sa fille, qui en avait gros sur le
cœur, lui avait confié alors la fourberie du photographe qui avait abusé de sa naïveté en lui faisant
miroiter Hollywood. Elle reconnut aussi ses
propres ambitions, sans chercher à nier ses res-
ponsabilités ni sa propre animosité, à quoi bon
s'en cacher ? Fiero Bataille s'était passé la main
en travers du visage et ses ongles l'avaient griffé
au sang du front jusqu'au cou. Cette nuit-là, il
avait assumé comme un chef le sauvetage des
jumeaux Niac et Manioc, et maintenant il lui fallait entendre le calvaire de sa fille. Mais où est-ce
qu'il se cachait cet enculé d'Italien, ce fils de
puttana, pour qu'il aille lui régler son compte
comme il le méritait ? Classica avait essayé de le
calmer, de le raisonner : ce salaud était dans la
panade, tôt ou tard il tomberait aux mains des
fédéraux. Et son père lui avait promis de se tenir
tranquille.

Sa propre fille les avait-elle trahis ? Après tout
ce que sa mère et lui avaient fait pour lui épar-
gner l'horreur de grandir à Caillot Cruz, tous les

sacrifices qu'ils avaient consentis pour lui assurer une vie sans problèmes sous leur protection, à Miami, à Hialeah ! Classica avait esquissé le geste de caresser le visage vieilli et meurtri ; ses larmes brûlaient ses griffures et c'est la mort dans l'âme qu'il avait repoussé la main de sa fille. Il voulut lui demander de le laisser en paix, mais il ne put poursuivre, il s'étrangla, la gorge serrée, toussa et cracha des glaires. Par chance il n'y avait au bar qu'un homme et une femme qui se faisaient les yeux doux et se bécotaient, pendant que le barman préparait une coupe de vin blanc battu à l'eau gazeuse pour Cyril, qui attendait Classica à l'autre table, prêt à intervenir au moindre signal. Mais Fiero avait eu des glaires plus mauves, et sa langue était gonflée comme une balle de tennis ; Classica l'avait frappé dans le dos, l'avait aidé à lever les bras pour libérer son thorax, puis, lui tenant le menton, elle avait approché de ses lèvres un verre d'eau avec de la glace pilée, l'incitant à prendre un antihistaminique contre l'hypersensibilité dont souffrait son père. Le vieux juke-box s'était mis à beugler.

> *Jaloux,*
> *Je suis jaloux du mouchoir*
> *qui a un jour séché tes larmes,*
> *et c'est que je t'aime tant…*

Il s'était lamenté, il n'avait plus qu'à se pendre à une branche de palmier royal. Pourquoi cet arbre plutôt qu'un autre ? Décidément, même pour se donner la mort, les Cubains ne faisaient rien comme les autres. Mais cela n'avait pas amusé Classica ; bien au contraire, elle avait éclaté en sanglots.

— Tu m'as brisé, petite, avait balbutié Fiero Bataille. Apporte-moi un verre de vieux rhum, laisse couler et croise les doigts, pour me porter chance.

La traîtresse dormait sous son propre toit — il secoua la tête, désabusé — et c'est lui qui l'avait engendrée.

— Fais ce que tu veux de ta vie, espèce de traînée. Mets-toi en ménage avec cet incapable.

Là Cyril, qui venait de les rejoindre, l'avait arrêté net : ses intentions envers Classica étaient sérieuses, et il le priait de ne pas l'insulter ni de lui manquer de respect. Fiero Bataille avait caché son visage en reposant le front sur ses poings fermés, le dos secoué de sanglots.

Elle implorait son pardon, et cela faisait plusieurs fois qu'elle avait supplié son père de lui témoigner sa tendresse en retour. Mais lui campait sur ses positions, il ne semblait pas l'entendre, encore moins l'excuser. Sa fille n'était qu'une écervelée ; elle et son ange ne pourraient pas même imaginer la moitié de ce qu'il avait dû subir pendant le sauvetage en mer. Il avait relevé la tête et regardé les yeux rougis de sa fille ; alors, en grognant, il s'était enfin résigné à lâcher que ce n'était sans doute pas un bon jour ; c'était même un jour funeste que celui où il avait reçu ces nouvelles plus noires qu'un couteau d'onyx.

Il n'avait pas été facile d'obtenir l'autorisation des gardes-frontières pour prendre en charge Océanie et son père ; encore heureux qu'ils l'aient obtenue ; s'il s'était trouvé seul au moment de la rencontre avec les jumeaux, personne ne l'aurait sauvé de la chaise électrique. Il était parti piloter son coucou autour de neuf heures du soir, les cousins d'Iris Arcane et d'Océanie devaient se trouver déjà dans leur barque en direction de Miami. Il avait dû ratisser l'océan à la faible lueur d'une lampe de rien du tout ; la lune avait eu le mauvais goût de se cacher, et il n'avait pas pu compter non plus sur la clarté des étoiles comme les nuits précédentes, une chape de velours noir l'empêchait de repérer les embarcations ; de plus, la houle bramait fortissimo, signe d'une météo désastreuse. Ce n'est qu'aux toutes premières lueurs du jour, alors que le ciel s'était dégagé et que la mer s'éclairait faiblement, qu'ils avaient enfin aperçu le canot.

D'en bas, les jumeaux agitaient leurs bras maigres ; à bout de souffle, ils poussaient des cris rauques. Fiero Bataille avait cherché en vain une embarcation pour les recueillir, aucune malheureusement ne serait disponible avant deux heures au moins. Il avait alors décidé de jouer le tout pour le tout et de se maintenir le plus bas possible et le plus près du canot, pour lancer aux jumeaux une solide échelle de corde. Niac avait grimpé lentement, péniblement, car Manioc le tenait serré à la taille, au-dessus du vide, et à deux doigts des gueules des requins. Aimé Transit lui avait tendu la main, Océanie l'avait tiré par la peau du dos, et en posant un genou à l'intérieur, Niac était parvenu à se hisser. Aimé Transit avait pu saisir Manioc qui, à son tour, s'était affaissé comme un sac de pommes de terre à l'intérieur du zingue. Fiero Bataille pouvait enfin se détendre, et il rit de bon cœur. Encore deux qu'il sauvait du communisme ! Quel bonheur ! Pourtant, alors qu'il tournait la tête pour examiner les naufragés de pied en cap et juger de leur état, il lâcha les commandes, et c'est un miracle qu'ils ne se soient pas écrasés sur la crête d'une vague. Car il voyait devant lui deux visages émaciés, semblables à celui qu'il n'avait jamais oublié, ce sbire qui avait donné l'ordre de tirer sur Nora, sa première femme, et son fils Juanito. Un grain de beauté, une mèche blanche de naissance à la racine des cheveux, une verrue de la taille d'un pois chiche sur le front. Deux hommes identiques, ou bien était-il si faible qu'il voyait double ? Mais ce ne pouvait être que lui, l'assassin de son épouse, ou son clone, peut-être même deux, et qu'il allait massacrer à coups de pied dans les couilles.

Aimé Transit flaira ce que le pilote ruminait et devina, au souvenir des sinistres agissements de son beau-frère, que Fiero Bataille en avait été la victime. Les jumeaux ressemblaient tellement à leur père qu'ils ne pouvaient être qu'à l'origine de cette terrible confusion. Minute, mon gars ! et il se lança. Ces deux-là n'étaient autres que les fils du lieutenant-colonel Rufino Alquízar, décédé il y a trois ans d'un cancer des os foudroyant : après avoir pulvérisé tant d'innocents, la canaille avait fini ses jours réduit en poussière ! Quelle sinistre farce ! Mes neveux n'ont rien à voir avec les crimes commis par ce boucher d'Alquízar, j'en mettrais ma main au feu, Fiero, précisa Aimé Transit, je vous le dis à toutes fins utiles car je ne sais pas pourquoi, mais je vous sens prêt à manier la batte !

Une fin bien utile : la vie n'est-ce pas tout ce qu'il y a de plus divin ? Rien ne vaut qu'un jour succède à un autre jour ; quoi de plus jouissif que de s'asseoir sur le seuil de sa maison et de voir passer le corps de son ennemi. C'est aussi simple que de cogner du pied, nul besoin d'une arme ; il suffisait à Fiero de rejeter les corps à la mer ; deux bons coups de tatane, un pour chacun, et le tour était joué. Niac respira bruyamment, et du fond de la carlingue demanda à Fiero Bataille s'il n'avait pas croisé par hasard son boucher de père.

Il prit des gants, car il avait noté la façon délicate dont Aimé Transit avait tenté de passer son message. Pendant ce temps, Manioc en compote se laissait dorloter sur les cuisses bien fermes de sa cousine Océanie, en faisant semblant d'être plus mort que vif pour prolonger cette extase bénévole. Du pain bénit ! Il y a quelques instants, il était à deux doigts de se prendre la tasse en plein océan ! et maintenant Océanie lui tenait la tête hors de l'eau entre ses jambes magnifiques ! Dis donc, poupée, tu ne serais pas née dans une rose par hasard ? Oui, mon poupon, mais elle avait des épines !

Fiero Bataille hésita à répondre à Niac ; il voulait être au clair avec sa conscience en analysant bien, point par point, cette envie de meurtre : rendre la monnaie de sa pièce à un assassin n'était pas correct, agir œil pour œil dent pour dent était indigne d'une personne civilisée. Mais jamais il n'avait ressenti une telle haine. Ses mâchoires cédèrent et il raconta enfin la nuit tragique où il avait tenté de quitter l'île. Le silence sépulcral qui suivit son récit fut brisé par Aimé Transit :

— Je te comprends, *compay*...

Son beau-frère était un assassin, certes, mais avec le temps et ses illusions perdues il s'était adouci ; il s'était surtout rendu compte qu'il avait été trompé à son tour. Il avait vécu ses quinze dernières années dans la peur et le repentir, au point même, poursuivit Aimé Transit, de confesser, dans une crise épouvantable, ses crimes horribles et l'extermination de familles entières, dont celle de Fiero Bataille. Mais ses neveux ne méritaient pas de payer pour lui. Sa voix hachée se brisa, son front dégoulinait de grosses gouttes de sueur. Tout compte fait, eux aussi étaient des victimes, poursuivit-il. Ils avaient peu connu leur père, toujours retenu par des réunions ou des bringues, tandis que sa chère épouse en profitait pour le cocufier à l'envi dans les villégiatures de rêve réservées aux militaires. Niac et Manioc avaient à peine connu la chaleur d'un foyer ; ballottés d'internat en internat, de collège en collège ; fainéants invétérés, mais à qui la faute ?

— Vous savez, Fiero...

— Je ne veux rien savoir du tout, je n'entendrai pas un mot de plus, interrompit le vieux.

Le sentimentalisme n'allait pas lui gâcher ce plaisir que lui offrait la vie. Mais en même temps... opter pour la vengeance n'était-ce pas agir comme un pauvre con ? Certes, il pourrait le faire de la manière la plus barbare. Pourtant, même s'il avait gagné à la loterie, il n'aurait pas ressenti une telle ivresse. Car il débordait de bonheur pour la simple raison qu'il venait de reprendre ses esprits, oui, les gars ! Où qu'il soit, Rufino Alquízar devait en prendre plein la gueule ! Dieu avait mis Niac et Manioc entre ses mains, mais il n'en deviendrait pas pour autant un salaud, pensa-t-il, enfin rasséréné.

— J'ai changé d'avis, je leur laisse la vie sauve.

Au lieu d'en faire de la charpie, il allait remettre les jumeaux à Saul Dressler comme promis. On ne rend pas le mal pour le mal. On ne doit pas oublier, mais il faut continuer, la vie tient à si peu de chose, juste un souffle. Fiero Bataille ignorait que, plusieurs heures après ces événements, un autre petit zingue avec quatre personnes à bord serait descendu en flammes par de puissants projectiles provenant des MIG des forces navales de Caillot Cruz.

— Je pardonne, mais je n'oublie pas. — Il fit le signe de la croix sur sa poitrine et baisa ensuite ses doigts. — J'ai la foi.

Il voulait bien les disculper, mais l'autre, l'assassin, ça jamais ! Pourtant ils n'avaient à se repentir de rien, lui avait fait remarquer Classica. Ce n'étaient pas Niac et Manioc qui avaient attenté à sa vie et à celle de ses êtres chers.

— C'est vrai, mais ces jumeaux du diable sont les fruits du salaud qui a assassiné ma première femme et ton demi-frère.

— Et alors ? — Elle avait haussé les épaules. — Ils méritent plutôt notre compassion.

La réplique de sa fille avait fait bondir Fiero Bataille. Classica avait détourné son regard et en avait conclu qu'il ne lui pardonnerait jamais, quand bien même elle lui confesserait enfin, au risque peut-être d'envenimer la situation, ce qu'elle n'avait pas osé lui dire.

Cyril aussi devait tout ignorer des viols et des tortures, croyait-elle, mais l'ange avait tout deviné : il avait lu les augures sur les écailles des tortues de mer, il avait vu l'horrible spectacle dans la houle brillante qui charriait la nuit tous les cauchemars de l'île, désespéré par son impuissance et sa lâcheté. Mais dans ces jours-là, Classica le remarquait à peine, elle l'ignorait encore ; au demeurant, un contrat moral le liait à la personne d'Iris Arcane.

— Et moi, tu me pardonneras ?

Elle avait pressé les mains de son vieux père, mais une fois encore il avait repoussé ce geste affectueux.

— Ma fille, tout cela est trop dur pour moi. Laisse-moi tranquille, je vais réfléchir dans ma taverne, c'est le seul lieu, tu le sais, où je puisse me concentrer. Je pouvais m'attendre à tout, sauf à ce coup de poignard dans le dos. Toute petite, tu étais déjà très capricieuse, et ton caractère a empiré d'année en année, mais peut-être est-ce de notre faute, nous t'avons trop gâtée, tu es devenue trop...

— Versatile, volubile...

— C'est ça... Imagine un peu, si ta mère apprend que tu es retournée à Caillot Cruz, elle tombe raide !... Et qu'il aille au diable, ton mignon !... Un ange ! Non, toi, ce qu'il te faudrait, c'est plutôt un démon pour te dominer...

Mais si je m'attendais à ça ! fit-il en pointant du doigt Cyril, légèrement assoupi.

Et sans rien ajouter il était parti en traînant les pieds. Il venait de prendre cent ans sur les épaules, voûté, les hémorroïdes enflammées comme des feux de croisement affolés, des crampes à ses doigts engourdis. Mieux valait jouir de la promenade triomphale de Fernán le glorieux. L'exploit du jeune homme était incroyable, il le savait. L'entraînement auquel il était soumis à Luyanó n'était vraiment pas facile, et c'est à coups de batte qu'il avait envoyé valdinguer ses rêves et ses illusions. Il se réjouissait de la réussite de ce nouveau joueur, qui venait de signer là une des plus belles carrières de l'histoire du base-ball. Cette fois, pourtant, il en avait fini de faire crisser ses pneus au rouge vif, de soulever des étincelles, car le sol devenait de plus en plus bouillant sous l'effet de la chaleur intense que dégageait Iris Arcane. Dans plusieurs quartiers de Miami, le bruit courait déjà qu'un incendie de pierres et une pluie de bulles d'air, oui, cette chose inouïe s'était produite.

Fernán fit deux fois le tour du pâté de maisons au volant de son bolide, puis il s'arrêta net devant la silhouette lasse de Fiero Bataille.

— Alors, beau-papa ? — Il avait gardé la manie de l'appeler ainsi. — Vous avez une sale mine.

— Je ne suis pas en forme, tu sais... les années

281

et les coups durs. Mais toi, je te félicite, mon gars, tu as tout ce dont tu rêvais.

— En partie. Car l'autre, c'est l'amour de Classica, que je n'ai pas en retour, vous le savez bien.

— Cesse d'y penser, moi qui suis son père, je te le dis. Elle n'est pas pour toi, à moins que tu ne deviennes un ange.

— Mais c'est tout à fait moi, ça ! répondit-il mi-figue mi-raisin en joignant pieusement les mains.

— Elle est amoureuse d'un autre, oublie-la.

Le vieux s'aperçut que Fernán tenait entre ses cuisses un cornet de grains de maïs grillé, il le vit en pêcher un, le lancer en l'air pour le rattraper dans sa bouche.

— Elle sera à moi. Je garde la foi. Savez-vous pourquoi ce coup de batte m'a mis la tête dans les étoiles avant de rebondir contre la Statue de la Liberté à New York ? Je suis allé prier pour la guérison d'Iris Arcane. Je me suis planté devant elle, j'ai fermé les yeux, le cierge allumé à la main. Et puis je me suis mis à causer comme un fou, parce qu'en fait je ne sais même pas prier. Et je lui ai demandé, si ce n'était pas trop... demander, de me donner la chance de ma vie. Une seule, ma fille, je lui ai dit. Eh bien, croyez-moi, cette Iris Arcane, c'est la plus grande faiseuse de miracles qu'on ait connue ici-bas. Faites donc un saut jusqu'au sanctuaire, Fiero, faites ça, et vous verrez comme elle résoudra tous vos problèmes. Le bruit court qu'il y a quelques jours de l'huile a coulé de la paume de ses mains. On dit aussi que la couleur de ses yeux rappelle le vert de ceux de Cachita *. Et qu'elle a les mêmes stigmates que le Christ sur la Croix, et qu'elle pleure du sang, bref des trucs incroyables qui vous donnent la chair de poule rien que d'y penser. Non, vraiment il faut me croire, elle est prodigieuse. C'est la maîtresse du jeu. Allez, je vous invite à partager mon maïs grillé avec quelques verres de bière ? Secouez-vous un peu.

— Tu veux dire plutôt que je me dégonfle ! rectifia le vieux en feignant la colère. Avec ton chèque tu pourrais m'inviter à quelque chose de plus royal, non ?

— *Okey*, je vous emmène au Versailles.

— C'est un peu tard pour y aller, mais que dirais-tu d'un petit tour sur Ocean Drive ? Plus tard on pourrait faire un saut, histoire de rigoler, jusqu'à Iris Arcane, cette miraculeuse qui t'a troublé les méninges. Moi, je ne mange pas de ce pain-là, non, ce qui me titille plutôt les couilles, c'est de m'enfiler une chope bien fraîche.

Aussitôt dit, aussitôt fait, ils prirent la première à gauche vers le supermarché et, de là, partirent en direction de la plage.

---

* Pour Caridad, nom affectueux pour désigner la Vierge de la Charité du Cuivre, patronne de Cuba. (*N.d.T.*)

Engoncé dans une combinaison étouffante, couleur vif-argent, la tête enfouie sous un casque d'astronaute, les gestes gourds, Saul Dressler entra cérémonieusement dans le temple d'Iris Arcane. L'intérieur virait au rouge vif, les parois crépitaient d'étincelles comme la dinde aux pommes de Thanksgiving si grosse qu'elle dépasse la broche sur le gril et déclenche un court-circuit ! L'Apocalypse, l'Armaguedôn ! Les rideaux métalliques récemment fixés à l'extérieur des fenêtres étaient baissés, car Iris Arcane avait besoin d'un minimum d'intimité, et les fidèles ne s'écartaient pas une seconde des verrières, comme s'ils léchaient des vitrines. Iris Arcane était surtout peinée par ces visages d'enfants, les yeux exorbités collés contre le verre ; nombre d'entre eux s'amusaient pourtant à lui faire des grimaces, à loucher, à lui tirer la langue : ce ne sont que des gosses après tout, se disait-elle.

Elle s'était sentie mieux soudain et prenait un bain frappé dans un immense bassin, comme une piscine d'enfant, mais beaucoup plus profond. La chevelure interminable cheminait désormais du salon jusqu'à trois autres pièces. Curieusement, elle ne se défaisait pas en fibres emmêlées mais lévitait au contraire en une masse compacte et légère. Martyre Espérance, Ma' Passiflore, Calamity, ainsi que sa sœur et son père, avaient renoncé à la tresser. Ils pliaient l'échine, tels des ouvriers penchés sur les routes et les voies ferrées, empressés à recueillir la chevelure et à la tisser en coupons parfaits.

Saul Dressler cligna de l'œil et étira le bras démesurément pour saluer Iris Arcane à distance. Elle lui fit un petit geste coquin, l'attirant à elle avec l'index qu'elle remuait comme une petite chenille capricieuse. Il pouvait entrer dans son eau, habillé tel qu'il était : le vêtement qu'il portait, dessiné par Paco Banane, spécialement conçu pour survivre à la fin du monde, défiait toute température.

— Dehors il fait une chaleur de fournaise, c'est pire qu'ici : les paraboles de télévision crépitent, les camions sont collés à l'asphalte, tels des vaisseaux spatiaux enlisés sur la terre. Entre les flashes et les caméras, je ne vois vraiment pas comment tout cela va finir.

Attristée, Iris Arcane plongea son visage cramoisi dans le bain frappé, pendant que Saul s'introduisait dans la chambre de glace. Elle ondulait nue, mais il eut beau la serrer contre lui, il ne put sentir la douceur de sa peau ; son épaisse combinaison l'en empêchait. Elle remonta à la surface d'un élan gracieux jusqu'à mi-torse et colla ses lèvres sur l'écran du casque, en un baiser rapide, animée tout entière du désir d'étreindre son mari. Elle s'écarta, demanda des nouvelles de ses enfants, il lui montra une dent de lait d'Asilef, la première qui était tombée. Iris Arcane fit semblant de se réjouir, mais elle était profondément triste de ne pas avoir partagé avec sa fille ce moment important. Sur un écran installé au mur central elle pouvait suivre des yeux ses enfants vingt-quatre heures durant, et de l'autre côté, en retour, ils communiquaient avec leur mère. Mais la technologie ne remplacerait jamais ce dont l'avait privée leur séparation. Quand donc finirait ce cauchemar ? Elle ne pouvait supporter davantage de ne plus les avoir auprès d'elle, les toucher, les mener au parc, pour qu'Asilef saute à la corde et que David et Ilam s'amusent à suivre des yeux l'ascension des chenilles sur les branches des fougères ; elle sourit en pensant aux chenilles, se rappelant la visite quelque temps auparavant d'une amie du temps des défilés. Rania lui avait confié qu'elle aussi avait renoncé à sa carrière de mannequin pour se consacrer à tout autre chose, elle dirigeait un restaurant pendant qu'elle élevait seule sa fillette de cinq ans, si vive et amusante.

Elles jouaient justement au jardin quand l'enfant avait tendu le bras pour montrer une plante à sa mère.

— Regarde, maman, regarde, il est joli, le petit ver !

— Mais tais-toi donc, petite coquine, les Cubains sont très, très, très susceptibles. Il ne faut pas parler de « petit ver » dans une ville qui grouille de « vermine » cubaine, s'était exclamée Rania en riant.

Iris ne se lassait pas de parler de ses enfants, elle disait à Saul qu'elle désirait leur apprendre à nager à la mer, c'était si différent d'une piscine pleine de chlore. Ils devaient être émerveillés par la nature, impressionnés d'éprouver ces sensations nouvelles qu'on explore à l'âge tendre. Mais elle confia aussi à son mari qu'elle craignait d'être supplantée par une étrangère dans le cœur de ses petits.

Flottant dans la glace, soutenue par les bras de son mari, elle fixa le hublot sphérique. Les nuages filaient à toute allure dans un ciel qui grondait, quand elle en vit un, plus sombre que les autres, revêtir une forme masculine sous les traits d'un moribond. Le vieillard, de haute taille mais chétif, gémissait faiblement, enveloppé dans ses draps sur son lit à baldaquin d'or aux rideaux de lin ivoire. Il voulut murmurer ses dernières volontés, mais de ses lèvres fripées et verdâtres sortit une glaire rouge sang, et sa poitrine retomba dans un sifflement. Autour du lit, ses acolytes affichaient des mines de circonstance, mais au fond ils se réjouissaient de la disparition de cette ruine cacochyme et incontinente. La femme qui deviendrait sa veuve dans quelques heures — le vieux s'entêtait dans un soupir à relancer la soufflerie de ses poumons — demanda un volontaire pour rédiger le communiqué officiel qui annoncerait la nouvelle, personne n'ayant été spécialement désigné à cet effet. Ils se regardèrent, contrariés : la maladie avait été des plus soudaines, et il ne leur serait jamais venu à l'esprit que www.homobarbaro.com pût être mortel, mais ils convenaient de la nécessité de rédiger ce communiqué. Ils griffonnèrent ensemble des brouillons, chacun puisant au tréfonds de son hypocrisie, et il y avait de quoi faire tant elle était profonde, mais ils durent se creuser les méninges pour trouver un motif au décès.

Au fil des heures, le texte se transforma en cadavres exquis, au point même qu'ils en oublièrent la raison pour laquelle ils s'étaient réunis. Mais ils finirent par se rendre compte qu'ils avaient la cervelle en feu et les méninges en cendres, et qu'ils devaient mettre la dernière main au communiqué mortuaire. Il pourrait avoir succombé à l'universalité, alors qu'il s'efforçait de redresser un monde retors, ou bien sa mort pouvait résulter d'une rupture d'anévrisme survenue alors qu'il s'adonnait à son passe-temps favori : compter chacune des nombreuses victimes qu'il avait à son actif... Ah non, ça jamais, rien qui puisse porter atteinte à son image ! Ils pourraient annoncer qu'il avait succombé à une douleur énigmatique provenant d'un ennemi haineux, mais cela ressemblerait trop à un assassinat politique. Ils se creusaient ainsi la cervelle depuis des heures sur la nature d'une mort qui pût être digne du Grand Fatidique, quand l'un d'eux lança : « Putain, ça y est ! Cette fois, j'ai une idée géniale ! » Ils inventeraient une guerre, dont ils rejetteraient la faute sur les envahisseurs qui poussaient à la destruction totale de Caillot Cruz. Loin de s'avouer vaincu, il combattrait jusqu'au dernier souffle, seul face aux troupes ennemies, mais c'est une embuscade, un acte terroriste, allez savoir, qui aurait enfin raison de son héroïsme ! Car ce qui était clair comme de l'eau de roche ou plutôt de la vodka, c'est qu'il devait couronner sa brillante carrière politique en incarnant le sauveur du peuple, lui qui avait sacrifié sa vie pour le bien-être des humbles. Les histrions compulsèrent mensonge sur mensonge. Mais comment annoncer son décès dans un communiqué militaire sans que personne n'ait jamais rien su au préalable de cette guerre ni de cette embuscade ou de cet acte terroriste ? Rien de plus simple. Ils diraient que l'ennemi avait agi dans le plus grand secret.

Et ils roucoulaient encore ce genre de trilles insensés quand soudain les ressorts du lit se mirent à grincer : la chose avait remué. Ils accoururent tous au chevet du vieillard, un sédatif à la main pour calmer ses douleurs, mais ce fut bien la première et la dernière fois qu'il ne réclama rien. Un haut-le-cœur s'exhala de la bouche caverneuse dans une senteur d'œuf pourri, et il rendit l'âme. Le Grand Fatidique, www.homobarbaro.com, Roupette la Chatouilleuse mourut d'un pet de travers qui, ne pouvant être évacué par l'anus, avait rebroussé chemin par le gosier. L'autopsie confirma que si le cancer l'avait miné, c'était bien ce pet dissident et ennemi, impérialiste de surcroît, qui l'avait achevé, car la dernière chose qu'il avait absorbée, avec une paille et non sans difficulté, et qui lui avait produit une telle quantité de gaz, avait été un Coca light.

— Il est mort, mais nous ne le saurons pas avant un an. Entre-temps ils utiliseront son double, traduisit Iris Arcane en résumant ses visions à son mari.

— Je ne comprends pas, de quoi parles-tu ?

— Nous sommes sauvés, sauvés ! — Dans sa joie, elle fouetta l'eau glaciale du revers de la main. — Fais un vœu, Saul, ce que tu désires le plus au monde, et il sera exaucé !

Il la saisit par la taille et ils se mirent à danser, ou plutôt à tournoyer, éclaboussant les murs de grêle au passage.

— J'aimerais qu'il n'y ait plus de guerres.

Elle se tut un instant, puis elle fit cette prédiction :

— Avant que ton vœu ne soit exaucé, il nous faudra attendre encore longtemps. Mais écoute-moi, Saul. — Elle prit le casque entre ses mains et ses pupilles cherchèrent les siennes. — Miami ne brûlera pas, la température baissera insensiblement. Nous aurons même si froid que nous nous serrerons les uns contre les autres pour nous réchauffer, et c'est ainsi que la ville recouvrera la paix et la joie, des maux seront guéris, et nous tous, ensemble, retrouverons enfin l'espoir.

— Tu délires, ma chérie.

— Tu crois ? Tu verras...

Elle secoua la tête, et il se produisit alors une chose inouïe : ses cheveux s'allongèrent encore et dans cette profusion prodigieuse traversèrent le plafond pour flotter dans les nuages et former bientôt un magnifique arc-en-ciel.

Dans les rues, les gens n'en croyaient pas leurs yeux ; tous pourtant assistaient au phénomène. Saul Dressler ouvrit même les rideaux qui jusque-là préservaient leur intimité. Car, au centre du salon de glace, Iris Arcane entrait en lévitation ; comme éclairé de l'intérieur, son corps nu dessinait dans l'air les figures audacieuses des bayadères. De son crâne émergeaient, poussées vers le ciel, des tresses aux multiples couleurs, telles d'arborescentes fougères. Des cris d'enthousiasme se firent entendre jusqu'à l'autre bout de la planète, et des vœux furent exaucés par millions : épidémies éradiquées, guérisons miraculeuses, enfants retrouvés, poètes célébrés, ouvriers libres... Bonheur et paix aux hommes de bonne volonté !

Assise sur le seuil de sa maison de campagne, la Vermine bavardait avec le Lynx, Nina et Yocandra, qui avait recouvré la mémoire sous l'effet du grand miracle.

— Je crois que je suivrai ton exemple dans les prochaines années, Verminette. Je me retirerai à la campagne, j'élèverai des animaux et je cultiverai mon jardin, car je suis un homme de culture, fit le Lynx.

Nina souhaitait faire des films pour le grand écran, là-dessus son portable vibra : c'était Paris et on lui proposait un premier rôle ! La Vermine chantonnait, heureuse, en admirant son champ de laitues. Yocandra quant à elle ne savait plus quoi demander, quand une étoile vint mourir dans la paume de sa main.

— Fais un vœu, dépêche-toi, fais un vœu, fit Nina, en sautillant comme une gamine.

— Si je vous disais de quoi j'ai envie, vous vous moqueriez de moi.

— Raconte, raconte ! entonna le chœur.

— J'ai envie de trois choses : assister à un grand match de base-ball, lancer un cerf-volant et... courir à perdre haleine ! Un, deux, trois, soleil !

Et elle se mit à courir comme une folle, pieds nus dans les champs de fraisiers de Homestead.

— Attends que je t'attrape ! Arrêtez-la ! cria le Lynx, qui se lança à ses trousses, suivi par la Vermine et par Nina.

Par une nuit torride, l'une des plus torrides qu'on ait connues à Miami, quatre adultes en cavale se rappelaient leurs courses et leurs chahuts quand ils montaient et dévalaient la Rampa

havanaise, trop jeunes encore pour voir l'ombre
fatale qui planait déjà sur leurs vies.

Puis il y eut comme un frémissement au-dessus
de leur tête, et la chaleur décrut sensiblement. La
chevelure soyeuse et infinie, bercée dans les airs,
apportait la fraîcheur. Elle brillait sous l'apparence d'une arche, mais ce magnifique arc-en-ciel
provenait simplement du sanctuaire où reposait
Iris Arcane. Ils y dirigèrent leurs pas.

QUINZIÈME TOUR DE BATTE

L'annonce faite à Miami

Au même moment, Facho Furio débarquait sur les côtes de Miami avec un groupe d'espions encore à la solde de www.homobarbaro.com. Le Grand Fatidique venait de casser sa pipe et son cigare, mais ils étaient encore loin de s'en douter, car le monde, comme Iris Arcane l'avait prédit, ne l'apprendrait qu'un an plus tard. Ils transportaient un chargement d'œuvres d'art, de cocaïne, d'organes humains et d'armement lourd, marchandise destinée au trafic et au crime. Mais tandis qu'ils infiltraient le territoire américain le plus tranquillement du monde, et de l'immonde, à l'autre bout de la plage les garde-frontières, à coups de gaz paralysant et de matraque, donnaient un terrible spectacle : trois *balseros* se débattaient contre la houle, furieuse à cette époque de l'année, pour échapper aux griffes des services d'immigration et tenter de toucher sinon terre, du moins le sable. Ils seraient internés à Krome, un camp de réfugiés, interrogés puis réclamés par leur famille ou des amis résidant dans ce pays.

C'est sans encombre que Facho Furio, lui, put mettre pied sur la terre ferme, et déchargea tranquillement ses conteneurs. Fausse Univers et Abomino Dégueu l'accueillirent, elle visiblement nerveuse, le photographe affectant une fausse assurance devant Trique la Terreur et Baroud en Croûte, et le mirent aussitôt au parfum : les choses ne se présentaient pas sous les meilleurs auspices, Facho Furio et ses acolytes devaient tout arrêter au plus vite, et trouver refuge dans les Everglades. Si Facho Furio écoutait d'une oreille distraite en mâchouillant son montecristo, il eut pourtant la preuve éclatante de ce que les autres avançaient : le ciel s'irradia de la chevelure chamarrée d'Iris Arcane en direction de l'île, et il vit surgir des fourrés Tendron Mesurat, flanqué du père Fontiglioni et des moines bouddhistes et alchimistes qui, sans plus attendre, les encerclèrent.

— Que personne ne bouge, pas le moindre geste. Vous êtes cuits, lança le détective d'une voix sereine.

— Et revoilà les moines du con de leur mère ! grogna Abomino Dégueu.

Facho Furio lui jeta un regard en biais pour l'inciter à ravaler ses injures.

Fontiglioni sur son portable appela les fédéraux en renfort, mais ceux-ci s'occupaient à contenir la foule devant le temple d'Iris Arcane, et à le pilonner à coups de bazooka — ce qui mâchait le travail à Fausse Univers. Le but de l'opération était d'arrêter Iris Arcane, pour la déporter ensuite avec toute sa famille — elle était l'épouse de qui l'on savait, mais dans un État de droit, les barbares font aussi la loi. Les nouvelles que Neno, posté devant la résidence, donnait du théâtre des événements étaient alarmantes ; il était entouré de Saul Dressler, d'Aimé Transit, de Fiero Bataille, du Lynx, de l'ange Cyril, de Fernán, la star du base-ball, de Niac et Manioc qui s'étaient aussitôt portés au secours de leur cousine, d'Océanie, de Martyre Espérance, de Ma' Passiflore, de Calamity Lévy, de Nina, de la Vermine, de Yocandra, de la famille hébraïque de Saul Dressler et du voisinage. Neno dut interrompre la communication, car les fédéraux venaient de faire voler en éclats un des murs de verre, blessant des femmes, des enfants et des vieillards. Il rejoignit aux premiers rangs les hommes qui cognaient à mains nues — contrairement à ce que disaient les médias, personne à l'exception des fédéraux ne disposait de revolver, ni même de lance-pierres.

Soudain, du cœur de la cathédrale éclectico-baroque jaillit avec une puissance phénoménale un geyser qui projeta le corps d'Iris Arcane jusqu'à la lune. L'astre irradiait tout autour de la présence irréelle, dont l'ombre portée au centre précisément exécutait une danse d'épouvante, en même temps qu'elle entonnait une mélopée dont les paroles s'éteignaient en plaintes lugubres. La chevelure brillait au firmament.

Comprenant qu'ils ne recevraient aucun renfort pour la capture des maffieux, Tendron Mesurat et le père Fontiglioni échangèrent des regards inquiets comme si chacun attendait de l'autre une idée lumineuse.

— Allez, finissons-en avec eux ! criait Facho Furio qui en profitait pour exhorter ses acolytes. Voyez, ils sont désarmés et complètement livrés à eux-mêmes ! Ils ont été lâchés.

Le détective et le moine détestaient recourir à leurs pouvoirs, mais ils n'avaient pas le choix. Ils se concentrèrent et leur tête s'imprégna de sensations fulgurantes provenant de l'insondable. La Porte de Sable s'ouvrit alors, et des profondeurs de la terre et de l'océan surgirent les fantômes des Suppliants qui criaient justice. À la tête de ce chœur d'outre-tombe, des orphelins, des pères dont les fils avaient été enlevés sans laisser la moindre trace et des femmes portant des enfants en pleurs ; Tendron Mesurat reconnut en l'une d'elles celle sur laquelle il était tombé la première fois qu'il avait visité les entrailles exposées par l'ouverture de la Porte de Sable. C'était la même affliction, le même rictus déchirant, ces bras tendus en signe de quête perpétuelle.

— Arion, Arion ! Ils ont emmené mon enfant ! Arion !

Facho Furio recula devant les Suppliants, et les autres après lui.

Personne n'aurait pu prévoir la fin méritée de Fausse Univers. Elle éprouva en effet une telle frousse devant ces esprits survoltés que son corps subit un processus réactif irréversible : il se gonfla en s'élevant dans les airs comme un ballon mou, à en faire péter les coutures des opérations de chirurgie esthétique qu'elle avait subies, pour exploser finalement en plein vol. Et de Fausse Univers il ne resta bientôt plus qu'un amas de lambeaux de peau et de silicone extrêmement toxiques pour la planète et la couche d'ozone.

Rien ne bougeait plus dans le temple sacré quand, de la bouche d'Iris Arcane, jaillit soudain une lumière blanche ; et ses paroles résonnèrent en un écho si lointain qu'il atteignit en décibels la taille de la chevelure, dont les pointes effleuraient désormais, en un flux continu, les rochers du Malecon. Tel fut le message qu'elle adressait à l'île :

— Caillocruciens, levez-vous et marchez ! Que personne ne reste à l'intérieur des maisons, n'ayez pas peur, occupez les rues dans la paix des cœurs. Sans un mot, sans un cri, marchez et regardez-vous les uns les autres. Marchez et regardez bien autour de vous. Marchez toute une journée. Ensemble.

La voix douce produisait un effet balsamique. L'île, si bruyante d'ordinaire, fut recouverte par le silence. Les portes des maisons s'ouvrirent et chacun se mit à marcher. Ils marchaient sans but, pressentant qu'un phénomène transcendant se préparait ; aux carrefours, les haut-parleurs, qui avaient pour fonction de les automatiser, s'étaient tus. Les regards s'échangeaient dans une contemplation mutuelle. Pourtant une inquiétude s'insinuait encore dans les esprits. Quand les tanks allaient-ils déferler pour les massacrer ? se demandaient ceux qui avaient collaboré avec le régime. Mais il n'y eut pas de tanks, et on n'entendit pas le moindre bruit de bottes. En face, à l'horizon, la voix d'Iris Arcane entonnait une mélopée pleine d'espoir qui emplissait les cœurs et ravivait les sens.

À Caillot Cruz, durant toute une année, les piétons ne cessèrent d'arpenter la ville en tous sens, jusqu'à l'annonce officielle de la mort de www.homobarbaro.com ; en se côtoyant ainsi de jour en jour, ils avaient compris que leur vie serait moins misérable, et les visages commençaient à se détendre dans des sourires discrets.

L'ombre d'Iris Arcane se découpant sur la pleine lune, elle tendit le bras et d'une simple secousse repêcha Arion, qui s'était échoué sur un nuage, encadré par des dauphins dont le chant envoûta tous les cœurs. *Lglglglg, liul, liul, liul…* Le spectacle commençait et le dauphin le plus jeune, nommé Alcée, entonna :

Lglglglg, liul, liul, liul...
N'escompte rien d'heureux. Calme-toi. Vis ici.
Jamais nos cris d'appel ne furent entendus :
Et ils ne le seront pas demain...

Ce fut au tour de Théodoridas, le dauphin aux élans divins, de chanter :

Lglglglg, liul, liul, liul...
Embarquez-vous sans peur. La mer causa ma mort,
Mais d'autres, ce jour-là, sont arrivés au port.

Puis Posidippus, le dauphin qui l'emportait sur ses frères en corpulence :

Lglglglg, liul, liul, liul...
Moi, noyé, vous m'avez couché sous cette rive ;
Soyez remerciés, mais mon sort est amer.
Devrai-je entendre, à tout jamais, gronder la mer ?

Un autre chanta le poète mort en exil, puis un autre encore imitant une diva :

Lglglglg, liul, liul, liul...
Ne fais pas fond sur l'homme errant à l'étranger :
S'il retourne au pays, tout en lui va changer *.

---

* L'auteur cite ici les poètes grecs recueillis par Marguerite Yourcenar dans *La couronne et la lyre* (Gallimard, 1979).

Le geyser s'affaiblit et les dauphins plongèrent dans l'océan sous le regard des fidèles. La femme et l'enfant enlacés descendirent à terre et fendirent la foule. La température avait baissé, la brise traça un sentier pour Iris Arcane, qui n'embrasait plus sur son passage, et que ses fidèles dans leur extase effleuraient de la main.

Saul Dressler et Neno de leur côté avaient attiré les fédéraux vers l'endroit où se trouvaient Tendron Mesurat et les moines. Les Suppliants encerclaient les espions pour les contraindre à fuir vers la mer, dans l'intention sans doute de les neutraliser. Quand les fédéraux arrivèrent et surprirent Facho Furio, Abomino Dégueu, Trique la Terreur et Baroud en Croûte et leurs acolytes, les vagues effleuraient déjà le menton des canailles. Mais les corps et les vêtements glissaient entre les mains des agents à cause des onguents pestilentiels dont ils s'étaient enduits pour fuir les coups de soleil et refouler les requins avec l'odeur de rance qu'ils exhalaient. Quand ils finirent par les attraper, ils les enfermèrent dans des voitures blindées.

— Mais je vous parie, Fontiglioni, qu'ils les laisseront filer, confia le détective au père.

— C'est ça la politique, marmonna l'autre, résigné.

Le jour se levait et Iris Arcane foulait l'écume,

Ilam dans ses bras, la petite Asilef donnait une main à David et l'autre à Arion — comme disait Mélina Mercouri dans *Jamais le dimanche*, dont le personnage n'aimait pas les fins tragiques, Médée gagnait nécessairement la plage avec ses enfants. Ils atteignirent un rocher, puis s'installèrent sur le sable. Le soleil brillait encore faiblement, mais la brise était déjà chaude. La mère d'Arion surgit alors, drapée dans une marée de sable ; à sa vue, l'enfant courut vers elle et serra son petit visage contre le ventre maternel. Iris Arcane savait que la rencontre durerait à peine quelques instants, le temps pour l'enfant de comprendre que sa mère s'était noyée alors qu'elle tentait de quitter l'île avec lui. Celle-ci s'agenouilla et attira le petit Arion contre sa poitrine, pour lui murmurer des paroles apaisantes, et l'enfant embrassa plusieurs fois sa mère.

— Sois fort, Arion, tu en auras besoin, répétait-elle en le couvrant de caresses. Je ne t'abandonnerai jamais. Quand tu entendras le chant des dauphins, ce sera un message d'amour que je t'enverrai.

Et Arion et sa mère se dissipèrent dans un éclair bleu comme aspiré par les pupilles d'Iris Arcane.

Une pluie fine se mit à humidifier l'atmosphère. *Orballo*, fit Tendron Mesurat en reprenant Yocandra. Et l'*orballo* devint plus dense pour se transformer en grêle. Ils remarquèrent que le vent était devenu glacial et que la nuit était tombée plus tôt. Le Lynx coupa la climatisation, et toutes les maisons de Miami renoncèrent à l'air conditionné. On sortit les couvertures des tiroirs pleins de naphtaline où elles dormaient depuis la nuit des temps. Les mannequins des vitrines exhibèrent des manteaux de laine et de cachemire, d'épaisses écharpes, des gants de chevreau, et tous les accessoires d'hiver. La température baissa encore ostensiblement, au point qu'il suffit de quelques heures pour que la grêle laisse place à une tempête de neige. Il neigeait à La Sagüesera ! Il neigeait partout à Miami ! Et puisqu'il neigeait sur la ville, les gens décidèrent dans un grand élan de dépoussiérer les chars, de les retaper et d'organiser un carnaval : tout carnaval qui se respecte doit être célébré en hiver. Ils se mirent au travail et les chars furent prêts en moins de temps qu'il n'en faut pour le dire, tout comme les cerfs acheminés spécialement de Pennsylvanie pour les tirer.

Ils confectionnèrent des habits et des masques de style vénitien, des tenues de danseuses de rumba et de joueurs de conga, sortirent de leurs vieux cartons lanternes, lampions et serpentins. Iris Arcane fut élue reine du carnaval et, bien que les oiseaux de mauvais augure du journal télévisé eussent annoncé des chutes de neige de trente pouces, les habitants de Miami, tout à leur désir de faire la fête, gardèrent leur bel enthousiasme.

Ce fut un des défilés les plus retentissants, « *les chars partirent de Biltomore Way sur l'avenue Segovia, poursuivirent jusqu'à l'hôtel de ville de Coral Gables, en continuant sur Miracle Mile, en direction de l'avenue Alhambra, et de là jusqu'à Ocean Drive* », commenta le journal local *El Nuevo Mundito*. Sur le char, en tête du cortège de clowns et de masques, la plus belle femme du monde, Iris Arcane, couronnée d'un ruban de velours, était vêtue d'une simple robe à traîne en soie pâle, sous un manteau blanc avec un col de plume qui accentuait ses traits de « *Longina, séductrice, telle une fleur printanière* ». On avait installé sur les gradins du chauffage au gaz pour que le public ne souffre pas du froid. À la tribune principale, entouré de Martyre Espérance et de Milagro Rubiconde qui papotaient avec animation, Saul Dressler, au comble du ravissement, contemplait sa femme. Fiero Bataille de son côté ne se lassait pas d'entendre le récit de Fernán : mais comment diable avait-il réussi son stupéfiant coup de batte ? — tandis que le champion n'avait d'yeux que pour Nina qui, troublée, lui roulait des œillades voluptueuses. Classica et Cyril, aux ailes plus soyeuses que jamais, roucoulaient à l'arrière de la tribune. La Vermine invitait Neno à sa maison de campagne, elle profiterait de cette occasion unique de bénéficier d'un climat si européen en plantant des vignes. Neno buvait du petit-lait et son cœur battait comme le jour où il avait vu sa poupée faire son entrée au Sébenilé-bène, la gorge plus serrée qu'un pendu, mais cette fois c'était le *big love* : le grand amour bouillait dans ses veines et le titillait jusqu'à la vessie. Yocandra jubilait dans un silence étonné de voir tous ces gens prendre leur pied ; à ses côtés, Tendron Mesurat se décida à détourner vers lui son attention :

— Je viendrai plus souvent à Miami, pour te voir.

— Alors pourquoi t'en aller ? répliqua-t-elle, feignant de ne pas le prendre au sérieux.

— Tu as raison.

Et il prit la main de Yocandra dans la sienne.

Calamity Lévy et Ma' Passiflore étaient les reines du char du Syndicat des Lesbiennes et, juchées tout en haut, chantaient des *rancheras* à tue-tête. Niac, Manioc et Aimé Transit jouaient aux dominos sur le char des Barbiers de Hialeah conduit par Suzano le Vénézuélien.

On vit le nain Fontiglioni et les frères alchimistes s'envoler vers l'Europe sur des balais très modernes. Avant d'atteindre au zénith de l'infini, pour éviter des accidents aériens, ils firent pleuvoir de leurs soutanes quelques illusions. Tendron Mesurat les remercia par télépathie, en ajoutant qu'il ne tarderait pas à leur rendre visite dans leur domaine. Yocandra agita un mouchoir aux couleurs de la divinité d'Oyá pour leur dire adieu. Ils virent aussi Océanie sur l'un des balais, lovée contre le conducteur, comme sur une Honda, sans oublier son casque. Elle s'envolait avec le beau Lucas, garçon de café au Florian de Venise qui s'était travesti en moine pour éprouver cette vie nouvelle que Martyre Espérance appelait désormais l'audace inouïe.

Le Lynx ne tenait plus en place, on l'apercevait en pleine frénésie, qu'il soit à la tête de la conga, ou qu'il escalade le trône d'Iris Arcane pour jouer les amphitryons et l'inviter à un petit tour de danse. Il organisa ainsi la plus longue farandole jamais connue ; à hauteur d'Ocean Drive il commença à former des couples, et aux quatre coins de Miami on ne vit bientôt plus qu'une interminable ceinture serpentine. Il n'y eut personne pour refuser d'onduler de la croupe dans la ronde harmonieuse. Et vas-y donc ! Fais-la tourner ! Les mains aux talons ! On se redresse ! Terre ! Ciel ! Milieu ! Arrière ! Laissez passer ! Disons-nous adieu ! Et la liesse était telle que même Tendron Mesurat se risqua à quelques pas maladroits, mais Yocandra sut le guider en cadence et le paso-doble dériva — nul ne sut comment — en cha-cha-cha.

Tout Miami dansa une semaine sans s'arrêter.

Le vendredi, dès l'aube, Chrysanthème Cucuvif atterrit en provenance de Pennsylvanie ; rassasié de neige, le cousin d'Iris Arcane rentrait au pays, bien décidé à rester définitivement sous le soleil de Miami. Mais ce fut un courant d'air glacé qui lui souhaitait la bienvenue, et stupéfait il dut ressortir son manteau de sa valise. Il voulut prendre un taxi, mais ne trouva qu'un traîneau tiré par un cerf qui le conduisit en plein carnaval. Et il crut rêver quand il aperçut un chasse-neige à l'entrée d'une prestigieuse résidence, un engin plutôt incongru sous de telles latitudes, pensa-t-il. Il devait s'agir de l'un de ces nouveaux jeux. Mais quand il descendit du traîneau, ses jambes s'enfoncèrent à mi-cuisses dans trente pouces de neige ! « Non, c'est pas vrai ! » aurait dit Nina.

Sortilège, sorcellerie, miracle ? Il devait attendre la fin de cette lubie qui avait saisi les habitants de recouvrir Miami sous un linceul de neige. Mais d'où provenait une telle frénésie ? Les gens flânaient comme insensibles à cette neige dont Chrysanthème Cucuvif, voyant que les flocons tombaient bel et bien des nuages, commençait à douter qu'elle fût artificielle. Il aperçut alors Iris Arcane, radieuse ondine sur son char ; l'arc-en-ciel naissant sur la tête de sa cousine s'envola en direction de Caillot Cruz, restituant à sa chevelure sa souplesse naturelle. Elle vit aussi son cousin et lui fit signe de grimper sur le char. Il monta prestement et en la rejoignant fut tenté de lui demander ce que signifiait cette tournoyante et fiévreuse farandole. Mais il y renonça, abruti par la musique assourdissante ; il voyait aussi le soleil percer derrière un cotonneux nuage et, comme pour dénier cet hiver inattendu, la végétation briller d'un vert inédit.

— C'est ça, la vie —, dit alors Tendron Mesurat. Et il se déchaussa pour enfoncer ses talons sur la plage de givre et de sable.

Les palmiers royaux n'avaient rien perdu de leur vert éclat.

Paris, hiver 2001

DU MÊME AUTEUR

Aux éditions Gallimard

LE PIED DE MON PÈRE, collection « Haute Enfance », 2000
  (Folio n° 3718)
MIRACLE À MIAMI, 2002 (Folio n° 3995)
LUNA DANS LA PLANTATION DE CAFÉ, Gallimard Jeunesse,
  2003

Aux éditions Actes Sud

CHER PREMIER AMOUR, 2000
COMPARTIMENT FUMEURS, 1999
CAFÉ NOSTALGIA, 1998
LA DOULEUR DU DOLLAR, 1997
LA SOUS-DÉVELOPPÉE, 1996
LE NÉANT QUOTIDIEN, 1995
SANG BLEU, 1994

Chez d'autres éditeurs

LES MYSTÈRES DE LA HAVANE, Calmann-Lévy, 2002 (Le
  Livre de Poche, 2003)
LES CUBAINS, Vents de sable, 2001
ILAM PERDU, Mercure de France, 2001
SOLEIL EN SOLDE, Mille et une nuits, 2000
AU CLAIR DE LA LUNA, Casterman, 1999
LES POÈMES DE LA HAVANE, Antoine Soriano, 1998
LA CHINE À L'AFFICHE, Ramsay, 1997
LA RAGE DES ANGES, Textuel, 1996

COLLECTION FOLIO

Composition GRAPHIC HAINAUT
Impression Novoprint
à Barcelone, le 13 janvier 2004
Dépôt légal : janvier 2004

ISBN 2-07-031357-3./Imprimé en Espagne.